THEATRE COMPLET

DE

BRIEUX

de l'Académie Française

TOME TROISIEME

Les Trois filles de M. Dupont
Résultat des Courses

1922

CINQUIÈME EDITION

LIBRAIRIE P.V. STOCK

DELAMAIN BOUTELLEAU et Cie ÉDITEURS — PARIS

THÉATRE COMPLET

DE

BRIEUX

DE L'ACADÉMIE FRANÇAISE

TOME TROISIÈME

A LA MÊME LIBRAIRIE

DU MÊME AUTEUR :

MÉNAGES D'ARTISTES, comédie en trois actes.

BLANCHETTE, comédie en trois actes.

LA COUVÉE, comédie en trois actes.

L'ENGRENAGE, comédie en trois actes.

MONSIEUR DE RÉBOVAL, comédie en quatre actes (non
publiée à part).

LA ROSE BLEUE, comédie-vaudeville en un acte.

LES BIENFAITEURS, comédie en quatre actes.

L'ÉVASION, comédie en trois actes. (*Couronnée par l'Académie française.*)

L'ÉCOLE DES BELLES-MÈRES, comédie en un acte.

LE BERCEAU, comédie en trois actes.

RÉSULTAT DES COURSES, comédie en six tableaux.

LES TROIS FILLES DE M. DUPONT, comédie en quatre actes.

LA ROBE ROUGE, pièce en quatre actes. (*Couronnée par
l'Académie française.*)

LES REMPLAÇANTES, pièce en trois actes.

LA PETITE AMIE, comédie en quatre actes.

LES AVARIÉS, pièce en trois actes.

MATERNITÉ, pièce en trois actes.

LES HANNETONS, comédie en trois actes.

SIMONE, pièce en trois actes.

LA FRANÇAISE, comédie en trois actes.

SUZETTE, comédie en trois actes.

LA FOI, pièce en cinq actes.

LA FEMME SEULE, pièce en trois actes.

LES BOURGEOIS AUX CHAMPS, comédie en trois actes.

LES AMÉRICAINS CHEZ NOUS, comédie en trois actes.

TROIS BONS AMIS, comédie en trois actes.

CHEZ DELAGRAVE :

VOYAGE AUX INDES ET EN INDO-CHINE, 1 volume.

AU JAPON, 1 volume.

EN COLLABORATION :

AVEC M. GASTON SALANDRI

BERNARD PALISSY, un acte en vers.

AVEC M. PAUL HERVIEU

L'ARMATURE, pièce en cinq actes.

AVEC M. JEAN SIGAUX

LA DÉSERTEUSE, pièce en quatre actes.

THÉATRE COMPLET

DE

BRIEUX

DE L'ACADÉMIE FRANÇAISE

TOME TROISIÈME

Les Trois Filles de M. Dupont.

Résultat des Courses.

1922

QUATRIÈME ÉDITION

LIBRAIRIE STOCK

DELAMAIN, BOUTELLEAU ET CIE, ÉDITEURS — PARIS

155, Rue Saint-Honoré, Place du Théâtre-Français et 7, Rue du Vieux-Colombier.

LES TROIS FILLES

DE M. DUPONT

COMÉDIE EN QUATRE ACTES

Représentée pour la première fois à Paris, sur le Théâtre
du Gymnase, le 8 octobre 1897.

PERSONNAGES

M. DUPONT	MM.	Lérand.
ANTONIN MAIRAUT		H. Mayer.
COURTHEZON		Numès.
M. MAIRAUT		Nertann.
M. POUCHELET		Rambert.
LIGNOL		Dauvillers.
JULIE	Mme	Duluc.
CAROLINE		Cécile Caron.
ANGÈLE		Mégard.
MADAME DUPONT		Samary.
MADAME MAIRAUT		Jenny Rose.
MADAME POUCHELET		Burkel.
JUSTINE		G. Damis.
FRANÇOISE		Delignes.

En province, de nos jours.

LES TROIS FILLES
DE M. DUPONT

ACTE PREMIER

Un salon très modeste en province. — Février. — Table au
milieu, chaises autour. — Piano. — Cheminée, premier plan,
à droite. — Fenêtre, premier plan gauche. — Lampes. —
Gutenberg en zinc d'art. — Housses sur les meubles. —
Portes au fond, à droite et à gauche.

SCÈNE PREMIÈRE

MADAME DUPONT, COURTHEZON. *Madame Dupont
travaille un moment seule, en silence. Courthezon entre,
des papiers à la main.*

COURTHEZON.

Tiens! vous êtes seule, madame Dupont?

MADAME DUPONT.

Oui, monsieur Courthezon.

COURTHEZON.

Vos demoiselles sont à la musique?

MADAME DUPONT.

Non. Julie est allée faire une visite, et Caroline est au salut — comme tous les dimanches.

COURTHEZON.

C'est vrai.

MADAME DUPONT.

Ces jours-là, nous la voyons à peine pour déjeuner; le reste du temps, elle est à l'église. Non seulement elle suit tous les offices, mais encore elle est des enfants de Marie. A son âge, je vous demande un peu.

COURTHEZON.

Quel âge a-t-elle, au juste?

MADAME DUPONT.

Trente-trois ans.

COURTHEZON.

Mademoiselle Caroline est restée très pieuse.

MADAME DUPONT.

Très pieuse.

COURTHEZON.

Sa mère l'était aussi beaucoup.

MADAME DUPONT.

C'est vrai, vous avez connu la première femme de mon mari, vous.

COURTHEZON,

J'étais à l'imprimerie depuis deux ans lorsqu'elle est morte. (*Un temps.*) Le patron, lui, fait sa petite partie au café du Commerce?... Moi, j'irais bien aussi, mais c'est de l'argent,..

MADAME DUPONT.

Oh!... vous avez des économies...

COURTHEZON.

C'est justement, je ne veux pas les perdre... Et vous, vous travaillez, madame Dupont?

MADAME DUPONT.

Je raccommode des bas : il faut bien se distraire.

COURTHEZON

J'ai travaillé toute la journée, moi aussi.

MADAME DUPONT.

A votre invention, toujours?

COURTHEZON.

Toujours. Je suis très content. Et puis, je suis venu voir au bureau de l'imprimerie, en bas, s'il y avait des commandes.

MADAME DUPONT.

Y en a-t-il?

COURTHEZON, *feuilletant ses papiers.*

Trois cents cartes de visite, un prix-courant et un faire-part.

MADAME DUPONT, *s'arrêtant de travailler.*

Décès? Naissance?

COURTHEZON.

Non. Mariage.

MADAME DUPONT.

Montrez... (*Elle lit un papier que lui a donné Courthezon.*) « Monsieur Jacquemin... » Tiens! M. Jacquemin... Et qu'est-ce que c'est que cette mademoiselle Marthe Violet qu'il épouse?

COURTHEZON.

Ce sont les Violet de la rue du Pré.

MADAME DUPONT.

Oui, oui, oui. (*A Courthezon, qui fait un geste pour*

reprendre le papier.) Laissez, je vous l'enverrai ; je veux le faire voir à Julie... Alors, vous êtes content, pour votre invention?

COURTHEZON, *s'asseyant.*

Je suis content, content, content. Ça y est! Voilà vingt ans que j'y travaille... Maintenant, c'est fait... Je suis fier, allez!

Entre Caroline, grande, sèche, pas jolie, pas coquette, pas ridicule. Un paroissien à la main.

SCÈNE II

Les Mêmes, CAROLINE.

MADAME DUPONT, *à Courthezon, qui s'était interrompu, négligemment.*

Continuez, c'est Caroline... (*Avec intérêt.*) Et vous ne voulez pas encore dire ce que c'est?

COURTHEZON.

Pas encore... Bonjour, mademoiselle Caroline.

CAROLINE.

Bonjour, monsieur Courthezon.

MADAME DUPONT

Ah! je comprends que vous soyez satisfait.

COURTHEZON.

N'est-ce pas?

CAROLINE.

Vous avez terminé votre invention... J'en suis certaine.

COURTHEZON.

Oui... Mais pourquoi dites-vous que vous en êtes certaine?

CAROLINE, *un peu confuse.*

Parce que...

COURTHEZON.

Parce que quoi?

CAROLINE, *plus bas.*

Parce que je le savais.

COURTHEZON.

Vous le saviez?

CAROLINE, *confuse.*

Je dis cela... cela n'a pas d'importance.

MADAME DUPONT, *à Courthezon.*

Alors, vous allez devenir riche, monsieur Courthezon?

COURTHEZON.

Pas tout de suite. Il me faut trouver quelqu'un qui m'achète mon procédé... ou qui me prête de l'argent pour le faire connaître moi-même. Mais nous avons le temps de penser à cela... Que je réussisse ou non, je suis content d'avoir consacré vingt ans à chercher le moyen de rendre la vie un peu moins dure à ceux qui viendront après moi... Je m'en vais travailler un peu en bas... Alors, pour le faire-part, vous me l'enverrez, madame Dupont?

MADAME DUPONT.

Oui, oui, oui.

COURTHEZON.

Bonsoir, madame Dupont; bonsoir, mademoiselle Caroline.

CAROLINE *et* MADAME DUPONT.

Bonsoir, monsieur Courthezon.

Il sort.

SCÈNE III

MADAME DUPONT, CAROLINE.

MADAME DUPONT,

Comment se fait-il que tu étais certaine qu'il avait terminé son invention?

CAROLINE, *confuse, après un silence.*

Vous tenez à ce que je vous le dise, ma mère?

MADAME DUPONT.

Oui.

CAROLINE.

Parce que j'avais fait une neuvaine.

MADAME DUPONT, *sans malveillance, mais après un léger haussement d'épaules.*

Oh! alors...

Entre Julie par la droite.

SCÈNE IV

LES MÊMES, JULIE.

JULIE.

Me voilà!... Bonjour, maman. (*Baiser.*)... jour, Caro...

Pas de baiser.

MADAME DUPONT.

Bonjour Julie... (*Elle se dérange.*) Assieds-toi... conte-
moi ce que tu as fait. Qui as-tu vu? (*Accueil aimable,
contrastant avec celui fait tout à l'heure à Caroline.*)

JULIE.

J'ai vu madame Leseigneur.

MADAME DUPONT.

Je l'aurais parié.

JULIE.

Pourquoi?

MADAME DUPONT.

Tu ne vas que dans les maisons où il y a des enfants... et comme madame Leseigneur en a six...

JULIE.

Je voudrais bien être à sa place... Figure-toi qu'André,
le dernier, tu sais, celui qui n'a que six mois?

MADAME DUPONT.

Oui.

JULIE.

Il m'a reconnue... Il est d'une intelligence extraor-
dinaire pour son âge...

MADAME DUPONT.

Tu parles déjà comme une mère.

JULIE.

Jean a ri aux larmes, quand il a vu ce que je lui ai
apporté... J'ai trouvé Charles et Pierre en pénitence
parce qu'ils s'étaient battus. J'ai obtenu leur grâce...
et je suis contente. Demain, j'irai chez madame Durand
prendre des nouvelles de Jacques; il paraît qu'il a la
coqueluche...

MADAME DUPONT, *riant.*

Toi, tu aurais dû être bonne d'enfants.

JULIE, *grave.*

Moi, non. Je serais morte de chagrin lorsqu'il m'aurait fallu quitter mon premier nourrisson.

MADAME DUPONT.

Alors, il faut te marier.

JULIE.

Oui.

Un temps.

MADAME DUPONT, *à Caroline.*

Eh bien, Caroline, qu'est-ce que tu fais là, la bouche ouverte?

CAROLINE.

J'écoute.

MADAME DUPONT.

Tes porcelaines sont terminées?

CAROLINE.

Non. J'ai encore six Marie-Antoinette à peindre et douze Amours à finir,

JULIE.

Ça m'amuse de voir Caro peindre des Amours.

CAROLINE.

Pourquoi?

MADAME DUPONT, *à Caroline.*

Et tu dois livrer tout cela demain à midi!

CAROLINE.

Oui.

MADAME DUPONT.

Tu n'auras jamais fini!

CAROLINE.

Si.

MADAME DUPONT.

Tu devrais en faire un peu maintenant, avant de dîner, plutôt que de te tourner les pouces.

CAROLINE.

Je me lèverai de bonne heure demain.

MADAME DUPONT.

Même en te levant de bonne heure...

CAROLINE.

A six heures, dès qu'il fera jour, je serai au travail.

MADAME DUPONT.

Encore une fois, pourquoi ne pas t'avancer un peu maintenant?

CAROLINE.

J'aime mieux.

MADAME DUPONT.

Ah!... parce que c'est dimanche... et qu'il est défendu de travailler le dimanche.

CAROLINE.

Oui... (*Un temps.*) Qu'est-ce que ça peut vous faire, ma mère, que je...

MADAME DUPONT.

A moi? Oh! rien du tout. Fais comme tu voudras. Tu as l'âge de raison.

JULIE, *qui lisait.*

Est-ce que Courthezon est en bas? Je voudrais la suite de ces épreuves-là.

MADAME DUPONT.

Tu sais bien que ton père n'aime pas beaucoup que tu lises les épreuves des livres qu'il est chargé d'imprimer.

JULIE.

Je n'en ai pas d'autres... Écoutez et dites-moi s'il n'est pas malheureux d'en rester là : (*Elle lit.*) « Solange était alors dans les bras de Robert. A ce moment, le

comte entra, terrible, menaçant, le revolver au poing... »
J'aurais voulu savoir la suite.

CAROLINE.

Le comte va les tuer, parbleu! il en a le droit.

JULIE.

Ça...

CAROLINE.

D'après la loi...

JULIE.

Ce n'est pas une raison... Je vais relire l'arrivée de
Robert. C'est si joli... Et la rencontre avec Solange,
en Italie, par une nuit de mai... Où est-ce donc ? Ah !
oui ! (*Elle lit.*) « Sous le ciel bleu sombre piqué d'étoiles,
au bord de la mer calme qu'une brise parfumée faisait
frissonner et dans laquelle se reflétaient, avec les feux
d'en haut, les lumières lointaines et nombreuses de
Menton et de Monte-Carlo...

MADAME DUPONT, *gaiement*.

Ah ! ah ! Et ton père qui croit t'avoir guérie de toutes
tes folies !

JULIE.

Je ne fais point de mal.

MADAME DUPONT.

Peu importe, je ne veux pas que tu lises de romans.

JULIE.

Pourquoi? Mon amie Berthe lit tous ceux qui
paraissent et elle est plus jeune que moi.

MADAME DUPONT.

Ton amie Berthe est mariée.

JULIE.

Ah! voilà le grand mot! Si on ne veut pas rester une

enfant toute sa vie, il faut se marier !... J'ai vingt-quatre ans et je ne puis pas lire ce qu'on permet à Berthe qui a dix-huit ans.

MADAME DUPONT.

Voilà encore ma laine cassée. (*A Caroline.*) Je parie que tu l'as prise chez M. Lagnier.

CAROLINE.

Oui.

MADAME DUPONT.

Pourquoi ne va-t-on pas chez M. Laurent ?

CAROLINE.

J'ai cru qu'il valait mieux soutenir ceux qui pensent comme nous.

MADAME DUPONT.

Le rêve, ce serait de trouver un fournisseur bien pensant et qui vendrait de bonnes marchandises.

CAROLINE.

Il n'y en a pas dans la ville.

JULIE, *avec un soupir.*

Ah ! mon Dieu !... Tu ne connais pas un mari, Caro ?

CAROLINE.

Comment le veux-tu ?

JULIE, *grave.*

J'approche du moment où l'on prend le premier qui se présente... Choisis-le moi à ton goût... (*Riant.*) Quel aurait été ton idéal ? Un commerçant ? Un capitaine... Dis...

CAROLINE.

Non...

JULIE.

Quoi, alors ?

CAROLINE.

Si je m'étais mariée, j'aurais voulu un travailleur, un homme ayant un but noble, un homme qui aurait été prêt à se sacrifier pour essayer de rendre la vie un peu moins dure à ceux qui le suivront...

MADAME DUPONT.

Voilà Caroline qui récite des phrases de roman.

Elle rit.

CAROLINE.

Mais non.

MADAME DUPONT.

Je t'assure que j'ai lu ça quelque part... Et puis crois-moi, ma fille, à ton âge on ne parle plus de ces choses-là...

JULIE.

A propos... tu sais, mon amie, Henriette Longuet ?

MADAME DUPONT.

Oui.

JULIE.

Elle se marie.

MADAME DUPONT.

Ah !

JULIE, *rêveuse.*

Oui... Je reste la dernière...

MADAME DUPONT.

Aux dernières les bons... C'est la semaine des mariages, décidément. Courthezon m'a apporté un « faire-part » que j'ai gardé pour te le montrer... Où est-il ? Le voici.

JULIE, *après avoir lu, très triste.*

C'est complet.

MADAME DUPONT.

Qu'est-ce qu'il y a?

CAROLINE.

Qu'est-ce que tu as?

JULIE.

Rien.

MADAME DUPONT.

Est-ce que tu pensais à M. Jacquemin?

JULIE.

Est-ce que je sais?... Sans qu'il m'ait rien dit, je m'étais figuré qu'il m'avait remarquée, et, bien qu'il ne me plût qu'à moitié... je m'étais résignée à lui... Résignée! (*Un soupir.*) Ah! que c'est bête, la vie des jeunes filles d'à présent!

Entre M. Dupont.

MONSIEUR DUPONT, *très en dehors, très important.*

Dites donc, les enfants, allez donc voir dans votre chambre si j'y suis. Je vous appellerai quand j'aurai besoin de la réponse.

JULIE, *en sortant avec Caroline.*

Est-ce que...?

CAROLINE.

Ça m'en a tout l'air.

SCÈNE V

MONSIEUR DUPONT, MADAME DUPONT.

MADAME DUPONT.

Qu'est-ce qu'il y a?

MONSIEUR DUPONT, *avec importance.*

M. et madame Mairaut seront ici dans une heure, à six heures.

MADAME DUPONT.

Eh bien?

MONSIEUR DUPONT, *fin.*

Et sais-tu ce qu'ils viendront faire?

MADAME DUPONT.

Non.

MONSIEUR DUPONT.

Nous demander la main de Julie, tout simplement.

MADAME DUPONT.

Pour leur fils?

MONSIEUR DUPONT.

A moins que ce ne soit pour le Grand Turc.

MADAME DUPONT.

M. Mairaut, le banquier?

MONSIEUR DUPONT.

M. Mairaut, directeur de la Banque de l'Univers, rue des Trois-Chapeaux, 14, au deuxième.

MADAME DUPONT.

Oui, mais...

MONSIEUR DUPONT.

Seulement, ne t'emballe pas... Ne va pas te monter la tête, comme toutes les femmes; ce n'est pas fait. Voilà... j'ai été assez malin. Depuis une quinzaine, au Cercle des négociants, Mairaut me prenait assez souvent à part, me parlait de Julie, me demandait ceci, me questionnait sur cela... Moi, tu comprends, je le laissais venir. Aujourd'hui, nous échangions quelques idées sur la difficulté qu'on éprouve à marier ses enfants : « J'en sais quelque chose, » me dit-il. Je lui réponds : « Moi aussi. » Alors (il est très fin, tu sais, le gaillard), alors, il m'a regardé en souriant et m'a dit : « Si madame Mairaut et moi, nous allions un de ces jours causer de cela avec vous et madame Dupont? » Tu penses ma joie; je ne me tenais plus. Quand je dis que je ne me tenais plus, c'est une erreur : je me tenais très bien. La preuve, c'est que je lui ai dit négligemment : « Un de ces jours, la semaine prochaine. — Pourquoi pas aujourd'hui? » qu'il fait. « Comme vous voudrez. — A six heures, nous serons chez vous. — Entendu. » Voilà.

MADAME DUPONT.

Mais... M. Mairaut le fils... Monsieur... Au fait, comment s'appelle-t-il de son petit nom ?

MONSIEUR DUPONT.

Antonin... Antonin Mairaut.

MADAME DUPONT.

Oui. Voilà ce que je voulais te demander : M. Antonin Mairaut est-il bien le mari qu'il faut à Julie?

MONSIEUR DUPONT.

Quoi? Je sais ce que tu vas me dire. Il mène une vie légère, irrégulière, si tu veux : il a une liaison, enfin.

MADAME DUPONT.

On le dit.

MONSIEUR DUPONT.

Qu'est-ce que ça prouve? Il y a une chose à laquelle tu n'as pas pensé, parce que les femmes ne pensent jamais aux choses sérieuses.

MADAME DUPONT.

A quoi? A sa fortune! Les Mairaut n'en ont pas. Leur

maison de banque occupe, en tout et pour tout, deux employés.

MONSIEUR DUPONT.

Deux employés, c'est exact.

MADAME DUPONT.

Elle est à la merci d'une catastrophe.

MONSIEUR DUPONT.

A la merci d'une catastrophe, c'est encore exact. Il y a aussi quelqu'un qui est à la merci d'une catastrophe, c'est l'oncle d'Antonin... de M. Antonin... Et il a deux cent mille francs à lui, et il ne dépense rien.

MADAME DUPONT.

C'est vrai, mais...

MONSIEUR DUPONT.

Mais... mais quoi ?... Veux-tu que je te dise? Tu es insupportable. Tu t'entêtes à ne voir que le petit côté des choses. Je ne te le reproche pas, c'est de ton sexe. Sache donc que je suis là, moi, et que je saurai bien empêcher l'oncle Maréchal de déshériter son neveu. Et puis, qu'est-ce qu'il est, l'oncle?

MADAME DUPONT.

Quoi?

MONSIEUR DUPONT.

Je te demande qu'est-ce qu'il est, qu'est-ce qu'il fait, M. Maréchal, l'oncle d'Antonin?

MADAME DUPONT.

Il est chef de bureau à la Préfecture.

MONSIEUR DUPONT.

Ah!... Est-ce qu'il ne peut pas s'arranger pour faire donner à mon imprimerie tous les travaux d'impression, trente mille francs par an? Soit, combien de bénéfices?

MADAME DUPONT.

Cinq mille francs.

MONSIEUR DUPONT.

Combien ? Cinq mille francs ! Dix mille ! Si on ne devait empocher que le bénéfice régulier, ce ne serait pas la peine de travailler pour le gouvernement.

MADAME DUPONT.

J'ai peur que le fils Mairaut n'ait des défauts...

MONSIEUR DUPONT.

Des défauts ! Des défauts ! D'abord, nous ne les connaissons pas. Ensuite, il a une qualité qu'on ne peut lui enlever : c'est d'être le neveu de son oncle, qui peut me faire gagner dix mille francs par an, et qui est presque à moitié millionnaire.

MADAME DUPONT.

Es-tu certain que ce soit le mari qui convient à Julie ?

MONSIEUR DUPONT.

C'est le mari qui convient à Julie, et le gendre qu'il me faut.

MADAME DUPONT.

Tu as plus d'expérience que moi.

MONSIEUR DUPONT.

Cinq heures dix. Maintenant, tu vas bien m'écouter. Nous n'avons que fort peu de temps, mais je sens les idées me venir avec une abondance et une clarté !... C'est seulement dans les moments difficiles que je dispose de toute mon intelligence, et je crois n'être pas tout à fait un imbécile. (*Il s'assied à cheval sur une chaise.*) Je te dis tout cela, c'est pour que tu fasses le moins de bêtises que tu pourras... Il faut obtenir du père Mairaut que les enfants soient mariés sous le régime de la communauté.

MADAME DUPONT.

Mais Julie aura sa dot.

MONSIEUR DUPONT.

Si tu m'interromps tout le temps, nous n'arriverons à rien... Le régime de la communauté... à cause de la succession de l'oncle Maréchal... Y es-tu ?

MADAME DUPONT.

Oui.

MONSIEUR DUPONT.

Ce n'est pas malheureux. Alors, nous demanderons...

MADAME DUPONT.

La communauté...

MONSIEUR DUPONT.

Nous demanderons la séparation de biens.

MADAME DUPONT.

Mais...

MONSIEUR DUPONT.

Tu n'es pas de force. Contente-toi d'écouter sans chercher à comprendre. (*Il se lève, replace sa chaise et lui frappe sur l'épaule.*) Il ne faut jamais demander ce dont on a envie. Il faut savoir se le faire offrir et se faire prier pour accepter. Donc, je donne cinquante mille francs de dot et...

MADAME DUPONT.

Cinquante mille !... Julie n'a que mes vingt-cinq mille francs.

MONSIEUR DUPONT.

C'est juste. Je donnerai vingt-cinq mille francs comptant et je promettrai le reste pour l'an prochain.

MADAME DUPONT.

Tu n'y penses pas; tu ne pourras jamais faire face
à cet engagement-là.

Elle se lève.

MONSIEUR DUPONT.

Qui sait ?... Si j'ai les travaux de la Préfecture !...

MADAME DUPONT.

Il faudrait demander à Julie ce qu'elle pense de ce
mariage...

MONSIEUR DUPONT.

Nous n'avons plus grand temps. Enfin, appelle-la,
et retire les housses.

MADAME DUPONT *va vers la porte à droite et revient.*

Mais... as-tu pensé...?

MONSIEUR DUPONT.

A tout.

MADAME DUPONT.

A tout?... Même... Et l'histoire d'Angèle?...

MONSIEUR DUPONT.

Angèle n'est plus ma fille.

MADAME DUPONT.

Il faudra leur dire...

MONSIEUR DUPONT.

Naturellement; puisqu'ils le savent, nous ne pouvons pas faire autrement.

MADAME DUPONT.

Je suis à peu près certaine que c'est elle que j'ai
rencontrée la dernière fois que je suis allée à Paris.

MONSIEUR DUPONT.

Tu te seras trompée.

MADAME DUPONT.

Je suis sûre que non.

MONSIEUR DUPONT.

Quoi qu'il en soit, en agissant comme je l'ai fait, j'ai accompli mon devoir; je puis marcher la tête haute, et je ne crains rien... Aie confiance. Appelle Julie, elle t'aidera à mettre le salon en ordre.

SCÈNE VI

MONSIEUR DUPONT *seul, puis* JULIE *et* MADAME DUPONT.

MONSIEUR DUPONT, *seul, se frottant les mains.*

Je n'ai tout de même pas conduit ça trop bêtement, allons !

Entrent Julie et sa mère.

JULIE.

Alors, c'est une demande?

MONSIEUR DUPONT.

C'est une demande. (*A sa femme.*) Retire les housses. (*A Julie.*) Tu connais le jeune Antonin Mairaut? (*Il s'assied.*) Vous avez dansé plusieurs fois ensemble.

JULIE.

Oui.

MONSIEUR DUPONT.

Qu'est-ce que tu penses de lui?

JULIE.

Comme mari?

MONSIEUR DUPONT.

Comme mari... Ne te presse pas de répondre. Retire la housse de la chaise où tu es assise et passe-la à ta mère.

JULIE, *obéissant.*

Est-ce que les parents ont fait la demande officielle?

MADAME DUPONT.

Non, c'est seulement en prévision que nous voulons...

MONSIEUR DUPONT, *lui donnant une dernière housse qu'il a retirée lui-même.*

Va porter tout ça à côté. (*A sa fille.*) La demande n'est pas faite, mais elle le sera bientôt... avant une heure d'ici.

JULIE.

C'est donc pour ça, tous ces frais?

MONSIEUR DUPONT.

Tu l'as dit... Il s'agit de ne pas avoir l'air d'être des misérables et sans aucune relation...(*Il prend une coupe où sont des cartes de visite.*) Bien vieilles ces cartes de visite, bien jaunes; et des noms bien communs. Il faut rafraîchir cela. (*A sa femme qui revient.*) Descends à l'atelier; tu demanderas à Courthezon qu'il te donne nos nouveaux modèles de cartes à trois francs... à trois francs cinquante, et puis tu monteras la partition de Wagner, qu'on nous a donnée à relier. (*Madame Dupont sort. A Julie.*) Je ne veux pas t'influencer...

JULIE.

Mais cependant...

MONSIEUR DUPONT. *Il va à la cheminée.*

Cependant, quoi? Attends que j'allume la lampe.

Il frotte une allumette.

JULIE.

Mais il fait encore clair.

MONSIEUR DUPONT.

Lorsqu'on reçoit, on n'attend pas qu'il fasse nuit pour... Tu es assez grande pour savoir... Qu'est-ce que c'est que cette huile-là ?... ce que tu as à faire... Sacrées lampes ! Quand on ne les allume jamais, c'est le diable pour les allumer... Oui, je disais, tu es assez grande, c'est à toi de peser le pour et le contre. Le mariage... Là... (*Regardant autour de lui.*) Qu'est-ce qu'on arrangerait bien encore? Qu'est-ce que c'est que ça? Le chapeau à cette grande sarcelle de Caroline.

MADAME DUPONT, *entrant du fond et apportant des cartes de visite et une partition.*

Voilà les cartes et la partition.

MONSIEUR DUPONT.

Merci. (*Il donne à madame Dupont le chapeau de Caroline.*) Emporte ça... Et ton ouvrage ! Veux-tu cacher ça ! N'aie pas l'air de repriser tes bas toi-même, que diable !... C'est drôle que tu ne comprennes pas ça toute seule ! (*Elle sort par le fond et revient bientôt. Machinalement, à Julie.*) C'est à toi de peser le pour et le contre... A la bonne heure : « Vicomte de Live-rolles... M. l'abbé Candar, chanoine honoraire... Ange Nitton, ancien conseiller municipal... » Voilà qui ne fera pas trop mauvaise figure. . La partition... sur le piano, tout ouverte... Bien... Il manque encore quelque chose... Julie ! la boîte de cigares que M. Guéroult m'a envoyée, pour son élection?

JULIE.

Elle est là.

MONSIEUR DUPONT.

Donne.

JULIE.

Tu ne l'as pas encore entamée.

MONSIEUR DUPONT.

Attends... (*Il fouille dans sa poche, tire un canif qu'il ouvre.*) Il faut leur faire voir qu'il n'y a pas que les députés qui fument des cigares à cinq sous ! (*Il ouvre la boîte.*) Tu comprends bien que sans être orgueilleux, on a sa dignité... Là. (*Il prend une poignée de cigares et les donne à sa fille.*) Mets ça dans le tiroir, pour qu'on n'ait pas l'air d'avoir sorti la boîte exprès. (*Il arrange la boîte sur la table...*) Un journal de modes... Très bien... Et moi ? (*A sa femme.*) Léontine... donne-moi une autre décoration du Christ ; celle-ci est fanée. (*A sa fille.*) Il a vingt-huit ans. Il est élégant, distingué ; il a fait son droit à Bordeaux... (*Il met la décoration fraîche et se regarde un peu longuement.*) Dans une ville où je ne serais pas connu, ça, ça vaudrait la Légion d'honneur. (*Il se retourne.*) Eh bien ! as-tu réfléchi ?

JULIE.

Je demande à réfléchir plus longuement.

MONSIEUR DUPONT.

Tu as encore un quart d'heure.

MADAME DUPONT.

Elle voudrait plusieurs jours peut-être.

MONSIEUR DUPONT.

C'est ça ! attendre, n'est-ce pas ? Recommencer l'histoire de cette grande bête de Caroline. Ah, non ! Ta sœur, que tu vois maintenant vieille fille, et qui ne se mariera jamais, à moins que sa tante de Calcutta ne lui laisse un héritage ; ta sœur a eu un jour, elle

aussi, une occasion. Elle a fait la difficile, elle a
« réfléchi... » et voilà où elle en est. Voilà où ça conduit, la réflexion. Elle me reste sur les bras.

MADAME DUPONT.

Il ne faut pas dire cela : elle gagne sa vie.

MONSIEUR DUPONT.

Elle gagne sa vie, possible, mais elle me reste sur
les bras tout de même. Entre parenthèses, il ne faut
pas avouer aux Mairaut que Caroline travaille pour
vivre.

MADAME DUPONT.

Ils doivent le savoir.

MONSIEUR DUPONT.

Pas du tout... Qu'est-ce que je disais?... Oui... Elle
me reste sur les bras tout de même. Une, c'est assez ;
deux, ce serait trop... N'oublie pas que tu n'as pas de
dot, ma fille... ou à peu près, et que par le temps qui
court, quand on n'a pas de dot, on n'a pas le droit
d'être difficile.

JULIE.

Alors, maintenant, le mariage, c'est un mari qu'on
achète ?

MONSIEUR DUPONT.

Dame.

JULIE.

Et les filles pauvres sont condamnées au malheur?

MONSIEUR DUPONT.

Ce n'est pas tout à fait exact, mais il est bien évi-
dent qu'il y a plus de choix pour celles qui ont un
gros sac.

JULIE, *amère*.

Les autres doivent se contenter des articles de rebut,
des laissés-pour-compte.

MONSIEUR DUPONT.

Il y a des exceptions, mais, en général, les maris, c'est comme le reste : quand on veut avoir du beau, il faut y mettre le prix.

MADAME DUPONT.

Et encore, on est souvent volé.

MONSIEUR DUPONT.

Ça arrive... mais M. Antonin Mairaut est très présentable. Non?... Je me demande ce qu'il te faut, parole ! Si tu attends un prince, dis-le... Attends-tu un prince ? Réponds, réponds?... Voyons, mon enfant, il se présente une occasion unique, que tu ne retrouveras peut-être jamais, un jeune homme bien élevé qui a un oncle chef de bureau à la Préfecture, lequel oncle peut doubler mes bénéfices en me faisant avoir les travaux de l'administration, sans compter le reste... et tu fais la difficile!

MADAME DUPONT.

Réfléchis. . Voilà que tu as vingt-quatre ans.

MONSIEUR DUPONT.

Tu as cette chance énorme que ce garçon s'est toqué de toi, paraît-il, à un bal.

JULIE.

Je crois bien. Il voulait m'embrasser, entre deux portes. J'ai dû le remettre à sa place.

MADAME DUPONT.

Tu as bien fait.

MONSIEUR DUPONT.

Elle a bien fait si elle n'a pas agi trop brutalement. Il n'y a eu de la part de ce garçon, j'en suis sûr, qu'un enfantillage.

MADAME DUPONT.

Oh ! certainement.

JULIE.

Il ne me plaît qu'à demi.

MONSIEUR DUPONT.

Mâtin ! S'il te plaît à moitié, c'est déjà quelque chose ! Il y a beaucoup de mariages où l'on n'a même pas ça !

MADAME DUPONT.

Tu n'as pas d'antipathie contre lui ?

JULIE.

Non !

MONSIEUR DUPONT.

Alors !

MADAME DUPONT.

C'est peut-être insuffisant.

MONSIEUR DUPONT.

Voyons, voyons, mon enfant, il s'agit de causer sérieusement. Jadis tu étais romanesque. Grâce à Dieu, je t'ai guérie de cette infirmité. Tu sais bien que les ménages malheureux sont le plus souvent des mariages d'amour.

JULIE, *pas convaincue.*

Je le sais bien... je le sais bien,.. Enfin, je veux un mari qui m'aime.

MONSIEUR DUPONT.

Mais, nom d'une pipe, il t'aime, celui-là, puisque tu viens de nous avouer toi-même qu'au bal, tu avais été forcée de le remettre à sa place !

JULIE.

Je ne veux pas être une esclave.

MONSIEUR DUPONT.

Tu conduiras ton mari par le bout du nez.

JULIE.

Qu'en sais-tu ?

MONSIEUR DUPONT.

Je le sais. Que cela te suffise... Et puis, vraiment,
en voilà assez !... Tu t'imagines que, par ton caprice,
tu vas renverser tous mes plans, m'empêcher d'agran-
dir l'imprimerie et de nous retirer l'année prochaine
comme nous en avions l'intention, ta mère et moi !...
Alors, tu crois que nous n'avons... que je n'ai pas
assez travaillé ? Tu ne veux pas que nous allions
goûter un peu de repos avant de mourir ? Tu trouves
peut-être que je ne l'ai pas gagné, ce repos. Réponds ?
tu trouves que je ne l'ai pas gagné ?

JULIE.

Si.

MONSIEUR DUPONT, *triomphant.*

Eh bien, alors ?... D'ailleurs, je vais te mettre à
ton aise. Je n'exige pas une réponse définitive aujour-
d'hui. Je te demande seulement de ne pas faire la
mauvaise tête et de nous laisser te présenter Antonin comme un prétendant si ses parents nous font des
avances, voilà tout. Tu causeras ensuite avec lui, tu
le questionneras. Naturellement, il faut que vous vous
connaissiez.

MADAME DUPONT.

Réfléchis bien, mon enfant.

MONSIEUR DUPONT.

Vois si tu dois suivre l'exemple de cette grande
bête de Caroline.

MADAME DUPONT.

Tu es en âge de te marier.

MONSIEUR DUPONT.

Réponds. Es-tu en âge de te marier ?

JULIE.

Évidemment.

MONSIEUR DUPONT.

As-tu d'autres partis ?

MADAME DUPONT.

Oui. As-tu le choix ?

JULIE.

Non.

MONSIEUR DUPONT.

Tu vois bien.

MADAME DUPONT.

Tu vois bien.

MONSIEUR DUPONT.

Alors, c'est entendu... Nous n'avons que le temps. M. Mairaut est l'exactitude même : il est six heures moins cinq ; dans cinq minutes il sera là. (*Julie garde le silence, regardant par la fenêtre ouverte. On entend des rires d'enfants. A sa femme.*) Qu'est-ce qu'elle regarde par la fenêtre ?

MADAME DUPONT.

Madame Brichot qui rentre avec ses enfants.

JULIE, *à elle-même, avec un sourire d'une grande douceur, se répetant un mot qu'elle entend en rêve.*

Maman !

MONSIEUR DUPONT.

Eh bien ?

JULIE.

Eh bien, c'est entendu.

MONSIEUR DUPONT.

Ouf !... Maintenant va t'habiller.

JULIE.

M'habiller ?

MADAME DUPONT.

Évidemment. Tu seras censée ne rien savoir, mais il faut que tu sois propre.

JULIE.

Quelle robe faut-il mettre ?

MADAME DUPONT, *réfléchissant.*

Ah ! voilà ! (*Tout à coup.*) J'y pense. N'est-ce pas aujourd'hui le bal chez les Gonthier ?

JULIE.

Oui, mais nous avons fait dire que nous n'irions pas.

MADAME DUPONT.

Nous y allons tout de même. Mets ta robe de bal.

JULIE.

Avant dîner ?... Est-ce donc ma robe qu'il épousera ?

MADAME DUPONT.

Non. Mais ta robe te fait valoir. Obéis-moi.

JULIE.

Allons !

Elle sort.

SCÈNE VII

MONSIEUR DUPONT, MADAME DUPONT.

MONSIEUR DUPONT.

Tu as l'intention d'aller à ce bal ?

MADAME DUPONT.

Pas du tout.

MONSIEUR DUPONT.

Eh bien ?

MADAME DUPONT.

M. Antonin va venir.

MONSIEUR DUPONT, *comprenant.*

Et Julie est beaucoup plus gentille lorsque... Tu as raison... Les voilà... Nous allons passer de l'autre côté.

MADAME DUPONT.

Pour ?...

MONSIEUR DUPONT.

Il faut les faire attendre un peu, c'est plus distingué... (*A la bonne qui entre de gauche pour aller ouvrir. A mi-voix.*) Vous prierez d'attendre un moment.

LA BONNE.

Oui, monsieur.

MONSIEUR DUPONT.

Filons.

> *Ils sortent par la gauche. Entrent M. et madame Mairaut.*

SCÈNE VIII

MONSIEUR MAIRAUT MADAME MAIRAUT. *Ils entrent avec un sourire qui se glace dès qu'ils voient que le salon est vide.*

MONSIEUR MAIRAUT.

Ils ne sont pas là ?

LA BONNE.

Je vais prévenir madame...

Elle sort.

MADAME MAIRAUT.

Prévenir madame !... (*A son mari*). On nous avait vus venir...

MONSIEUR MAIRAUT.

Tu crois ?

MADAME MAIRAUT.

Cette lampe-là n'est pas allumée pour éclairer les murs... Ça n'est pas riche, riche, riche, leur salon... (*Elle soulève un peu l'étoffe du dossier d'un fauteuil.*) C'est du meuble retapé...

MONSIEUR MAIRAUT, *sur la coupe aux cartes de visite.*

Ils ont de jolies relations...

MADAME MAIRAUT.

Voyons... (*Elle regarde.*) Ces cartes-là ont été mises exprès pour nous, il n'y a pas une heure...

MONSIEUR MAIRAUT.

Oh ! oh ! oh !

MADAME MAIRAUT.

Regarde. Elles sont toutes fraîches, tandis que celles qui sont en dessous sont jaunies.

MONSIEUR MAIRAUT.

Parce que celles du dessous sont plus vieilles.

MADAME MAIRAUT.

Parce qu'elles ont été à la lumière depuis le premier de l'an jusqu'à tout à l'heure, tandis que celles-ci sont neuves. Il va falloir jouer serré. Surtout, toi, ne me fais pas de gaffes.

MONSIEUR MAIRAUT.

Non.

MADAME MAIRAUT.

Ne pas avoir l'air de tenir à ce mariage-là

MONSIEUR MAIRAUT.

Je sais.

MADAME MAIRAUT.

Se faire offrir le régime de la communauté.

MONSIEUR MAIRAUT.

Oui.

MADAME MAIRAUT.

Et pour cela, demander la séparation de biens.

MONSIEUR MAIRAUT.

Oui.

MADAME MAIRAUT.

Du reste, fais comme d'habitude : parle le moins possible.

MONSIEUR MAIRAUT.

Mais...

MADAME MAIRAUT.

Tu sais bien qu'il n'y a que ça qui te réussit.

MONSIEUR MAIRAUT.

Mais à toi, j'ai quelque chose à te dire.

MADAME MAIRAUT.

Ça doit être une bêtise. Enfin ! nous n'avons rien à faire de mieux : je t'écoute.

MONSIEUR MAIRAUT.

C'est toujours pour la chose dont je t'ai entretenue et qui me gêne, vraiment. Si les Dupont nous donnent leur fille, qui a problablement vingt-cinq mille francs de dot...

MADAME MAIRAUT.

Oui, moi, je compte vingt ou vingt-cinq mille francs,

MONSIEUR MAIRAUT.

Eh bien, s'ils nous la donnent, à nous qui n'avons que ma banque, c'est qu'ils ne savent pas que l'oncle Maréchal est ruiné.

MADAME MAIRAUT.

Évidemment, personne ne le sait.

MONSIEUR MAIRAUT.

Ce n'est pas honnête de ne pas le leur dire.

MADAME MAIRAUT.

Pourquoi ?

MONSIEUR MAIRAUT.

Dame...

MADAME MAIRAUT.

Si on doit le leur dire, nous n'avons qu'à nous en aller tout de suite.

MONSIEUR MAIRAUT.

Tu vois.

MADAME MAIRAUT.

Donc, nous devons nous taire. Oui. Parce que si tu as le souci de ne pas leur faire du tort, moi, j'ai le souci de ne pas en faire à l'oncle Maréchal.

MONSIEUR MAIRAUT.

Comment cela ?

MADAME MAIRAUT.

Nous n'avons pas le droit de divulguer un secret qui ne nous appartient pas. Je regrette que tu n'aies pas compris cela. Je suis tout aussi scrupuleuse que toi, mon ami; seulement, moi, je place les intérêts de ma famille avant ceux des étrangers. Si j'ai tort, dis-le moi.

MONSIEUR MAIRAUT.

Et s'ils nous questionnent ?

MADAME MAIRAUT.

Nous consulterons l'oncle Maréchal, puisque c'est lui le principal intéressé.

MONSIEUR MAIRAUT.

Malgré tout... il me semble...

MADAME MAIRAUT.

Maintenant, ordonne. Si tu veux que nous partions, partons ; c'est toi le maître : je ne l'ai jamais oublié. Partons-nous ?

MONSIEUR MAIRAUT, *après un silence, capitulant.*

Maintenant que nous sommes là, qu'est-ce que les Dupont penseraient de nous ?...

MADAME MAIRAUT.

Et puis, il faut se souvenir que l'aînée des demoiselles Dupont a été déshonorée et qu'elle est établie « cocotte » à Paris. Ça les rendra moins difficiles.

MONSIEUR MAIRAUT.

Chut!...

Entrent M. et madame Dupont.

SCÈNE IX

MONSIEUR *et* MADAME DUPONT, MONSIEUR *et* MADAME MAIRAUT. *Papotage ; « Bonjour, chère madame. Comment allez-vous ?... Que c'est aimable à vous !... Asseyez-vous donc... etc... » On s'installe. — Silence.*

MADAME MAIRAUT.

Ma chère madame, je n'irai pas par quatre chemins. Voici le but de notre visite. Nous avons cru nous apercevoir, M. Mairaut et moi, que mademoiselle votre fille avait produit sur Antonin une impression... comment dirais-je?... une certaine impression.

MONSIEUR MAIRAUT.

Oui, c'est cela... une certaine impression ..

MADAME MAIRAUT.

Antonin doit venir nous prendre ici tout à l'heure, mais, naturellement, nous ne lui avons rien dit.

MONSIEUR DUPONT.

De même, Julie ne se doute de rien.

MADAME DUPONT.

Elle s'habille. Nous allons ce soir au bal des Gonthier, et la pauvre petite m'a demandé la permission de mettre sa robe avant le dîner.

MONSIEUR DUPONT.

Non pas qu'elle soit coquette.

MADAME DUPONT.

Oh ! Dieu ! non !

MONSIEUR DUPONT, *d'un ton détaché, à sa femme.*

Est-ce qu'elle ne fait pas ses petites affaires elle-même ?

MADAME DUPONT.

Oui, oui, oui. Nous ignorons, dans la maison, ce que c'est qu'une note de couturière...

MONSIEUR DUPONT.

Ce qui ne l'empêche pas d'être très bonne musicienne.

MADAME DUPONT.

Excellente. Elle a une passion pour la grande musique. Ainsi, elle connaît son Wagner sur le bout du doigt.

MADAME MAIRAUT,

Wagner! Diable!...

MADAME DUPONT.

Oh ! juste ce qu'il faut pour en parler.

MADAME MAIRAUT.

Je sais qu'elle est charmante.

MADAME DUPONT.

Et bonne... Vous ne sauriez croire combien cette petite est susceptible d'attachement !

MONSIEUR DUPONT, *à M. Mairaut.*

Voulez-vous un cigare ?

MONSIEUR MAIRAUT.

Merci, je ne fume pas avant dîner.

MONSIEUR DUPONT.

Prenez toujours. Vous le fumerez après. Ce sont mes ordinaires, mais ils sont passables.

MONSIEUR MAIRAUT, *acceptant.*

Merci.

MADAME MAIRAUT.

Si Antonin n'est pas encore marié, c'est que, son père et moi, nous avons voulu lui trouver une femme digne de lui. La question d'argent, pour nous, ne vient qu'en dernière ligne.

MADAME DUPONT.

C'est tout à fait comme nous. Je vois avec plaisir que nous nous entendrons facilement.

MADAME MAIRAUT.

Dieu merci, ce ne sont pas les partis les plus riches qui ont manqué à Antonin.

MONSIEUR DUPONT.

De même pour Julie. Malgré le malheur qu'il y a eu
dans la famille?

MONSIEUR MAIRAUT.

Oui, nous savons...

MADAME MAIRAUT.

Quel malheur ? Nous ne savons rien... Qu'est-ce que
tu dis, mon ami ?...

MONSIEUR MAIRAUT.

Je disais... Rien... je disais... Non, je ne disais
rien.

MADAME MAIRAUT, *à madame Dupont.*

Il y a un malheur dans la famille ?

MONSIEUR DUPONT.

Oui. De mon premier mariage, j'ai eu deux filles :
l'une, cette grande bête de Caroline, que vous connaissez.

MADAME MAIRAUT.

Parfaitement... Et que vous n'avez pu marier.

MONSIEUR DUPONT.

Parce qu'elle ne l'a pas voulu, croyez-le bien. L'autre
s'appelait Angèle. A dix-sept ans, elle a commis une
faute qu'il devenait impossible de cacher. Je l'ai chas-
sée... (*Très sincère.*) Ça m'a fait de la peine, je vous le
jure...

MADAME DUPONT.

Il est resté trois jours sans manger.

MONSIEUR DUPONT, *ému.*

Oui, ça m'a fait de la peine. . mais je sais quel est
le devoir d'un honnête homme.

MADAME MAIRAUT.

Vous en avez eu d'autant plus de mérite... permettez-moi de vous féliciter.

Poignées de main.

MONSIEUR MAIRAUT.

Puisque vous l'aimiez tant que ça, vous auriez peut-être mieux fait de la garder tout de même.

MADAME MAIRAUT.

Tu ne penses pas à ce que tu dis, mon ami... (*A M. Dupont.*) Et qu'est-ce qu'elle est devenue ?

MONSIEUR DUPONT.

Elle est aux Indes.

MADAME DUPONT, *surprise.*

Aux Indes ?

MONSIEUR DUPONT, *à sa femme.*

Oui, chez sa tante, une sœur de ma première femme. J'ai eu de ses nouvelles... (*A madame Mairaut.*) Indirectement, bien entendu. Voilà...

MADAME MAIRAUT.

Je vous le répète, monsieur Dupont, cela est tout à votre honneur... seulement, il y a des gens si drôles... Enfin je ne pense pas que cette révélation doive immédiatement nous faire abandonner nos projets. (*A son mari.*) Qu'en penses-tu, mon ami ?

MONSIEUR MAIRAUT.

Moi ?

MADAME MAIRAUT.

Tu penses comme moi qu'il faut réfléchir, n'est-ce pas ?... (*Un temps.*) Sans vouloir rien engager d'un côté ni de l'autre, et pour n'avoir plus à revenir sur la question d'argent qui m'est odieuse, voulez-vous me permettre une petite question, monsieur Dupont?

MONSIEUR DUPONT.

Parfaitement, madame Mairaut.

MADAME MAIRAUT.

Avez-vous déjà pensé... à ce que vous donneriez à votre fille ?

MONSIEUR DUPONT.

Mon Dieu... oui... comme ça, vaguement.

MONSIEUR MAIRAUT.

Oui.

Un temps.

MADAME MAIRAUT.

Et... à peu près... c'est?...

MONSIEUR DUPONT.

Cinquante mille francs.

MADAME MAIRAUT.

Cinquante mille francs... (*A son mari.*) Tu entends, monsieur ne donne *que* cinquante mille francs.

MONSIEUR MAIRAUT.

Oui.

Un temps.

MADAME MAIRAUT.

Comptant, en espèces, naturellement?

MONSIEUR DUPONT.

Comptant, vingt-cinq mille... et vingt-cinq mille dans six mois.

MADAME MAIRAUT, *à son mari.*

Tu entends ?

MONSIEUR MAIRAUT.

Oui.

MADAME MAIRAUT.

Ça ne fait plus que vingt-cinq mille francs et une promesse.

MONSIEUR DUPONT.

Vingt-cinq mille francs et ma parole.

MADAME MAIRAUT.

Oui, c'est ce que je dis. (*Regard à son mari.*) Dans ces conditions-là, nous regrettons beaucoup... Mais M. Mairaut se refuse... C'est vraiment trop peu.

MONSIEUR DUPONT.

Combien donnez-vous à M. Antonin?

MADAME MAIRAUT.

Oh! pas un sou... Ça, nous sommes très nets et très francs... Lorsqu'il sera marié, son père le prendra comme associé... et c'est la dot de sa femme qui sera sa mise de fonds.

MONSIEUR MAIRAUT.

Nous vous disons la vérité telle qu'elle est.

MADAME MAIRAUT.

Antonin n'aura rien que ce qui pourra lui revenir après nous.

MADAME DUPONT.

Et, Dieu merci, vous êtes tous les deux en très bonne santé.

MADAME MAIRAUT, *s'excusant.*

Mon Dieu, oui.

MADAME DUPONT.

Il a un oncle, je crois?

MADAME MAIRAUT.

Oui, madame.

MONSIEUR MAIRAUT.

Oui, l'oncle Maréchal.

MONSIEUR DUPONT.

On dit que M. Maréchal aime beaucoup M. Antonin.

MADAME MAIRAUT.

Beaucoup.

MONSIEUR MAIRAUT.

Beaucoup.

MONSIEUR DUPONT.

Il est riche, à ce qu'on dit.

MADAME MAIRAUT.

A ce qu'on dit.

MONSIEUR MAIRAUT.

Nous n'avons pas compté avec lui, n'est-ce pas?

MADAME DUPONT.

Et naturellement, M. Maréchal laisserait tout ce qu'il a à son neveu.

MONSIEUR *et* MADAME MAIRAUT, *ensemble.*

Oh! ça, oui... Nous le garantissons. Il lui laisserait tout ce qu'il a...

MADAME DUPONT.

M. Maréchal est très influent à la Préfecture ?

MADAME MAIRAUT.

Oui... Mais tout cela est parler pour ne rien dire... A vingt-cinq mille francs, nous ne pouvons pas.

MONSIEUR DUPONT.

Je regrette...

MADAME MAIRAUT..

Nous aussi... (*Elle se lève. A son mari.*) Allons, mon ami, nous allons prendre congé...

MONSIEUR DUPONT.

J'irai peut-être jusqu'à trente mille...

MADAME MAIRAUT.

Non. A moins de cinquante mille, c'est impossible.

MONSIEUR DUPONT.

Tenez, coupons la poire en deux. Trente mille, et ma maison de campagne de Saint-Laurent.

MADAME MAIRAUT.

Elle est inondée deux mois par an.

MONSIEUR DUPONT.

Inondée? jamais!

MADAME MAIRAUT, *à son mari.*

Enfin, qu'en penses-tu?...

MONSIEUR MAIRAUT.

Antonin aime tant mademoiselle Julie !

MADAME MAIRAUT.

Ah! mon Dieu, si ce n'était pas cela! (*Elle s'assied.*) Mon pauvre enfant!

Elle pleure.

MADAME DUPONT.

Ma pauvre petite Julie!

Elle pleure.

MONSIEUR MAIRAUT, *à M. Dupont.*

Excusez-la... seulement... c'est son fils...

MONSIEUR DUPONT.

Vous pensez si je vous comprends...

MADAME MAIRAUT, *en s'essuyant les yeux.*

Et naturellement, les autres vingt-cinq mille dans six mois?

MADAME DUPONT.

Naturellement.

MADAME MAIRAUT.

Sous quel régime les marions-nous?

MONSIEUR DUPONT.

Là-dessus, j'ai des idées bien arrêtées.

MONSIEUR MAIRAUT.

Moi aussi.

MONSIEUR DUPONT.

La séparation de biens.

MONSIEUR MAIRAUT.

La séparation de biens?
  Silence étonné.

MONSIEUR DUPONT.

Oui...

MONSIEUR MAIRAUT.

Ah! la séparation de...

MONSIEUR DUPONT.

Vous tenez à...

MONSIEUR MAIRAUT.

J'y tiens... j'y tiens... A moins que vous ne préfé-
riez...

MONSIEUR DUPONT.

La communauté...

MONSIEUR MAIRAUT.

C'est cela...

MONSIEUR DUPONT.

C'est cela... il y a, dans le régime de la séparation,
je ne sais quoi de choquant... de mesquin.

MONSIEUR MAIRAUT,

C'est cela, de mesquin...

MONSIEUR DUPONT.

De méfiant !...

MONSIEUR MAIRAUT,.

N'est-ce pas ?... Alors, voilà qui est entendu ?

MONSIEUR DUPONT.

C'est entendu... La communauté réduite aux acquêts...
C'est-à-dire que les premiers vingt-cinq mille francs
constitueront la dot.

MADAME MAIRAUT.

Et ceux que vous donnerez six mois après, c'est à la
communauté que vous les donnerez.

MONSIEUR DUPONT.

Nous ferons un petit contrat.

MONSIEUR MAIRAUT.

Parfaitement.

*Entre Antonin Mairaut, vingt-huit ans, joli garçon,
très correct. Salutations.*

SCÈNE X

Les Mêmes, ANTONIN.

MADAME MAIRAUT.

Antonin... (*A M. et madame Dupont.*) Vous permettez
que je le mette au courant en deux mots ?

MADAME DUPONT.

Faites donc...

MADAME MAIRAUT, *bas, à Antonin.*

Ça y est.

ANTONIN.

Combien ?

MADAME MAIRAUT.

Trente mille, la maison et vingt-cinq mille dans six mois.

ANTONIN.

Bon.

MADAME MAIRAUT.

Ça ne dépend plus que de la petite.

ANTONIN.

Est-elle romanesque ou positive ? Je ne sais pas bien.

MADAME MAIRAUT.

Elle est très romanesque et elle est folle de Wagner.

ANTONIN.

Diable !

MADAME MAIRAUT.

C'est ce que j'ai dit... Mais une fois mariée... mère de famille...

ANTONIN.

Oh ! mère de famille... Comme tu y vas ! Ça coûte cher, les enfants, et c'est bien embêtant.

MADAME MAIRAUT.

Ne la contrarie pas maintenant. Ne seras-tu pas le maître plus tard ?

ANTONIN.

Évidemment.

MADAME MAIRAUT, *revenant auprès de madame Dupont.*

Voilà...

MADAME DUPONT.

Qu'est-ce qu'il a dit ?

MADAME MAIRAUT.

Il craint de ne pas plaire à mademoiselle Julie.

MONSIEUR DUPONT.

Quel enfantillage !...

MADAME MAIRAUT.

Puis, il reste hésitant à cause du chiffre de la dot.

MONSIEUR DUPONT.

C'est mon dernier mot... (*A sa femme.*) Mais qu'est-ce que fait Julie?...

MADAME DUPONT.

Je vais aller la chercher...

MONSIEUR DUPONT.

Attends. (*Il sonne. A la bonne.*) Voulez-vous prier mademoiselle de venir, si elle est prête?

La bonne sort.

ANTONIN.

Je tiens à vous dire, monsieur et madame, combien je suis flatté de voir que des pourparlers se sont engagés entre mes parents et vous sur une aussi grave question... Je ne sais s'ils aboutiront... mais...

MADAME DUPONT.

C'est nous, monsieur, qui... Vous allez la voir, cette pauvre petite... Elle ne se doute de rien...

MADAME MAIRAUT.

Nous pourrons les laisser causer un peu en tête à tête.

MADAME DUPONT.

C'est cela... Nous allons au bal des Gonthier... Elle m'a demandé la permission... La voici...

Entre Julie.

SCÈNE XI

Les Mêmes, JULIE.

MADAME DUPONT, *à Julie.*

Ta robe fait un pli. (*Elle l'entraîne à part. — Aux
Mairaut.*) Vous permettez?

JULIE, *bas.*

Eh bien?

MADAME DUPONT.

Ça ne dépend plus que de toi. On va vous laisser
ensemble. N'oublie pas que c'est ta dernière ressource.
Ne rate pas l'occasion.

JULIE.

J'ai réfléchi. Je ne veux pas faire comme Caroline...
et si, après notre conversation...

MADAME DUPONT.

Ne l'effarouche pas... Il est très pratique... Si tu pouvais lui donner l'espérance que tu l'aiderais dans ses
travaux de banque...

JULIE.

J'ai horreur des chiffres.

MADAME DUPONT.

Une fois mariée, tu feras ce que tu voudras... Rentre
un peu cette dentelle qui est fanée. (*Elle baisse la dentelle du corsage de sa fille.*) Et puis, mon Dieu, tu sais...
entre fiancés, il y a peut-être des petites choses qu'il
se croira permises...

JULIE,

Oui. On s'aperçoit que tu me parles bas. Va.

*Madame Dupont revient auprès de madame Mai-
raut.*

MADAME MAIRAUT.

Qu'est-ce qu'elle a dit?

MADAME DUPONT.

Elle ne se doute de rien.

MADAME MAIRAUT.

Laissons-les. (*Haut.*) Il y a bien longtemps, cher
monsieur Dupont, que j'avais envie de visiter un atelier d'imprimerie... Est-ce que?...

MONSIEUR DUPONT.

Si vous voulez bien m'accompagner, madame, je
serai heureux...

MONSIEUR MAIRAUT.

C'est cela.

MADAME MAIRAUT.

Nous serions six... ce serait tout un cortège. (*Négligemment.*) Les enfants vont rester là; n'est-ce pas, chère
madame?...

MADAME DUPONT.

Parfaitement.

Ils sortent.

SCÈNE XII

JULIE, ANTONIN.

ANTONIN, *regardant la partition qui est sur le piano.*
Vous aimez Wagner, mademoiselle?

JULIE.

Beaucoup.

ANTONIN.

Moi, je l'adore.

JULIE.

Quel génie! N'est-ce pas?

ANTONIN.

N'est-ce pas?

JULIE.

Il est le seul musicien.

ANTONIN.

Le plus grand.

JULIE.

Non pas : le seul.

ANTONIN.

Le seul, en effet. Je vois avec plaisir que nous avons les mêmes goûts artistiques. (*Un temps.*) Vous êtes censée ne rien savoir, n'est-ce pas ? Moi aussi.

JULIE.

A quel sujet ?

ANTONIN.

Vos parents ne vous ont rien dit? Les miens non plus... alors...

JULIE.

Ils ne m'ont rien dit, mais ils m'ont laissé deviner, peut-être...

ANTONIN.

C'est comme moi. Alors, vous voulez bien me permettre de me considérer comme votre fiancé?

JULIE.

Oh! oh! vous allez un peu vite. Il faut d'abord que nous fassions plus ample connaissance.

ANTONIN.

Nous avons souvent dansé ensemble.

JULIE.

C'est vrai, mais c'est insuffisant.

ANTONIN.

Pas pour moi. Depuis la première fois que je vous ai vue... c'était, je crois, au bal de la Préfecture.

JULIE.

Non. C'est un dimanche, à la musique, que madame votre mère vous a présenté.

ANTONIN.

Peu importe...

JULIE.

Je désirerais connaître votre caractère. Voulez-vous... voulez-vous me permettre de vous poser quelques questions?... Ce n'est peut-être pas très convenable ce que je fais là...

ANTONIN.

Mais si, mais si. Parlez.

JULIE.

Aimez-vous les enfants?

ANTONIN.

Je les adore.

JULIE.

...Vrai?

ANTONIN.

Vrai.

JULIE.

J'en suis folle. C'est, pour moi, le bonheur et le but de la vie... D'ailleurs, je me fais du mariage une idée plus haute que la plupart des jeunes filles. J'y vois une union parfaite de l'esprit et du cœur.

ANTONIN.

Moi aussi.

JULIE.

Ils me paraissent monstrueux, ces ménages qui ne sont plus que des associations.

ANTONIN.

Monstrueux, vous avez raison.

JULIE.

Une dernière question : aimez-vous le monde?

ANTONIN.

Non. Et vous?

JULIE.

Moi non plus.

ANTONIN.

Tant mieux, car j'en ai vraiment par-dessus la tête, moi, des fêtes et des bals... Cependant, si cela était nécessaire pour augmenter nos relations... si. cela devait aider au développement de la maison de banque, vous consentiriez...

JULIE.

Bien entendu. Quel genre d'opérations faites-vous, dans votre banque?

ANTONIN.

Mais toutes celles qui se font habituellement.

JULIE.

J'ai vu sur l'enseigne : les comptes courants, les ordres de bourse...

ANTONIN.

L'encaissement des coupons.

JULIE,

Ce doit être intéressant.

ANTONIN.

Vous vous intéresseriez à cela?

JULIE.

Oh! quand j'étais petite, mon père me faisait l'aider à sa comptabilité.

ANTONIN.

Et maintenant?

JULIE.

Plus, malheureusement. Il y a un comptable. Je le regrette.

ANTONIN.

Savez-vous que vous êtes charmante?

JULIE.

Vous me l'avez dit une fois, déjà.

ANTONIN.

Oui. Au bal... Vous aviez une robe qui ressemblait à celle-ci... Vous êtes jolie... jolie...

Il lui prend la main.

JULIE, *un peu troublée.*

Non...

ANTONIN.

Quoi!... Un fiancé... presque votre mari... Laissez-moi vous embrasser.

JULIE.

Je vous en prie...

ANTONIN.

Allons! allons!

JULIE, *émue.*

Non, je vous dis.

ANTONIN.

Vous avez des bras admirables... (*Il l'attire vers lui.*)
Vous savez que vous me rendiez fou, quand nous
dansions...

JULIE.

Laissez-moi.

ANTONIN, *très excité, à mi-voix.*

Restez donc là... Vous êtes adorable.

Il lui baise le bras. Elle se retire avec brutalité.

JULIE.

Monsieur...

ANTONIN, *piqué.*

Je vous demande pardon, mademoiselle.

Un très long silence.

JULIE, *après avoir regardé longtemps.*

Je vous ai fâché?

ANTONIN.

Mon Dieu... je vois que je vous inspire une telle
répugnance...

Julie, après un combat intérieur, va à lui.

JULIE, *approchant son bras de la bouche d'Antonin, et
avec une douleur résignée qu'elle lui cache.*

Tenez!...

ANTONIN, *baisant le bras.*

Oh! que je vous aime!

JULIE.

Chut! J'entends nos parents.

*Entrent M. et madame Mairaut et M. et madame
Dupont.*

SCÈNE XIII

Les Mêmes, MONSIEUR *et* MADAME MAIRAUT MONSIEUR *et* MADAME DUPONT.

MONSIEUR DUPONT.

Et quand j'aurai les travaux de la préfecture, je doublerai mon chiffre d'affaires.

MONSIEUR MAIRAUT.

Tant mieux, tant mieux.

MADAME MAIRAUT.

Nous allons nous retirer, chère madame... Nous abusons, vraiment... Eh bien, Antonin. Tu viens?

ANTONIN, *à Julie, haut.*

Mademoiselle. (*Bas.*) Ma chère Julie... (*La main. Bas à sa mère.*) Elle est charmante... Moi, j'ai été parfait, d'ailleurs... Wagner, les enfants, les petites fleurs bleues... Elle me croit romanesque... (*Haut, aux Dupont.*) Monsieur et madame Dupont, mes parents auront l'honneur, demain, de venir vous demander pour moi la main de mademoiselle Julie...

MONSIEUR DUPONT.

Alors, à demain... à demain... (*A Antonin.*) Et bien des choses à monsieur votre oncle, si vous le voyez...

ANTONIN.

Manquerai pas.

Salutations. Ils sortent.

SCÈNE XIV

JULIE, MONSIEUR *et* MADAME DUPONT, *puis* CAROLINE.

MONSIEUR DUPONT.

Alors, ça y est?

JULIE.

Ça y est... Il me plaît beaucoup. Je n'ai pas été trop maladroite, d'ailleurs... Wagner, la banque... il me croit amoureuse de la banque...

MONSIEUR DUPONT, *riant.*

Tiens! tu es vraiment ma fille. Embrasse-moi... Et ton père, a-t-il assez bien manœuvré? J'ai obtenu la communauté réduite aux acquêts, c'est-à-dire que si tu divorces ou si tu meurs après l'oncle Maréchal, ta dot nous revient, et la moitié de la succession! Voilà une belle journée... et nous boirons au dessert une bouteille que je sais à la santé de madame Antonin Mairaut.

MADAME DUPONT, *embrassant Julie.*

Ma pauvre fille...

MONSIEUR DUPONT.

Non, plains-la!... Et cette grande bête de Caroline, où est-elle fourrée, encore?... Caroline!... Elle n'est jamais là quand on a besoin d'elle... Caroline!... Elle est encore à peinturlurer des amours sur des assiettes, je parie... (*Caroline paraît.*) Ah! la voilà! Une grosse nouvelle : ta sœur se marie.

CAROLINE.

Julie !... C'est vrai ?...

JULIE.

Oui.

CAROLINE.

Ah !

MONSIEUR DUPONT.

Eh bien, c'est tout ce que tu dis ?...

CAROLINE.

Je suis bien contente, bien contente...

Elle éclate en sanglots.

MONSIEUR DUPONT.

Bon ! qu'est-ce qui lui prend ?... Tu pleures... tu n'as pas seulement demandé avec qui... Elle épouse M. Antonin Mairaut, le neveu de M. Maréchal...

MADAME DUPONT.

Ne pleure pas comme ça...

JULIE.

Caroline...

CAROLINE.

Fais pas attention... C'est parce que je t'aime bien... Enfin, toi, tu seras heureuse.

JULIE, *rêveuse.*

Oui !

MONSIEUR DUPONT, *à lui-même.*

La morale de tout ça, c'est que l'accident d'Angèle me coûte encore cinq mille francs et ma maison de Saint-Laurent...

RIDEAU.

ACTE DEUXIÈME

Un salon à la campagne. — Un soir de juillet. — Au fond, par les portes vitrées, on aperçoit le jardin fortement éclairé par la lune. — Portes au premier plan et au second plan à gauche. — A droite et au fond, en pan coupé, porte de la chambre à coucher dont on voit en partie le lit. — Cheminée a gauche.

———

SCÈNE PREMIÈRE

ANTONIN, COURTHEZON, CAROLINE ; *Caroline,
à droite, fait un paquet.*

ANTONIN.

C'est une affaire entendue, monsieur Courthezon. Je vais écrire ce soir même à ces messieurs.

COURTHEZON.

Je vous remercie, monsieur Antonin... Mais écrivez ce soir, je vous en prie : M. Smith part demain.

ANTONIN.

J'écrirai ce soir.

COURTHEZON.

Si j'osais, je vous offrirais d'emporter la lettre : je la mettrais à la poste de la ville...

ANTONIN.

Ah ! oui... mais elle est assez difficile à faire et il me faut un peu de temps. Mon ami Lignol, avec qui nous venons de dîner dans le jardin, est forcé de rentrer aujourd'hui ; il la portera.

COURTHEZON.

Je vous remercie mille fois.

ANTONIN.

Allons prendre le café.

COURTHEZON.

Je n'irai pas, si vous le voulez bien, parce qu'alors, je partirai par le train de huit heures neuf... j'irai porter ce soir les porcelaines et les dessins de mademoiselle Caroline...

ANTONIN.

Comme vous voudrez. Au revoir.

COURTHEZON.

Au revoir, monsieur Antonin, et encore merci.

Antonin sort par le fond.

SCÈNE II

COURTHEZON, CAROLINE.

CAROLINE.

Ne vous impatientez pas, voici le paquet préparé.

COURTHEZON.

Ah ! ne vous pressez pas, mademoiselle ; je prendrai

le train suivant... ça ne me fait rien... j'aime mieux même, parce qu'il y a des troisièmes... Seulement, ça m'ennuyait de retourner à table... M. et madame Mairaut, M. Lignol, tout ce monde m'intimide. Et puis, je suis trop content.

CAROLINE.

M. Antonin s'occupe de votre invention ?

COURTHEZON.

Oui. J'étais en pourparlers avec une maison de Bordeaux : M. Antonin connaît les patrons... et il veut bien me recommander. Seulement, M. Smith part demain : c'est pourquoi j'insistais.

CAROLINE, *lui donnant un paquet qu'elle vient d'achever.*

Vous êtes bien aimable de vous charger de cela... Voici les porcelaines... et voici le projet qu'on m'a demandé. Vous m'excuserez auprès de ces messieurs. J'ai été un peu malade.

COURTHÉZON.

Malade !

CAROLINE.

Pas malade si vous voulez ; mais, enfin, le médecin a dit que j'avais besoin de l'air de la campagne. Julie et son mari ont été très bons ; ils m'ont fait venir ici : voilà huit jours que j'y suis. Je vais beaucoup mieux.

COURTHEZON.

Ils ne pouvaient pas vous laisser crever toute seule dans votre petite chambre. (*Un temps.*) Quelle idée vous aviez eue d'aller vivre comme ça, à part...

CAROLINE.

J'ai mieux aimé... après le mariage de Julie... j'ai préféré...

COURTHEZON.

Sans compter que cela doit vous coûter plus cher.

CAROLINE.

Que voulez-vous ! (*Un temps.*) Vous allez avoir beau temps pour vous en retourner... Un clair de lune... On y voit comme en plein jour...

COURTHEZON, *revenant.*

Mon Dieu ! j'allais oublier... j'ai une lettre pour M. Dupont... Il est parti de bonne heure, tantôt, pour aller voir un de ses clients qui demeure par ici, et elle est arrivée lorsqu'il venait de partir. N'oubliez pas de la lui remettre ; ça concerne les travaux de la Préfecture.

CAROLINE.

Les travaux de la Préfecture ! Je crois bien que c'est important !

COURTHEZON.

Cette fois, je me sauve... Au revoir, mademoiselle Caro...

CAROLINE.

Au revoir, monsieur Courthezon.

Courthezon sort.

SCÈNE III

CAROLINE, *seule,* *puis* ANTONIN, LIGNOL, JULIE. MONSIEUR *et* MADAME MAIRAUT. *Courthezon parti, Caroline va se rasseoir. Elle esquisse ensuite un très léger signe de croix, ferme les yeux et s'absorbe, immobile, dans une courte prière mentale. Après quelques*

*secondes, nouvelle indication de signe de croix. Tout
cela très discret. Entrent, par le fond, Lignol donnant
le bras à Julie, Antonin, puis M. et madame Mairaut.*

ANTONIN.

Je vous assure qu'on sera mieux ici que dans le jardin. Il commençait à faire frais. (*A Lignol.*) Tu peux
fumer...

LIGNOL.

On aurait très bien pu rester dehors...

ANTONIN.

Pour que Julie attrape froid, n'est-ce pas ?

JULIE.

Vraiment, mon ami, je t'assure...

ANTONIN.

Je sais ce que je dis. Tu es à peine couverte. (*Il lui
touche le bras.*) Tu n'as sur la peau que ton corsage...
(*A sa mère.*) Tiens, maman, regarde si c'est raisonnable!

MADAME MAIRAUT.

En effet.

ANTONIN.

Tu vois... Touche, Lignol, touche...

JULIE.

Mon ami...

ANTONIN.

Et, même ici, tu devrais te couvrir... un châle, un
fichu.

JULIE.

Ici ! tu es fou.

ANTONIN.

Tu devrais mettre un fichu.

LIGNOL.

Mais voyons, Antonin, madame n'a pas froid...

ANTONIN.

Enfin !

MADAME MAIRAUT.

Je vous fais mon compliment, ma chère petite ;
votre robe est d'un goût...

JULIE.

Elle vient de chez madame Raimond...

MADAME MAIRAUT, *à son mari.*

Tiens !... Je croyais qu'elle faisait ses petites affaires
elle-même...

LIGNOL, *à Julie.*

Vous savez, madame, que vous ne m'avez pas con-
vaincu...

JULIE.

Admettons que j'aie tort. (*Ils remontent en causant
avec Antonin.*)

MADAME MAIRAUT, *à son mari.*

Et c'est toi qui m'as poussée à ce mariage...

MONSIEUR MAIRAUT.

Moi ?

MADAME MAIRAUT.

Chez ses parents, il n'entrait jamais une note de
couturière, paraît-il... Ah ! non ! c'est trop à la fois !
S'apercevoir de ça le jour où la rivière monte, où le
mur est menacé !

MONSIEUR MAIRAUT.

Crois-tu ?

MADAME MAIRAUT.

Toute la maison tombe en ruines... et cet imbécile
qui...

MONSIEUR MAIRAUT.

Quel imbécile ?

MADAME MAIRAUT.

Ton fils, parbleu, qui s'avise d'y faire installer l'électricité !

ANTONIN, *dans le fond, à Lignol.*

Tu n'as pas vu... j'ai fait installer l'électricité... Grâce à la chute d'eau... Je ne sais pas d'ailleurs pourquoi nous restons dans la nuit... Tu vas voir ! (*Il tourne un bouton : lumière.*) Ah !... ce n'est pas joli ?

LIGNOL.

Si, si, c'est très joli... (*Ils continuent à causer à voix basse.*)

MADAME MAIRAUT

Si la rivière monte encore de ça, les quatre cents mètres de murs sont à bas !

MONSIEUR MAIRAUT.

Quatre cents mètres !

MADAME MAIRAUT.

Oh ! tu pourras dire que tu t'es assez laissé rouler !

MONSIEUR MAIRAUT.

Oh ! oh !

MADAME MAIRAUT.

Elle ne sait rien faire de ses dix doigts et la maison coûtera plus cher de réparations qu'elle ne vaut de loyer... Quand je pense que j'ai été assez bête pour l'écouter... Tu n'as rien entendu ?

MONSIEUR MAIRAUT.

Non.

MADAME MAIRAUT.

Le mur ! Écoute !...

Ils écoutent.

JULIE, *descendnnt avec Lignol et Antonin.*

Oui, vous le voyez, nous sommes assez gentiment installés.

MADAME MAIRAUT.

Assez gentiment installés! (*A son mari.*) Viens avec moi, passons par ici. Je suis certaine que le mur est par terre. Si c'est vrai, nous allons avoir avec les Dupont une explication qui ne sera pas piquée des vers, je te le garantis! (*Haut.*) Mon mari se trouve un peu incommodé par la chaleur; il vous demande la permission d'aller faire un petit tour dans le jardin. Vous voulez bien?... Oh! ce n'est rien... ce n'est rien...

MONSIEUR MAIRAUT.

Rien du tout...

ANTONIN.

C'est cela; profitez du bon air pendant que vous êtes à la campagne. Ne soyez pas trop longtemps; vous savez que nous attendons une visite.

MADAME MAIRAUT.

Sois tranquille.

Les Mairaut sortent.

SCÈNE IV

ANTONIN, JULIE, LIGNOL, CAROLINE.

ANTONIN.

Ici, l'escalier qui va aux chambres du premier, et sortie dans le jardin. (*Allant à la porte.*) Ici, notre chambre à coucher.

JULIE, *très discrètement, sans se laisser voir de Lignol.*
Antonin!

ANTONIN, *à voix haute.*

Laisse donc... Il sait bien ce que c'est... (*Il ouvre la porte. A Lignol.*) Regarde...

LIGNOL.
Charmant...

ANTONIN.

Un vrai nid, hein? Le nid des amoureux. Le nid des amoureux. (*A sa femme.*) Embrasse-moi.

JULIE.
Mais...

ANTONIN.
Embrasse-moi!

JULIE, *très douce.*

Nous ne sommes pas seuls, voyons.

ANTONIN.

Lignol permet. N'est-ce pas, tu permets?

LIGNOL.

Tu ne m'as pas demandé la permission pendant le dîner.

ANTONIN, *à Julie, souriant.*

Allons! C'est ton devoir. (*Elle l'embrasse.*) Maintenant, va préparer le service à bière.

JULIE.

Je vais envoyer la bonne. J'aime mieux, moi, rester ici, causer avec vous.

ANTONIN.

D'abord, la bonne ne sait pas où il est, puisqu'on ne l'a pas encore déballé. (*A Lignol.*) C'est un cadeau de noces que nous inaugurons ce soir.

LIGNOL.

Pas pour moi, puisque je m'en vais.

ANTONIN.

Pas pour toi ; toi, tu n'es qu'un ami, on ne fait pas de cérémonies avec toi ; pour M. et madame Pouchelet — M. Pouchelet, le jeune conseiller général — qui viennent nous rendre visite : c'est la première fois.

LIGNOL.

Si tard ?

ANTONIN.

En rentrant chez eux. Ils dînent chez le préfet et ce sont des voisins. Très riches... très puissants, des relations à ménager... Qu'est-ce que je disais ?... (*A Julie.*) Oui. D'abord, la bonne ne sait pas... et ensuite j'aime mieux que ce soit toi : elle n'aurait qu'à le casser.

JULIE, *doutant.*

Oh ! oh !

ANTONIN.

C'est encore ton devoir.

JULIE.

Alors... A tout à l'heure, Lignol...

Elle sort.

CAROLINE, *à Antonin.*

Monsieur Antonin, n'oubliez pas la lettre pour Courthezon ?

ANTONIN.

Ah ! oui...

CAROLINE.

Si vous écrivez, je suis certaine qu'il réussira.

ANTONIN.

Soyez tranquille.

CAROLINE.

Je vais retrouver Julie.

ANTONIN.

Vous feriez mieux, je pense, d'aller un peu vous parer... vous rendre belle... pour que M. et madame Pouchelet trouvent ici un air de fête.

CAROLINE, *un peu interdite, regardant sa toilette.*

Mais... (*Un temps.*) J'y vais, j'y vais...

Elle sort.

SCÈNE V

ANTONIN, LIGNOL.

LIGNOL.

Qui est-ce, cette dame, qui n'a pas dit un mot pendant le dîner ?

ANTONIN, *négligemment.*

Une parente pauvre. Un type de vieille fille dévote... Et à cheval sur les principes, mon cher !... Figure-toi... Mon Dieu, je puis bien te dire cela, à toi. (*Un peu honteux.*) Elle travaille pour vivre.

LIGNOL.

Ça ne la déshonore pas.

ANTONIN.

Je sais bien, parbleu !... Elle peint... des petits amours, sur de la porcelaine... Ça me fait tordre... Toi, pas ?... L'autre jour, on lui offre des travaux beaucoup mieux payés que ceux qu'elle fait en ce moment... Elle a refusé... Sais-tu pourquoi?

LIGNOL.

Non.

ANTONIN.

Parce que la patronne est une femme divorcée!... (*Il rit.*) Ça me fait plaisir de te voir... (*Une claque sur l'épaule.*) Non! là, vrai, ça me fait plaisir.

LIGNOL.

Moi aussi... (*Un temps.*) Dis donc, elle est charmante, ta femme!

ANTONIN, *fat.*

Elle est assez gentille, n'est-ce pas?

LIGNOL.

Et non seulement jolie, mais intelligente.

ANTONIN.

Ne te moque pas de moi.

LIGNOL.

Je ne me moque pas de toi.

ANTONIN.

Si, tu te moques de moi... Mais je te préviens que je m'en aperçois... Je sais bien que Julie est bête... c'est même un peu à cause de cette qualité que je l'ai épousée. Elle est bête. On ne peut pas lui retirer cela.

LIGNOL.

Mais non. Elle a beaucoup lu...

ANTONIN.

Ah! oui, elle lit; ça c'est exact. Elle lit tout ce qui lui tombe sous la main. Avant son mariage, elle dévorait les épreuves de son père. Elle a déniché ici une bibliothèque laissée par un vieux fou à qui M. Dupont a acheté la maison. Tous les livres y ont passé...

LIGNOL.

Mais...

ANTONIN.

Mais elle ne comprend pas un mot de tout ce qu'elle lit. Pas un mot. L'autre jour, je regarde le nom de l'auteur du livre qu'elle tenait... c'était Stuart Mill... Tu connais, Stuart Mill ?

LIGNOL.

Oui.

ANTONIN.

Moi aussi de nom... mais je ne l'ai jamais lu... Je te le répète, Julie est bête... Seulement, elle est jolie et porte assez bien la toilette. Ajoute qu'avec un peu de patience, j'en ferai une bonne ménagère.., Je ne lui demande rien de plus.

LIGNOL.

A la bonne heure !... Eh bien, mon petit, si tu crois avoir épousé une femme bête, tu es volé.

ANTONIN.

Qu'en sais-tu ?

LIGNOL.

J'ai bavardé avec elle, pendant que tu recevais ton inventeur.

ANTONIN.

Allons donc ! elle a parlé ?

LIGNOL.

Beaucoup.

ANTONIN.

Tu m'étonnes. Quand nous sommes ensemble, elle ne trouve rien à dire.

LIGNOL.

Et toi ?

ANTONIN.

Moi non plus.

LIGNOL.

Diable !

ANTONIN.

J'ai toujours peur de la froisser... Tu comprends, moi je ne sais pas... Je ne la connais pas.

LIGNOL.

Après cinq mois de mariage ?

ANTONIN.

Quatre mois et huit jours... La semaine, je suis pris par mes affaires. Ses parents et les miens viennent tous les samedis soir pour passer la journée du dimanche avec nous... Monsieur et madame Dupont n'ont pas pu venir pour dîner, mais ils ne tarderont pas... Quand nous sommes seuls, j'essaie bien un sujet de conversation, mais je... je vais dans son esprit comme à tâtons... ça me fatigue. Alors...

LIGNOL.

Alors ?

ANTONIN.

Alors, je m'arrête... et je l'embrasse...

LIGNOL.

Tu es très amoureux ?...

ANTONIN.

Très.

LIGNOL.

Et elle ?

ANTONIN.

Emballée à fond,..

LIGNOL.

Heureux homme !...

ANTONIN.

Pour le reste, il nous faut le temps, tu comprends.
Elle ignore mes goûts, j'ignore les siens...

LIGNOL.

De quoi avez-vous parlé, pendant les fiançailles ?

ANTONIN.

Les fiançailles, elles ont duré trois semaines ; juste
le temps de discuter les intérêts.

LIGNOL.

Sous ce rapport-là, tu es renseigné, je suppose.

ANTONIN.

Tu penses... J'ai même fait une bonne affaire. (*Il rit.*)
Maman et moi... (*Rire.*) Si tu savais, maman et moi,
comme nous avons roulé les Dupont !...

Rire.

LIGNOL.

Chut !... voilà ta femme.

Entre Julie.

SCÈNE VI

LES MÊMES, JULIE.

LIGNOL, *prenant congé.*

Me voici forcé de partir, madame.

ANTONIN.

Et ma lettre pour Courthezon !... (*Regard à sa montre.*)
Tu as encore vingt minutes.

LIGNOL.

Tu es certain ?

ANTONIN.

Certain... Attends-moi.... Je vais écrire ma lettre et je t'accompagne à la gare... Elle est à deux pas, tu sais bien...

Il sort.

SCÈNE VII

LIGNOL, JULIE.

JULIE.

Grâce à vous, monsieur Lignol, nous aurons passé une bonne soirée.

LIGNOL.

Vous voulez me flatter, chère madame. Je sais bien que j'ai été un trouble-fête.

JULIE.

Pas du tout. Depuis mon mariage, je n'avais pas autant parlé.

LIGNOL.

Oui. Antonin est peu bavard.

JULIE.

Il y a longtemps que vous le connaissez ?

LIGNOL.

Quinze ans. C'est mon ami intime... presque un frère.

JULIE.

Dites-moi... Le croyez-vous sincèrement religieux ?

LIGNOL.

Lui!... (*Il pouffe de rire.*) Pas pour deux sous d'idéal...

JULIE.

Oh!... pas pour deux sous d'idéal... Il aime la musique, cependant, et la bonne... Wagner...

LIGNOL.

Il aime la musique militaire et l'opérette...

JULIE, *surprise.*

Ah!...

LIGNOL.

Ça vous surprend ?... Je dois ajouter, pour être juste, qu'il a su jouer de l'accordéon... Je vous dis : Antonin est un bon garçon, mais terre-à-terre, prosaïque...

JULIE, *riant.*

Eh bien, vous êtes gentil pour vos amis, vous !

LIGNOL.

Ça m'enrage qu'il possède un trésor comme vous et qu'il n'ait pas l'air de s'en douter. Ah! lorsque je me marierai...

JULIE.

Vous vous mariez prochainement ?

LIGNOL.

Je ne sais pas. (*Rêveur.*) Si je rencontrais une femme comme vous, avec laquelle je pourrais causer de tout ce qui n'est pas la platitude de l'existence, de tout ce qui nous élève... je ne dis pas...

JULIE.

Cherchez ; vous n'aurez pas de mal à trouver mieux, allez !

LIGNOL.

Et jolie, avec ça, jolie comme vous l'êtes... car vous êtes vraiment jolie, vous savez...

JULIE, *toujours enjouée.*

Est-ce que, par hasard, vous me feriez la cour?

LIGNOL.

Si c'est vous faire la cour que de céder à un entraînement irrésistible... à un amour...

JULIE, *riant.*

Allons, vous n'aurez pas perdu votre temps, vous, pour essayer de remplir tout à fait votre rôle d'ami de la maison... (*Toujours gaie.*) Ne vous fatiguez pas, mon cher monsieur; vous gaspilleriez un tas de belles paroles que vous pourriez mieux employer ailleurs. J'ai des idées d'un autre temps sur le mariage...

LIGNOL.

Ce sont certainement des idées spirituelles et élevées...

JULIE.

Merci, vous me comblez... Mais vous vous trompez. Ce sont des idées toutes simples. Je rêve d'aimer beaucoup mes enfants et beaucoup mon mari.

LIGNOL.

« Mes enfants? »

JULIE, *très sincère, un peu émue.*

Surtout. Le jour... ça vous paraîtra bête ce que je vais vous dire là... le jour où mon premier viendra au monde, ce sera le plus beau jour de ma vie... Alors, vous voyez, monsieur Lignol...

LIGNOL.

Bah! nous nous reverrons.

JULIE, *riant.*

Oh !... quand vous voudrez.
Entre Antonin.

SCÈNE VIII

JULIE, LIGNOL, ANTONIN, *puis* CAROLINE.
MOMSIEUR *et* MADAME DUPONT.

ANTONIN.

Voici la lettre. Tu auras alors la complaisance de
la mettre à la poste... Tu n'as plus guère que le
temps...

LIGNOL.

Compte sur moi.

ANTONIN.

Je vais t'accompagner à la gare.

LIGNOL.

Mais non... Tu vas laisser madame seule.

ANTONIN.

Elle m'excusera. Viens... En même temps, je
regarderai si l'on voit arriver M. et madame Pouchelet. Ta canne, ton chapeau sont dans l'antichambre...

LIGNOL.

Oui. (*A Julie.*) Au revoir, madame... (*A Antonin.*)
J'aurais voulu aussi saluer mademoiselle... ·(*Étonnement d'Antonin.*) cette demoiselle qui a dîné avec
nous...

ANTONIN.

Oh Caro!... Nous lui dirons... Tiens, la voici.

Entre Caroline.

LIGNOL, *à la porte du fond.*

Mademoiselle...

Entrent M. et madame Dupont.

ANTONIN, *à la porte, présentant vaguement.*

Mon ami Lignol... forcé de partir tout de suite.

LIGNOL.

Désolé...

Il sort avec Antonin.

SCÈNE IX

CAROLINE, JULIE, MONSIEUR *et* MADAME DUPONT.

MONSIEUR DUPONT.

Ah! Caroline... Te voilà... Une bonne nouvelle. Ta tante est morte. Ta tante des Indes... Tu hérites... avec Angèle... Oh! pas grand'chose, soixante mille francs à vous deux. Moi, rien; elle n'a jamais pu me souffrir... Eh bien, qu'est-ce que tu as? Allons... tu ne vas pas pleurer ta tante : il y a vingt-cinq ans que tu ne l'as vue... C'est une aubaine... une aubaine pour toi... Dans tout ça, moi, je ne recueillerai que des désagréments, comme toujours. (*Geste de Caro.*) Évidemment! il faut que ta sœur Angèle vienne de Paris.

MADAME DUPONT.

Elle n'est donc pas aux Indes ?

MONSIEUR DUPONT.

Aux Indes... Qu'est-ce que tu racontes?... Elle est à Paris. Elle n'a jamais quitté Paris... Qu'est-ce qu'elle serait allé faire aux Indes?... (*A Caroline.*) Il faut que ta sœur Angèle vienne de Paris, parce que, dans l'héritage, il y a un immeuble... On le vendra, naturellement, mais il faudra que je voie Angèle... Ça fera parler dans le pays. Il y a des gens qui ne savent pas que j'ai trois filles. (*A Julie.*) Tu as encore de la chance, toi, que cette histoire-là ne soit pas arrivée avant ton mariage.

CAROLINE.

Il faut qu'elle vienne?

MONSIEUR DUPONT.

Oui. Il est indispensable que vous alliez toutes les deux ensemble chez le notaire.

CAROLINE.

Je n'irai pas chez le notaire.

MONSIEUR DUPONT.

Si tu refuses d'y aller, tu empêches Angèle de toucher ce qui lui revient... Et elle en a besoin...

CAROLINE.

Alors... je ne dis pas non; je verrai, je réfléchirai... je consulterai quelqu'un... Ne parlons plus de cela... (*A son père.*) Je te donnerai une réponse demain.

MONSIEUR DUPONT.

Comme tu voudras... Et pas un mot... vous entendez?... Julie... tu entends?...

JULIE.

Je te promets.

CAROLINE.

C'est une lettre que Courthezon a apportée... pour les travaux de la Préfecture.

MONSIEUR DUPONT. *Il lit.*

Flambés! c'est Dumoulin qui est adjudicataire... Bon sang de bon sang!... Je m'y attendais!... Oui, je m'y attendais!... L'oncle Maréchal l'a fait exprès, parbleu! (*A Julie.*) Voilà combien de temps que je te dis d'aller lui rendre visite!... Y es-tu allée?... Non!... Et Antonin?... non plus! Et ses parents? non plus!... Il se venge et il a raison! Et si ça continue, l'héritage nous passera devant le nez! Pourquoi n'as-tu pas été le voir?

JULIE.

Les parents d'Antonin n'ont pas voulu.

MONSIEUR DUPONT.

Ah! ils n'ont pas voulu! Eh bien, je vais leur dire deux mots, moi, aux parents d'Antonin; tu vas voir ça!... Je fais mon devoir, moi; je vais le voir, moi, l'oncle Maréchal; je fais sa partie, moi, à ce vieillard, bien que ça ne m'amuse pas tous les jours! .. Ah! ils n'ont pas voulu!... Je vais leur montrer de quel bois je me chauffe... Et toi... tu es assez bornée pour les écouter!... Comment, je te fais faire un mariage inespéré... Je roule les Mairaut...

MADAME DUPONT, *effrayée, regardant autour d'elle.*

Chut!

MONSIEUR DUPONT.

Je n'ai pas roulé les Mairaut?

MADAME DUPONT.

Enfin!... ne le dis pas si haut.

MONSIEUR DUPONT.

Ils ne sont pas là... Et quand même! Le mariage est fait, n'est-ce pas?... (*A voix basse, mais avec la même passion.*) Je roule les Mairaut...

MADAME DUPONT.

Es-tu bien sûr?

MONSIEUR DUPONT.

C'est trop fort!... Je ne les ai pas roulés? Je les ai roulés comme dans de la farine. Tu entends ; comme dans de la farine !

Entre la bonne.

LA BONNE, *à Julie.*

Madame, c'est pour la bière.

JULIE.

J'y vais. Viens-tu, Caro?

CAROLINE.

Oui.

Elles sortent.

MONSIEUR DUPONT.

Comme dans de la farine!...

MADAME DUPONT.

Chut! les voici.

MONSIEUR DUPONT.

Les voici?... Nous allons rire!...

Entrent les Mairaut.

SCÈNE X

JULIE, CAROLINE, MONSIEUR *et* MADAME DUPONT,
MONSIEUR *et* MADAME MAIRAUT.

MADAME MAIRAUT.

Ah! vous voilà!... Ça y est, le mur est par terre!

MONSIEUR DUPONT.

Il n'est pas question de mur!

MADAME MAIRAUT.

Parbleu! Ce n'est plus vous qui payez les réparations.

MONSIEUR DUPONT.

Il n'est pas question de mur! Il s'agit d'une chose plus grave. Monsieur et madame Mairaut, j'ai le regret de vous dire que vous êtes des êtres inintelligents ou des parents sans entrailles.

MADAME MAIRAUT.

C'est vous qui allez nous insulter, lorsque...

MONSIEUR DUPONT.

J'aime mes enfants, moi! et, quand il s'agit de leurs intérêts, je sais ménager les personnes qui peuvent les avantager plus tard.

MADAME MAIRAUT, *après réflexion.*

J'y suis... C'est pour l'oncle Maréchal que vous dites ça?

MONSIEUR DUPONT.

Non. C'est pour le roi de Prusse.

MADAME MAIRAUT.

Pour le roi de Prusse !

Elle éclate de rire.

MONSIEUR MAIRAUT.

Allons, Charlotte, ne ris pas comme ça !

MADAME MAIRAUT.

Qui est-ce qui m'empêcherait de rire? Ce n'est pas
.oi, toujours. (*Regardant Dupont et pouffant.*) Ni monsieur.

MONSIEUR DUPONT.

Eh bien... puisque vous le prenez sur ce ton-là, je
vais vous dire tout net ma façon de penser. Vous êtes
deux égoïstes ou deux nigauds.

MONSIEUR MAIRAUT.

Monsieur Dupont !

MADAME MAIRAUT.

Tais-toi... Je vais calmer monsieur.

MADAME DUPONT.

Mon ami...

MONSIEUR DUPONT.

Fiche-moi la paix... Oui, deux égoïstes ou deux
nigauds!

MADAME MAIRAUT.

Parce que?

MONSIEUR DUPONT.

L'oncle Maréchal est-il, oui ou non, un oncle à
héritage?

MADAME MAIRAUT, *nettement, après un silence.*

Non.

MONSIEUR DUPONT, *démonté*

Comment, non?... Je vous demande...

MADAME MAIRAUT.

J'ai parfaitement entendu et je vous réponds : non.

MONSIEUR DUPONT.

Il n'a pas deux cent mille francs ?

MADAME MAIRAUT.

Il les a eus, mais il ne les a plus. Il a tout perdu.

MONSIEUR DUPONT.

Tout !... Si c'était vrai...

MADAME MAIRAUT.

C'est même pour cela que nous n'allons pas perdre notre temps chez lui.

MONSIEUR DUPONT.

Mais alors... je m'explique... Mais alors... (*Un temps. Se dominant.*) Depuis combien de temps est-il ruiné ?

MADAME MAIRAUT.

Depuis le Panama.

MONSIEUR DUPONT.

Depuis le Panama !... Dans ce cas... il y a six mois, vous le saviez ?

MADAME MAIRAUT.

Nous le savions.

MONSIEUR DUPONT.

Et vous ne me l'avez pas dit ?

MADAME MAIRAUT.

Me l'avez-vous demandé ?

MONSIEUR DUPONT.

Vous deviez me prévenir ! c'est de la malhonnêteté !

MADAME MAIRAUT.

Vous dites ?

MONSIEUR DUPONT.

J'ai été volé !

MADAME MAIRAUT.

Volé !

MONSIEUR DUPONT.

Oui, volé !

MADAME MAIRAUT.

Par exemple ! Nous vous valons bien, je suppose.
Notre banque vaut votre imprimerie, j'imagine ?

MONSIEUR DUPONT.

Ce n'est pas ce qu'on dit... Et, à ce propos, je vais,
si vous le permettez, vous demander un renseignement...

MADAME MAIRAUT.

C'est inutile. Je n'ai plus rien à vous dire et je vais
raconter à mon fils comment vous nous traitez.

MADAME DUPONT.

Madame Mairaut !...

MADAME MAIRAUT.

Viens-tu, Alfred ?

> *Derrière madame Mairaut, M. Mairaut s'excuse
> d'un geste désolé. Elle sort par le fond avec
> M. Mairaut.*

SCÈNE XI

MONSIEUR DUPONT, MADAME DUPONT, JULIE.

MADAME DUPONT.

Eh bien ?

MONSIEUR DUPONT.

Eh bien, quoi? Veux-tu que je te dise? Après réflexion, je suis enchanté que les choses se passent comme ça, et je ne regrette rien... au contraire.

MADAME DUPONT.

Je ne comprends pas...

MONSIEUR DUPONT.

Bien entendu. Tu ne comprends pas... Tu comprendras plus tard... (*Entre Julie.*) Il s'agit de toi... On dit que les affaires de ton mari vont mal. Est-ce vrai?

JULIE.

Je n'en sais rien.

MONSIEUR DUPONT.

Tu sais peut-être bien s'il est vrai qu'il se soit laissé pincer dans la faillite Bourdin.

JULIE.

Non.

MONSIEUR DUPONT.

C'est trop fort! Alors, qu'est-ce que vous vous dites, à table?

JULIE.

Rien.

MONSIEUR DUPONT.

Tu as bien remarqué s'il était préoccupé, soucieux, ou s'il était comme à l'habitude.

JULIE.

J'ignore comment il est d'habitude : il n'y a que six mois que je le connais.

MONSIEUR DUPONT.

Tu vas lui demander de te mettre au courant.

JULIE.

A quoi bon ?

MONSIEUR DUPONT.

Tu vas le lui demander. Tu auras des enfants, plus
tard, n'est-ce pas ?

JULIE, *avec un grand soupir.*

Ah! si je savais ne pas en avoir, je crois que j'irais
me jeter à l'eau tout de suite.

MONSIEUR DUPONT.

Ce serait une bêtise. Mais je n'insiste pas... Eh bien,
si tu ne veux pas que tes enfants manquent de tout,
surveille les affaires de ton mari.

JULIE.

Bien, je le ferai.

Entre Antonin.

SCÈNE XII

LES MÊMES, ANTONIN.

ANTONIN, *d'un ton de reproche très doux.*

Voyons, monsieur Dupont : c'est très embêtant ..
Voilà maintenant que mes parents viennent se plaindre
que vous les appelez « voleurs ». Vous comprenez que
ce n'est vraiment pas drôle pour moi de ne pas pouvoir passer un dimanche tranquille à la campagne.
Dès le samedi soir, vous vous disputez... Enfin...
voleurs... voyons, monsieur Dupont, on n'appelle pas
les gens voleurs... Ils se fâchent et ils ont raison,
après tout !

MONSIEUR DUPONT.

Oh! voilà-t-il pas une affaire...!

ANTONIN.

Maman est furieuse...

MONSIEUR DUPONT.

Elle a tort... Vous savez bien ce que c'est lorsqu'on discute : un mot en amène un autre... on dit des choses qu'on ne pense qu'à moitié... Tenez, je vais vous prouver que je ne suis pas un esprit à idées étroites : je vais aller exprimer mes regrets à madame Mairaut. (*A sa femme.*) Viens. C'est toi qui parleras...

ANTONIN.

Mettez-vous à ma place... Ce n'est pas amusant pour moi, vraiment...

MONSIEUR DUPONT, *supérieur.*

Parfaitement.

Il va pour sortir avec madame Dupont.

ANTONIN, *au fond, les rappelant.*

Voici M. et madame Pouchelet. Attendez... (*Il va à la porte de droite. A ses parents.*) Venez! Les voici!... M. Dupont allait vous exprimer ses regrets... C'est un malentendu... Je vous en prie, pas de scandale devant eux... (*A Julie.*) Sois aimable, hein?

> *Julie sort pour aller au devant des arrivants. M. et madame Mairaut entrent par la droite en même temps que M. et madame Pouchelet par le fond, où Julie les débarrasse. M. Pouchelet est en habit, madame Pouchelet en toilette de bal.*

SCÈNE XIII

JULIE, ANTONIN, M. *et* MADAME DUPONT,
M. *et* MADAME POUCHELET, *puis* CAROLINE.

JULIE.

Nous sommes extrêmement touchés, mon mari et
moi, de l'honneur que vous nous faites...

MONSIEUR POUCHELET.

Il a fallu que j'aie promis à M. Antonin Mairaut :
le préfet nous a gardés plus longtemps que nous n'aurions voulu, et nous, nous n'avons pas l'habitude de
nous coucher à ces heures-là. Nous ne resterons qu'un
moment.

MADAME MAIRAUT, *avançant une chaise à madame
Pouchelet.*

Vous prendrez bien la peine de vous asseoir.

ANTONIN, *de même, à M. Pouchelet.*

Le préfet était trop content d'avoir auprès de lui un
homme de votre valeur...

MONSIEUR POUCHELET.

Oui, il s'agissait du déclassement des routes départementales.

ANTONIN, *avec un intérêt joué.*

Ah ! vraiment !

MADAME MAIRAUT, *de même.*

Des routes départementales !...

ANTONIN.

C'est du plus haut intérêt et vous êtes mieux que personne à même de le renseigner...

MONSIEUR POUCHELET.

Oui, je ne suis pas tout à fait un ignorant à ce sujet.

MONSIEUR DUPONT.

C'est une question dont je me suis moi-même très occupé. J'ai imprimé il y a douze ans...

MONSIEUR POUCHELET.

Je compte faire là-dessus...

MONSIEUR DUPONT.

... treize ans.

MADAME MAIRAUT, *à son mari.*

Écoute donc, mon ami, ce que dit monsieur Pouchelet.

MONSIEUR MAIRAUT.

J'écoute, j'écoute...

MONSIEUR POUCHELET.

Je compte faire là-dessus un grand discours au Conseil général. Vous le lirez...

ANTONIN.

Vous pensez si nous le lirons ! N'est-ce pas, Julie ?

MONSIEUR POUCHELET.

Oh ! madame, ce n'est pas là une lecture pour vous.

ANTONIN.

Pourquoi pas ? Ma femme est très sérieuse : elle n'aime que les lectures graves. Ainsi, je l'ai surprise penchée sur je ne sais plus quel auteur anglais... Rappelle-moi le nom, ma chérie...

JULIE.

Peu importe...

ANTONIN, *allant à Julie, très détaillé.*

C'est que c'est une excellente femme que la mienne...
N'est-ce pas, ma chérie?... Tu n'as pas froid, au moins?...
Je te le dis toujours, tu ne te couvres pas assez. (*A
M. Pouchelet.*) Elle est charmante... Et elle aime son
mari... (*A Julie.*) N'est-ce pas que tu aimes ton mari ?

MADAME MAIRAUT.

Antonin... si tu offrais des rafraîchissements...

ANTONIN.

Oui, maman. (*A sa femme.*) Des rafraîchissements...
*Julie va sonner. La bonne entre presque aussitôt
avec le service à bière.*

JULIE, *à la bonne.*

Mettez là...

ANTONIN, *à madame Pouchelet.*

Vous voyez, madame. Nous sommes à peine installés et cependant on n'attend pas pour le service...
Un verre de bière...

*On passe les verres de bière que Julie vient de
verser. Entre Caroline.*

MONSIEUR DUPONT.

Monsieur Pouchelet, permettez-moi de vous présenter ma seconde fille, Caroline.

MONSIEUR POUCHELET.

Madame...

ANTONIN, *rectifiant.*

Mademoiselle... Mademoiselle Caroline n'a pas
voulu se marier pour se consacrer tout entière à son
art...

MADAME POUCHELET.

Vous êtes artiste, mademoiselle? Je suis ravie : j'aime tant les artistes...

CAROLINE.

Oh ! madame, je peins un peu sur porcelaine.

ANTONIN.

Et ma belle-sœur, ma foi, s'en tire fort bien...

MONSIEUR POUCHELET.

Vous devriez envoyer quelque chose à notre exposition régionale...

ANTONIN.

C'est une idée. M. Pouchelet a raison. Pourquoi n'enverriez-vous pas quelque chose ?...

CAROLINE.

Je peins des assiettes, des petites choses sur des bibelots.

ANTONIN.

Oui, pour vous amuser... (*A Pouchelet.*) Ma belle-sœur peint cela pour s'amuser. Mais je suis certain que si elle voulait s'en donner la peine...

CAROLINE.

Mais ce n'est pas pour m'amuser...

MADAME MAIRAUT, ANTONIN *et* MONSIEUR DUPONT.

Mais si, mais si.

ANTONIN.

Du reste, on peut très bien faire œuvre d'artiste en s'exerçant sur des petits sujets. Voyez Meissonier.

MADAME POUCHELET.

Rien n'est plus juste... Il faut le même effort d'imagination...

CAROLINE.

Oh !... je ne fais que copier les modèles que mon magasin me fournit.

MADAME MAIRAUT.

Un verre de bière, madame Pouchelet ? C'est de la bière française...

MADAME POUCHELET.

Tout à l'heure. (*A Caroline.*) Je ne comprends pas, mademoiselle... Votre magasin ?...

CAROLINE.

Oui, madame, le magasin pour lequel je travaille... un magasin qui me paie assez bien.

MADAME POUCHELET.

Ah ! ah !

Un silence.

ANTONIN, *portant un verre à Caroline, bas.*

Taisez-vous, nom de Dieu !

CAROLINE, *de même, stupéfaite.*

Moi ?

ANTONIN, *à madame Pouchelet, la menant devant un tableau, au fond, à droite.*

Madame Pouchelet, vous qui vous y connaissez en tableaux, comment trouvez-vous celui-ci ? je l'ai payé assez bon prix et... (*La conversation continue à voix basse.*)

CAROLINE, *à madame Mairaut, bas.*

Est-ce que j'ai fait quelque chose de mal ?

MADAME MAIRAUT, *sèche.*

Pas du tout... au contraire.

Elle se lève et va rejoindre madame Pouchelet.

MADAME POUCHELET, *redescendant avec Antonin.*

Je n'aime pas beaucoup les tableaux qui ne veulent rien dire. Qu'est-ce que ça représente ?

JULIE.

C'est la gravure d'un tableau de Gérard Dow.

MADAME POUCHELET.

Connais pas.

JULIE.

Un peintre hollandais du dix-septième siècle.

MADAME POUCHELET.

Il faut m'excuser, je ne suis pas aussi savante que vous... A propos, monsieur Dupont, avez-vous entendu parlez de cette conférence sur les droits de la femme !...

MONSIEUR POUCHELET, *riant.*

Ah ! oui.

MADAME POUCHELET, *à Julie.*

Je ne serais pas surprise que vous-même, madame, vous partagiez les avis de...

JULIE, *évasivement.*

Oh ! madame.

ANTONIN, *riant.*

Allons, un peu, un peu, avoue-le...

MADAME MAIRAUT.

La femme, l'égale de l'homme...

JULIE, *timide.*

Pourquoi pas ?

MONSIEUR MAIRAUT.

Il y en a qui y perdraient.

MADAME DUPONT.

Pas toutes.

MONSIEUR DUPONT.

La femme avocate...

MADAME POUCHELET.

Médecin !...

MONSIEUR POUCHELET.

Électrice !

ANTONIN, *riant.*

Oui, électrice !...

MONSIEUR DUPONT, *de même.*

Électrice !...

MONSIEUR POUCHELET.

Elle est bonne !

> *Tous les trois rient et se tordent pendant ce qui suit.*

MONSIEUR DUPONT.

Voyez-vous un Parlement composé de députées ?

ANTONIN.

Et de sénatrices...

MONSIEUR POUCHELET.

Un gouvernement de ministresses.

MONSIEUR DUPONT.

A la Chambre, elles voudraient conserver leurs chapeaux.

MONSIEUR POUCHELET.

Oui !... (*A Julie.*) Dites, madame Mairaut... est-ce qu'elles conserveraient leurs chapeaux, comme au théâtre ?

MADAME POUCHELET.

Et les élections... Elles iraient à domicile solliciter

les suffrages... Ça leur irait, à certaines femmes mo-
dernes !...

MONSIEUR POUCHELET.

Et ce Parlement... élu par les femmes... qu'est-ce
que ce serait ?... (*Nouveaux rires.*) Les femmes choisis-
sant les députés !

JULIE, *un peu piquee.*

Mon Dieu, messieurs, pour le résultat que vous
avez obtenu jusqu'ici en vous occupant tout seuls,
vous n'avez pas à craindre que les femmes fassent
beaucoup moins bien...

MONSIEUR POUCHELET, *sérieux.*

Je sais qu'il est de mode, maintenant, de décrier
toutes nos assemblées élues... mais comme je suis
moi-même, très modestement, je l'avoue, un manda-
taire du suffrage universel, je ne saurais laisser passer
de telles insinuations sans protester.

Un silence.

JULIE, *s'excusant.*

Je n'ai pas eu l'intention de vous blesser, monsieur
Pouchelet.

MADAME POUCHELET.

Nous le pensons bien, chère madame.

MONSIEUR POUCHELET.

Nous allons nous retirer, n'est-ce pas, chère amie ?

ANTONIN.

Veuillez excuser ma femme, cher monsieur.

MONSIEUR POUCHELET.

Il n'y a pas à l'excuser, cher monsieur...

ANTONIN.

Ne partez pas ainsi... Un verre de bière ?

MADAME POUCHELET.

Volontiers... il a fait si chaud aujourd'hui...

ANTONIN.

Julie ! un verre de bière... (*A madame Pouchelet.*)
Le fait est que, cette après-midi, la chaleur a été
vraiment étouffante. (*A Julie.*) Eh bien !... voyons !...
la bière...

JULIE, *qui a regardé les bouteilles, confuse.*

Je vais en envoyer chercher, mon ami. Il n'y en a
plus...

ANTONIN.

Comment !

MADAME POUCHELET.

Ne vous dérangez pas... Non, non, non. Je ne veux
pas que vous vous dérangiez... nous boirons chez
nous... (*Sur le point de sortir.*) Nos affaires sont par
là ?...

JULIE.

Oui, madame...

ANTONIN.

Je vais aller vous reconduire...

MONSIEUR POUCHELET.

Je vous remercie, monsieur... nous connaissons le
chemin...

*Salutations cérémonieuses, silencieuses et froides.
Julie sort avec les Pouchelet. Silence. Antonin
fait les cent pas. Madame Mairaut ricane.*

MONSIEUR DUPONT, *à sa femme, à mi-voix,
après un coup d'œil circulaire.*

Je crois qu'il est l'heure d'aller nous coucher.

MADAME DUPONT.

Oui.

III.

MONSIEUR *et* MADAME DUPONT, *saluant.*

Monsieur, madame...

MONSIEUR *et* MADAME MAIRAUT.

Madame, monsieur...

M. et madame Dupont sortent. Rentre Julie par le fond.

SCÈNE XIV

MONSIEUR *et* MADAME MAIRAUT, JULIE, ANTONIN, CAROLINE.

ANTONIN, *les bras croisés, à Julie.*

Alors, il n'y a plus de bière!

JULIE.

Non, mon ami.

ANTONIN.

C'est trop fort!

JULIE.

Voici les trois bouteilles : tu m'as dit d'en acheter trois bouteilles, elles sont là...

ANTONIN.

Enfin! tu me fais passer pour un imbécile!.. J'offre de la bière... il n'y en a plus!... J'ai l'air d'un imbécile ou d'un mauvais plaisant.

JULIE.

Ce n'est pas ma faute...

ANTONIN.

C'est la mienne, peut-être.

MADAME MAIRAUT.

Évidemment, mon enfant.

ANTONIN.

D'abord, je ne me rappelle pas t'avoir dit d'en
prendre trois bouteilles.

JULIE.

Je t'assure...

ANTONIN.

Je ne me le rappelle pas du tout. Je suis même à
peu près certain de t'avoir dit d'en faire acheter
quatre ou cinq.

JULIE.

Trois.

ANTONIN.

Tu me rends ridicule... J'ai l'air de me moquer des
gens... Oui, tu me rends ridicule, et je te préviens que
cela ne me convient pas.

CAROLINE.

Monsieur Antonin, j'étais là quand vous avez parlé
à Julie ; vous lui avez parfaitement dit d'acheter trois
bouteilles...

ANTONIN.

Mademoiselle Caroline, je vous aime beaucoup, mais
je ne puis cependant me dispenser de vous dire que
le meilleur moyen d'aggraver une querelle de ménage,
c'est d'intervenir pour donner raison à l'un ou à
l'autre. Si vous ne le savez pas, je vous l'apprends.

MADAME MAIRAUT.

Il est certain, mademoiselle, que vous feriez mieux
de parler moins.

CAROLINE.

Qu'est-ce que j'ai dit ?

ANTONIN.

Et de ne pas crier sur les toits que vous en étiez
réduite à travailler pour vivre.

CAROLINE.

Ce n'est pas un déshonneur !

MADAME MAIRAUT.

Ce n'est pas un déshonneur, mais il est inutile de
s'en vanter.

ANTONIN.

J'ai vu le moment où vous alliez offrir vos services à
M. Pouchelet. Si vous croyez que c'est gai pour nous...

CAROLINE.

Je vous demande pardon. Je n'ai pas cru faire
mal... (*Elle pleure.*) Je n'ai pas de chance, vrai, je n'ai
pas de chance.

ANTONIN.

Oh ! Et puis... pas de scènes de larmes ! Je vous en
prie, mademoiselle Caroline, pas de scènes de larmes...
ça n'en vaut pas la peine !

MADAME MAIRAUT.

Non, il n'y a pas là de quoi pleurer.

JULIE, *allant à Caroline.*

Viens, ma pauvre Caro... Ne pleure pas...

Elles sortent ensemble.

SCÈNE XV

MONSIEUR MAIRAUT, MADAME MAIRAUT, ANTONIN.

MADAME MAIRAUT.

Eh bien, mon enfant, nous allons te dire bonsoir.

ANTONIN.

Bonsoir, maman.

Il l'embrasse distraitement.

MADAME MAIRAUT.

Tu n'as rien à nous reprocher, n'est-ce pas? C'est
toi qui as voulu épouser mademoiselle Dupont. Bonsoir, mon enfant.

Ils sortent.

ANTONIN *sonne. A la bonne qui paraît.*

Eteignez le lustre. Laissez allumées ces deux lampes
de la cheminée seulement, fermez les persiennes.

La bonne obéit et sort. Entre Julie.

SCÈNE XVI

JULIE, ANTONIN.

ANTONIN.

J'ai à te parler.

JULIE.

J'écoute.

ANTONIN.

Je désire que Caroline ne reste pas ici plus longtemps.

JULIE.

Qu'est-ce qu'elle t'a fait?

ANTONIN.

Tu le sais bien.

JULIE.

Non.

ANTONIN.

Elle m'agace.

JULIE.

Précise.

ANTONIN.

Je n'ai pas d'explications à te donner. Je suis le maître chez moi, peut-être? Je te prie de décider Caroline à partir lundi!

JULIE.

Elle ne devait partir qu'à la fin du mois. Elle me demandera les raisons. Qu'est-ce que je répondrai?

ANTONIN.

Ce que tu voudras.

JULIE.

Elle aura du chagrin.

ANTONIN.

Je m'en moque.

JULIE.

Mais moi, je ne m'en moque pas. Et si je refuse de t'obéir?...

ANTONIN.

Je ferai ma commission moi-même et sur un ton qui n'admettra pas de réplique.

JULIE.

Elle se fâchera.

ANTONIN.

Elle se fâchera.

JULIE.

Quand vous serez fâchés, où la verrai-je? Ici?

ANTONIN.

Je te le défends.

JULIE.

As-tu le droit de me le défendre?

ANTONIN.

Oui.

JULIE.

Parce que?

ANTONIN.

Encore une fois, parce que je suis le maître, parce que le mari est le maître dans son ménage.

JULIE.

Ce n'est pas ce que tu me déclarais lorsque nous étions fiancés.

ANTONIN.

Évidemment.

JULIE.

Tu n'as plus rien d'autre à me dire?

ANTONIN.

Si.

JULIE.

J'écoute.

ANTONIN.

Quand tu auras des opinions aussi saugrenues que celles de tantôt, tu feras bien de les garder pour toi.

JULIE.

N'ai-je pas le droit d'avoir des opinions?

ANTONIN.

Assez! J'entends que tu m'obéisses et que tu ne compromettes pas mon avenir. M. et madame Pouchelet sont des personnages : ils peuvent m'être utiles et si tu les éloignes par tes balivernes, tu manques à ton devoir. Le mariage est une association.

JULIE.

Alors, rends-moi des comptes. On dit que tes affaires vont mal. Est-ce vrai?

ANTONIN.

Occupe-toi de ton ménage. Les affaires ne regardent pas les femmes. Nous sommes mariés sous le régime de la communauté, j'administre les biens de la communauté, je les administre comme je l'entends, de mon mieux : voilà tout ce que j'ai à te dire.

JULIE.

En un mot, je suis une associée qui doit garder les yeux fermés et la bouche close?

ANTONIN.

Ma chère amie, il est inutile de me recommencer la conférence sur les droits de la femme. Je l'ai entendue l'autre soir. Laisse cela aux vieilles filles qui ont de la barbe. Si je t'écoutais, tu te plaindrais des lois qui font de vous des esclaves, paraît-il. Je connais le couplet.

JULIE.

Non, je ne me plains pas des lois, je me plains des mœurs. (*Un temps.*) Notre malheur, vois-tu, ce n'est pas qu'il y ait tel ou tel article du code; notre malheur, c'est qu'on nous ait mariés comme on nous a mariés.

ANTONIN.

C'est ainsi que se font maintenant presque tous les mariages.

JULIE.

Et c'est sans doute à cause de cela que presque tous les mariages sont malheureux.

ANTONIN.

Si tu m'aimais vraiment...

JULIE.

Oui, mais voilà : je ne t'aime pas, tu ne m'aimes pas non plus, et nous sommes enchaînés l'un à l'autre.

ANTONIN.

C'est trop fort! Je ne t'aime pas?

JULIE.

Ah! non! tu ne m'aimes pas!

ANTONIN.

Allons, allons, tu dis des bêtises. Il est tard, allons nous coucher. Ça ira mieux demain.

Il sort par la porte de droite.

JULIE, *à elle-même.*

Non, « cela » n'ira pas mieux... ni demain, ni jamais.

ANTONIN, *du dehors.*

Eh bien, Julie, viens-tu?

Scène muette. Julie semble sortir d'un rêve; elle regarde autour d'elle avec étonnement.

ANTONIN, *du dehors.*

Allons, allons!

JULIE, *avec un grand soupir, la physionomie empreinte d'un profond dégoût et de résignation douloureuse.*

Me voilà!

Elle se dirige lentement vers la porte de la chambre à coucher.

RIDEAU.

ACTE TROISIÈME

Le décor du 1" acte. — Septembre.

SCÈNE PREMIÈRE

MONSIEUR DUPONT, MADAME DUPONT.

MONSIEUR DUPONT, *à sa femme qui tient un papier.*

Tu connais maintenant les résultats de l'inventaire. Ils ne sont pas brillants. (*A la bonne.*) Dès que mademoiselle Caroline sera arrivée, vous la ferez monter ici.

LA BONNE.

Oui, monsieur.

MADAME DUPONT.

Le chiffre des affaires est en baisse sur celui de l'année dernière...

MONSIEUR DUPONT.

Les bénéfices sont réduits à zéro. Je me trompe, 112 francs 17. C'est une belle chose, la comptabilité.

MADAME DUPONT.

Alors?

MONSIEUR DUPONT.

Alors !... Je ne sais pas, moi ! Il y a une chose certaine, c'est que ça ne peut pas durer comme ça...

MADAME DUPONT.

Que faire ?

MONSIEUR DUPONT.

L'année prochaine, ce sera encore plus déplorable... à moins que...

MADAME DUPONT.

A moins que ?

MONSIEUR DUPONT.

Eh mon Dieu ! il faudrait renouveler le matériel. Nous marchons avec une machine à bras qui me vient de mon père... Nous avons un moteur à gaz qui ne vaut pas quatre sous... Il n'y a plus qu'une espérance.

MADAME DUPONT.

Laquelle.

MONSIEUR DUPONT.

C'est que des capitaux nous tombent du ciel.

MADAME DUPONT.

Ça n'arrive plus, ces choses-là...

MONSIEUR DUPONT.

Qui sait ?... Ah ! mon Dieu ! heureusement pour toi que ton mari n'est ni un imbécile ni un homme prompt au découragement... Je vais tâcher de te tirer de ce mauvais pas. (*Entre Caroline.*) Voici Caroline. Va retrouver Julie. J'aurai besoin de vous deux tout à l'heure ; je vous appellerai.

Madame Dupont sort.

SCÈNE II

CAROLINE, MONSIEUR DUPONT.

MONSIEUR DUPONT.

Ma chère enfant, je t'ai priée de venir parce que
j'ai besoin d'avoir avec toi un sérieux entretien. Après
de longues discussions, j'ai pu enfin avoir raison de
tes scrupules et tu as consenti à accepter l'héritage de
ta tante des Indes. Ta sœur Angèle va venir.

CAROLINE.

Elle va venir... ici ?

MONSIEUR DUPONT.

C'est une autre question. Nous causerons de cela
tout à l'heure, avec Julie et sa mère qui sont là. Pour
le moment, il s'agit de toi, seulement; toutes les dif-
ficultés sont aplanies. Ça m'a donné assez de mal, soit
dit en passant — et demain, à quatre heures, tu tou-
cheras, chez le notaire, la somme de trente et un mille
trois cent dix-huit francs et des centimes... Ma chère
Caroline, tu es en âge, certainement, de savoir ce que
tu fais; cependant, tu n'es pas une de ces filles sans
cœur qui rejettent toute autorité paternelle dès qu'elles
sont majeures. Tu continues, j'en suis certain, à me
reconnaître le droit de te donner des conseils. J'ai vécu
plus longtemps que toi, je connais les affaires et je
puis t'être de quelque utilité lorsque tu chercheras à
placer ton argent. As-tu déjà quelque projet?

CAROLINE.

J'en ai un.

MONSIEUR DUPONT.

Puis-je savoir lequel?

CAROLINE.

Je voudrais le garder secret.

MONSIEUR DUPONT, *stupéfait.*

Secret?...

CAROLINE.

Oui...

MONSIEUR DUPONT.

Ah! Tu...

CAROLINE.

Excuse-moi...

MONSIEUR DUPONT, *très déconfit, mais cherchant à se maîtriser.*

C'est bien! C'est bien! Alors, je n'ai plus rien à te dire. Je suis un peu surpris... et peiné surtout... très peiné.

CAROLINE.

Je te demande pardon... Mais...

MONSIEUR DUPONT.

C'est bien, c'est bien...

CAROLINE.

Comprends-moi...

MONSIEUR DUPONT.

Je comprends que tu n'as pas confiance en ton père : voilà ce que je comprends. Mais je respecte ta volonté et je ne te questionne pas.

CAROLINE.

Tu es fâché?

MONSIEUR DUPONT.

Pas du tout... pas du tout. Seulement, quand tu auras donné tout ce que tu possèdes à une communauté religieuse, je me demande ce qui te restera pour ta vieillesse. Car tu penses bien, n'est-ce pas, que j'ai deviné qu'il s'agit d'une communauté religieuse?...

CAROLINE.

...

MONSIEUR DUPONT.

Tu l'avoues?

CAROLINE.

Non... Je voudrais ne te donner aucun renseignement.

MONSIEUR DUPONT.

Enfin, cependant...

CAROLINE.

Je t'en prie...

MONSIEUR DUPONT.

Indique-moi seulement...

CAROLINE.

Non.

MONSIEUR DUPONT.

Alors, c'est un refus formel?...

CAROLINE.

Ne suis-je pas libre?

MONSIEUR DUPONT.

Évidemment, tu es majeure.

CAROLINE.

Ne parlons plus de cela.

MONSIEUR DUPONT.

N'en parlons plus. (*Après un silence, éclatant.*) Et voilà ma récompense! Voilà ce que ça me rapporte de m'être sacrifié toute ma vie pour mes filles! Celle-ci n'a même pas en moi la confiance qu'elle aurait dans le premier homme d'affaires venu!

CAROLINE.

Mon père, j'ai confiance en toi, et je te respecte.

MONSIEUR DUPONT, *furieux.*

Tais-toi ! Tu es une fille sans cœur, sans affection...
une ingrate ! Ah ! je ne m'attendais pas à celle-là, par
exemple !

CAROLINE.

Ne te mets pas en colère.

MONSIEUR DUPONT.

Si ! Je me mets en colère, et il y a de quoi !... (*Frap-
pant sur la table.*) Bon sang de bon sang ! C'est trop
fort ! Avoir vécu jusqu'à soixante-deux ans pour recevoir un affront pareil !

Il marche de long en large.

CAROLINE.

J'ai cru pouvoir... Je n'ai disposé que d'une partie
de la somme.

MONSIEUR DUPONT, *se retournant.*

Quoi?

CAROLINE.

Je n'ai disposé que d'une partie de la somme...

MONSIEUR DUPONT, *radouci, d'un ton de reproche
tendre et venant s'asseoir auprès d'elle.*

Bien; pourquoi ne le disais-tu pas tout de suite, mon
enfant?

CAROLINE.

Tu ne m'en laisses pas le temps...

MONSIEUR DUPONT.

De combien?

CAROLINE.

Quinze mille.

MONSIEUR DUPONT.

Oui... C'est déjà un chiffre... Et pour les seize mille qui restent?

CAROLINE.

J'avais l'intention de te demander conseil.

MONSIEUR DUPONT, *se levant.*

Ah!... De mon côté, j'ai réfléchi et nous allons successivement passer en revue ensemble les divers débouchés offerts aujourd'hui à l'épargne... Les fonds publics?... L'argent rapporte deux et demi pour cent quand c'est sûr et quatre pour cent lorsqu'il s'agit de ce qu'il me sera permis d'appeler les valeurs aléatoires... La grande industrie?... Nous sommes peut-être à la veille d'une crise sociale; la concurrence étrangère est de plus en plus menaçante; le conflit entre le capital et le travail entre dans une période aiguë...

CAROLINE.

M. Antonin Mairaut est venu me voir.

MONSIEUR DUPONT.

Ah! la canaille! Je parie qu'il t'a proposé de commanditer sa maison de banque!

CAROLINE.

Oui.

MONSIEUR DUPONT.

Tu vois, je l'avais deviné! Tu l'as envoyé promener, j'espère.

CAROLINE.

J'ai dit que je réfléchirais.

MONSIEUR DUPONT.

Ça va bien. Tu m'as fait peur. Commanditer une banque, il n'y a rien de plus dangereux. Donc, nous disions : pas de fonds publics, pas de grande industrie, pas de banque. Qu'est-ce qui nous reste? (*Silence.*) Je te demande ce qui nous reste.

CAROLINE.

Je ne sais pas.

MONSIEUR DUPONT.

Il reste le commerce, la petite industrie... Seulement, connais-tu un commerçant, un petit industriel qui voudra accepter tes fonds?

CAROLINE.

Non.

MONSIEUR DUPONT.

Cherchons ensemble... C'est que je n'en vois pas. Madame Grandjean?

CAROLINE.

Cette femme divorcée... Tu sais bien que je n'ai pas voulu travailler pour elle...

MONSIEUR DUPONT.

C'est vrai. C'est une bêtise, d'ailleurs... M. Darbout?

CAROLINE.

Il est protestant.

MONSIEUR DUPONT.

Alors... je ne vois pas... il n'y a pas à dire, je ne vois pas...

CAROLINE.

Mais... toi... si tu voulais...

MONSIEUR DUPONT.

Si je voulais... quoi?... M'en charger, de tes capitaux?

CAROLINE.

Oui!

MONSIEUR DUPONT.

C'est une grosse responsabilité... Je ne sais pas si... A quel intérêt?

CAROLINE.

Oh !... celui que tu voudras.

MONSIEUR DUPONT.

Oui... J'en parlerai à ta mère... (*Comme se décidant tout à coup.*) Ah ! mon Dieu, tiens, tiens ! il ne sera pas dit que j'aurai hésité pour te rendre service. Remercie-moi ! C'est entendu...

CAROLINE.

Merci.

MONSIEUR DUPONT, *câlin.*

Et tu ne veux toujours pas me dire ce que tu veux faire des quinze mille ?

CAROLINE.

Je t'en prie...

MONSIEUR DUPONT.

Enfin ! c'est bon... Tu es libre... Alors, je te préparerai une délégation. Ne t'occupe de rien ; j'arrangerai tout cela d'avance... Tu n'auras plus qu'à signer. Ah ! trois heures !... Maintenant, nous avons à nous occuper d'une autre question. (*Il va à la porte de droite et dit au dehors :*) Si vous voulez venir ? (*Il fait entrer Julie et madame Dupont.*) Asseyez-vous.

SCÈNE III

MONSIEUR DUPONT, JULIE, MADAME DUPONT, CAROLINE.

MONSIEUR DUPONT, *lorsque tout le monde est assis.*

Mes enfants, je vous ai réunis pour que nous dis-

cutions ensemble la conduite à tenir à l'égard d'Angèle qui va arriver tout à l'heure. C'est très délicat.
Vous savez qu'elle mène à Paris une vie irrégulière...
Faut-il la recevoir ici ? Faut-il aller la chercher à la
gare ?

JULIE.

Enfin, qu'est-ce qu'elle a fait, au juste ? Maintenant
que je suis mariée, on peut bien tout me dire. Chaque
fois qu'on parlait d'elle et que j'entrais, on se tai-
sait... Je me la rappelle très bien...

MADAME DUPONT.

Oh ! tu avais cinq ans lorsqu'elle est partie.

MONSIEUR DUPONT.

Vous comprenez, mes enfants, combien ce sujet est
douloureux pour vous comme pour moi. Je n'entrerai
donc pas dans les détails. Qu'il te suffise, Julie, de
savoir qu'à dix-sept ans, Angèle a dû quitter cette maison parce que... Enfin...

MADAME DUPONT, *simplement*.

Elle allait être mère.

JULIE.

Elle est partie ?

MONSIEUR DUPONT.

Oui.

JULIE.

D'elle-même ?

MONSIEUR DUPONT.

Je l'ai renvoyée.

JULIE.

Ah !

MONSIEUR DUPONT.

Enfin... je vous le répète, cela est très pénible ;

finissons-en rapidement. Elle va venir ici... (*Regard à sa montre.*) Elle est en route. Le train est arrivé depuis cinq minutes. Je vous demande d'être... correctes, de vous tenir à égale distance d'une tendresse qui serait inexplicable et d'une froideur qui serait cruelle.

JULIE.

Depuis qu'elle est partie, tu as eu de ses nouvelles ?

MONSIEUR DUPONT.

Oui.

JULIE.

Sa conduite...?

MONSIEUR DUPONT.

Mon Dieu... pas régulière, évidemment, mais...

CAROLINE.

Père, tu l'innocentes trop. Nous avons eu trois fois de ses nouvelles. La première, lorsque son enfant est mort. La seconde fois, on a su qu'elle chantait dans un café-concert ; qu'elle était presque dans la misère. La troisième, nous avons appris qu'elle était riche... sans avoir travaillé... Lorsque je me rappelle tout cela, je me reproche d'avoir accepté de la voir.

JULIE.

Puisqu'il lui était impossible de toucher sa part sans ton consentement... Tu ne pouvais pas la priver de cette somme, quels que soient tes griefs contre elle.

CAROLINE.

C'est ce qui m'a décidée... mais il n'y a aucune raison pour que je la voie ici.

MONSIEUR DUPONT.

Je la verrai, moi. Julie la verra. Sa mère aussi. Pourquoi ferais-tu autrement que nous ?

MADAME DUPONT.

Elle t'aimait beaucoup, Caroline, et toi aussi, tu l'aimais. Ne sois pas trop dure ! Il faut avoir de la pitié pour celles qui ont eu des malheurs comme les siens.

CAROLINE, *cédant.*

Allons !... je ferai ce que vous voudrez.

MONSIEUR DUPONT.

A la bonne heure. Bien entendu, je ne tombe pas d'un excès dans l'autre, et il ne saurait être question de lui offrir l'hospitalité, ni même de l'inviter à dîner... C'est convenu comme cela, n'est-ce pas ?

CAROLINE.

C'est convenu. Je descends au bureau.

MONSIEUR DUPONT.

Rentre dans ta chambre, Julie. (*Elle sort.*)

SCÈNE IV

MONSIEUR DUPONT, MADAME DUPONT.

MONSIEUR DUPONT.

Dans dix minutes elle sera ici.

MADAME DUPONT.

Ah ! mon Dieu ! si c'était ma fille, à moi, il y a longtemps que je serais à la gare.

MONSIEUR DUPONT.

Tu crois donc que je n'ai pas eu vingt fois l'envie d'y aller, à la gare ?

MADAME DUPONT.

Pourquoi ne l'as-tu pas fait?

MONSIEUR DUPONT.

Et le monde? Tout le monde me connaît dans la ville. Sur le quai de la gare, j'aurais rencontré dix personnes qui m'auraient demandé qui j'attendais. Et puis, tout bien réfléchi, il est plus digne que je l'attende ici. Voilà quinze jours que je me demande ce que je vais lui dire.

MADAME DUPONT.

Embrasse-la de bon cœur : le reste viendra tout seul.

MONSIEUR DUPONT.

Je dois l'embrasser, n'est-ce pas, c'est ton avis?

MADAME DUPONT.

Oui.

MONSIEUR DUPONT.

C'est le mien aussi... Seulement, ma chère, songe que... enfin... il n'y a pas à dire... elle a (*Baissant la voix.*) des amants... C'est très délicat!... Comment vais-je lui parler? Dois-je faire allusion au passé?... Il ne faut pas que j'aie l'air de lui pardonner... je ne peux pas... je ne peux pas... D'un autre côté, puisqu'elle vient, je ne peux pas non plus... Ah! mon Dieu, mon Dieu, mon Dieu, que c'est embêtant! Hein?

MADAME DUPONT.

Je n'ai pas de conseils à te donner.

MONSIEUR DUPONT, *poursuivant.*

Évidemment, c'est ma fille... Mais depuis dix-huit ans que je ne l'ai pas vue... (*Mécontent.*) je m'étais fait à l'idée que je ne la reverrais jamais... Les premiers

temps après son départ, j'ai eu un chagrin mortel...
Ça s'est calmé peu à peu, naturellement... Alors, tu
comprends... Enfin ! tu vas me donner ton avis. J'ai
préparé quelque chose, afin de ne pas laisser tout
cela au hasard de l'inspiration... N'est-ce pas, si on ne
pense pas à l'avance à ce qu'on dira, on en dit trop
ou trop peu ?...Alors, je te répète, j'ai préparé quelque
chose... je l'avais même écrit, mais je le sais par
cœur... Tu ne peux pas t'imaginer combien je suis
ému !... Voilà : « Mon enfant... » je crois qu'il faut
dire : « Mon enfant »; *Angèle* serait trop familier et
ma fille trop solennel. « Mon enfant... » (*S'imposant.*)
Et ce qui rend tout cela très difficile, c'est que je ne
sais pas comment elle va me parler, elle... Le ton de
ses lettres est très convenable, évidemment... Mais...
va-t-elle pleurer ? sangloter ? Elle va peut-être se
trouver mal !... on ne sait pas !... Ah la la ! que je
te remercie d'être venue... Parce que, il faut que je te
dise, dans l'intérêt même de Caroline, je ne lui ai pas
montré, à Caroline, les choses sous un jour tout à fait
exact.

MADAME DUPONT.

Comment cela ?

MONSIEUR DUPONT.

Oui ! c'est Caroline qui ne peut pas se passer de la
signature d'Angèle pour toucher.

MADAME DUPONT.

Tu disais...

MONSIEUR DUPONT.

Oui. J'ai dit le contraire. Jamais Caroline n'aurait
consenti à voir Angèle si elle avait su que, des deux,
c'était elle, Caroline, qui avait besoin de l'autre. Angèle est l'exécuteur testamentaire... Enfin, c'est elle

qui nous rend service... Mais si nous entrons dans tous ces détails, nous n'en finirons pas. Donc, je lui dis : « Mon enfant, je te remercie d'être venue. Ne parlons pas du passé. Je ne veux savoir qu'une chose : c'est que tu n'as pas reporté sur ta sœur Caroline le ressentiment que je t'inspire sans doute. Je t'en suis reconnaissant... » Qu'est-ce que tu en penses ?... (*Entre la bonne.*) Mon Dieu, la voilà !... (*Désignant les clichés enveloppés de papier qui sont sur la table.*) Et ce Courthezon qui n'a pas enlevé les clichés de l'inventaire ! (*A la bonne.*) Attendez ! (*A madame Dupont.*) Viens, viens par ici... tu vas me dire s'il faut que je modifie... (*A voix basse, à la bonne.*) Priez d'attendre... dites que je suis occupé... (*Il sort par la gauche, 2e plan, avec madame Dupont. La bonne fait entrer Angèle, 35 ans, habillée de noir et d'une élégance très discrète.*)

SCÈNE V

ANGÈLE, LA BONNE.

LA BONNE.

Monsieur est occupé, mais je ne pense pas qu'il en ait encore pour bien longtemps... Qui faut-il annoncer, madame ?

ANGÈLE.

Madame Angèle Dupont.

LA BONNE.

Tiens ! Madame s'appelle comme monsieur.

ANGÈLE.

Oui.

LA BONNE,

Si madame veut s'asseoir...
> *Elle enlève deux paquets de sur une chaise; elle
> sort.*

SCENE VI

ANGÈLE, *puis* COURTHEZON. *Seule, Angèle reste un
moment immobile, émue. Puis elle regarde les meubles,
les tableaux.*

ANGÈLE, *avec un geste de découragement, à mi-voix.*
Plus rien ! Il ne reste plus rien d'autrefois !
> *Entre Courthezon.*

COURTHEZON.

M. Dupont vous prie de l'attendre cinq minutes,
madame.

ANGÈLE.

Parfaitement, monsieur. (*Courthezon rassemble quelques clichés tout en regardant Angèle du coin de l'œil; il
va pour sortir.*) Vous êtes monsieur Courthezon,
monsieur ?

COURTHEZON, *très gêné pendant toute la scène.*

Oui mad... oui, mademoiselle Angèle... Comment !
vous vous rappelez mon nom et vous m'avez reconnu ?
Vous avez bonne mémoire... D'autant plus qu'en ce
moment je dois avoir très mauvaise mine, parce que
je suis sous le coup de gros ennuis personnels... Ça
serait trop long à vous raconter. (*Il reste debout devant
elle, ses clichés dans les bras.*) Moi, je vous ai reconnue
tout de suite : M. Dupont m'avait dit...

ANGÈLE.

Mon père se porte bien?

COURTHEZON, *très embarrassé.*

Mais oui, mais oui... Tout le monde va bien. Vous aussi, d'après ce que je vois?

ANGÈLE.

Très bien.

COURTHEZON.

...Alors, vous venez pour cet héritage?

ANGÈLE.

Oui.

Un silence.

COURTHEZON.

Vous avez dû en trouver, du changement, dans le pays?

ANGÈLE.

Oui. Je ne l'ai pas reconnu.

COURTHEZON.

Nous avons déménagé... Oui. La maison où se trouvait l'ancienne imprimerie a été démolie quand on a refait la rue de l'Arbre-à-Poires...

ANGÈLE, *regardant autour d'elle.*

Et on a changé les meubles du salon.

COURTHEZON.

Oh! voilà déjà dix ans...

ANGÈLE, *douloureusement.*

Si j'étais entrée ici sans être prévenue, rien ne m'aurait indiqué que j'étais chez mon père.

COURTHEZON.

Oui... Il y a si longtemps que vous êtes partie... Ça

doit vous faire une rude émotion, hein, à la pensée
que vous allez le revoir?

ANGÈLE, *très lentement.*

Mon Dieu, certes, mais moins que je ne l'aurais
cru... Quand j'ai reçu sa lettre... là... oui... j'ai cru
que j'allais me trouver mal... Voilà deux mois. Depuis,
j'ai pensé chaque jour au moment que voici... J'ai si
souvent imaginé ce que mon père me dirait, ce que je
lui répondrais... que maintenant j'ai la tristesse et la
surprise de me sentir presque calme. (*Un soupir.*)
Voyez-vous, monsieur Courthezon, c'est toujours plus
simple et moins beau qu'on ne croit, la vie! (*Un
temps. Douloureusement.*) Et puis, j'en ai tant vu!

COURTHEZON.

Vous avez beaucoup souffert?

ANGÈLE.

Un peu.

COURTHEZON.

Il y a dix-huit ans, n'est-ce pas?

ANGÈLE.

Oui... dix-huit ans.

COURTHEZON.

J'entends monsieur Dupont... Je m'en vais. Au
revoir, madame...

*Il sort. Après un moment, on entend, au dehors,
par la porte à demi ouverte, la voix de M. Dupont.*

MONSIEUR DUPONT, *à madame Dupont.*

Mais si, mais si, je veux que tu viennes avec moi.

Entrent M. et madame Dupont.

SCÈNE VII

ANGÈLE, MONSIEUR DUPONT, MADAME DUPONT.
Un grand silence très long.

MONSIEUR DUPONT, *sans émotion apparente.*

Bonjour, Angèle.

ANGÈLE.

Bonjour, père.

> *Ils hésitent pendant un moment pour savoir s'ils doivent s'embrasser. Enfin, ils s'y décident. M. Dupont pose froidement un baiser sur chaque joue d'Angèle. Dans le même silence, Angèle va embrasser madame Dupont avec la même froideur.*

MADAME DUPONT.

Bonjour, Angèle.

ANGÈLE.

Bonjour, bonne mère.

> *Ils se regardent sans rien se dire.*

MONSIEUR DUPONT, *remis d'une fugitive émotion.*

Asseyons-nous... (*On s'assied. A Angèle, avec le ton qu'il aurait s'il l'avait quittée la veille.*) Je te remercie d'être venue.

ANGÈLE.

Je suis venue pour ma sœur Caroline. Je l'aimais beaucoup... (*Un temps.*) Elle est mariée?

MONSIEUR DUPONT.

Non. Elle n'a pas voulu.

ANGÈLE.

Elle a trente-trois ans, maintenant.

MONSIEUR DUPONT, *à sa femme.*

Trente-trois ou trente-quatre?

MADAME DUPONT.

Trente-trois.

ANGÈLE

Je vais la voir?

MONSIEUR DUPONT.

Oui. Nous allons la prévenir que tu es là.

ANGÈLE.

Et ma petite sœur?

MONSIEUR DUPONT.

Julie?

ANGÈLE.

Oui, Julie.

MONSIEUR DUPONT.

Ta petite sœur... elle est mariée, elle... elle a fait un assez joli mariage... le fils d'un banquier... les Mairaut... tu te rappelles bien M. Mairaut, le grand-père?

ANGÈLE.

Non.

MONSIEUR DUPONT.

Mais si, mais si... un vieux, avec toute sa barbe blanche...

ANGÈLE.

Non.

MONSIEUR DUPONT.

Enfin... c'était le grand-père de M. Antonin Mairaut, le mari de Julie. (*Désignant la porte de gauche, 1er plan.*) Elle est là, elle.

ANGÈLE.

Elle est là?

MONSIEUR DUPONT, parlant pour cacher son émotion
et son embarras.

Oui... elle est revenue, avec son mari, habiter ici
pour quelque temps, parce que la maison de Saint-
Laurent est inondée. Tu te la rappelles bien, pour le
coup, la maison de Saint-Laurent?

ANGÈLE.

Oui...

MONSIEUR DUPONT, de même. L'embarras va croissant.

Je leur avais dit : « Mes enfants, faites faire un petit
mur du côté de la rivière... ou sans ça, vous serez
inondés. » Ils n'ont pas voulu m'écouter, et voilà...
Heureusement l'eau baisse et ils pourront rentrer chez
eux demain... Parce qu'il faut te dire que les voisins
en ont fait faire un, eux; alors... alors, voilà.

ANGÈLE, après un temps.

Et les affaires? tu es content?

MONSIEUR DUPONT.

Assez...

ANGÈLE.

Tout le monde se porte bien?

MONSIEUR DUPONT.

Tout le monde... Moi, j'ai eu une petite bronchite,
l'année dernière, mais ça n'a pas eu de suites.

ANGÈLE.

Tant mieux.

Silence.

MONSIEUR DUPONT, à Angèle qui le regarde.

Tu me trouves vieilli, hein?

ANGÈLE.

Non, au contraire; je m'en faisais la remarque en
moi-même...

MONSIEUR DUPONT.

Toi aussi tu te portes bien?

ANGÈLE.

Très bien.

> *Nouveau silence. Angèle se lève. M. et madame
> Dupont se lèvent ensuite.*

MONSIEUR DUPONT.

Alors, tu ne peux pas rester plus longtemps?

ANGÈLE.

Non. Il faut que...

MONSIEUR DUPONT, *après un silence.*

Tu es venue tout droit de la gare ici?

ANGÈLE.

Non. J'ai fait porter ma valise au *Lion d'Or.*

MONSIEUR DUPONT.

Ah! Tu es descendue au *Lion d'Or?*

ANGÈLE.

Oui.

MONSIEUR DUPONT.

Voilà... Alors, à demain quatre heures, chez le
notaire. Il demeure juste en face... Tiens, on voit sa
porte d'ici... Tu ne pourras pas te tromper.

ANGÈLE

Oui... (*Un temps.*) Julie... elle est là!

MONSIEUR DUPONT.

Que je suis bête!... J'avais oublié... oui... on va te
conduire... (*A madame Dupont.*) Va donc voir si .. moi
je vais dire qu'on aille chercher Caroline.

MADAME DUPONT, *ouvrant la porte de gauche.*

Julie... c'est ta sœur Angèle.

LA VOIX DE JULIE.

Angèle!... mais qu'elle vienne.

MADAME DUPONT, *à Angèle.*

Tu peux entrer.

*Angèle sort. M. Dupont a sonné et dit quelques mots
à la bonne qui est sortie ensuite.*

SCÈNE VIII

MONSIEUR DUPONT, MADAME DUPONT.

MONSIEUR DUPONT.

Ouf!... (*A madame Dupont.*) Eh bien, ça s'est très
bien passé. Je n'ai pas dit ce que j'avais préparé...
mais je trouve que ça s'est tout de même bien passé,
moi. Et toi?

MADAME DUPONT.

Très bien... Pauvre fille!... Elle me faisait de la
peine.

MONSIEUR DUPONT.

Elle est très heureuse... très bien mise... Très comme
il faut... Qu'est-ce qui dirait, hein? à la voir...

MADAME DUPONT.

Oui.

MONSIEUR DUPONT.

Et pourtant... Mais, vois-tu, lorsqu'on a reçu une
bonne éducation, il en reste toujours quelque chose...
C'est curieux, je m'étais figuré que quand je la rever-

rais, je serais tout retourné... Eh bien... évidemment, je ne dis pas que cela ne m'a rien fait... mais beaucoup moins que je ne le craignais... Maintenant qu'elle n'est plus là... tiens... voilà que ça me prend... je... c'est vrai... je... j'ai les jambes coupées... (*Il s'assied. Après un silence.*) Si je n'étais pas aussi certain que mon devoir était de faire ce que j'ai fait... Car enfin, c'était mon devoir... Tu ne réponds rien... Ce n'était pas mon devoir ?

MADAME DUPONT.

Je ne sais pas.

Entre Caroline.

SCÈNE IX

MONSIEUR DUPONT, MADAME DUPONT, CAROLINE.

MADAME DUPONT.

Angèle...

CAROLINE.

Oui... Courthezon m'a dit...

MONSIEUR DUPONT, *négligemment, après un silence.*

Et puis... et puis... tu sais, ne lui reproche rien, ne te vante pas de ce que tu fais pour elle.

CAROLINE.

Naturellement.

MONSIEUR DUPONT, *à sa femme.*

Va lui dire que Caroline l'attend.

(*Entre la bonne.*)

LA BONNE.

Monsieur, c'est M. et madame Mairaut qui demandent
à parler à monsieur.

MONSIEUR DUPONT.

Ah ! ah ! Où sont-ils ? dans mon bureau ?

LA BONNE.

Oui, monsieur.

MONSIEUR DUPONT, *à sa femme.*

Je sais ce que c'est. (*A la bonne.*) Je descends avec
vous.

Il sort avec la bonne.

MADAME DUPONT, *à la porte de droite.*

Caroline est là.

Elle sort par le fond gauche. Entre Angèle.

SCÈNE X

ANGÈLE, CAROLINE. *En entrant, Angèle a un élan vers
Caroline, élan qu'elle réprime aussitôt devant la froideur de celle-ci.*

ANGÈLE, *sans cri.*

Caroline.

CAROLINE, *de même.*

Angèle.

*Elles sont debout en face l'une de l'autre et se
regardent longuement.*

ANGÈLE, *avec tristesse.*

Comme tu es changée !

CAROLINE.

Vous aussi, vous êtes changée !

ANGÈLE.

C'est que la vie n'a pas toujours été douce par moi.

CAROLINE, *avec un geste de doute.*

Oh !

ANGÈLE.

Tu ne me crois pas ?

CAROLINE.

Si, puisque vous le dites.

ANGÈLE.

Vous !... Je viens de voir Julie : elle a été moins sévère que vous. Pourtant elle n'avait que cinq ans quand j'ai quitté la maison et elle n'est que ma demi-sœur. Vous et moi, nous sommes filles du même père et de la même mère : nous avons presque le même âge et nous nous aimions bien.

CAROLINE, *glaciale.*

C'est justement.

ANGÈLE.

Si vous saviez tout, vous me pardonneriez !

CAROLINE.

Est-ce qu'on vous a calomniée ?

ANGÈLE.

Non. Tout le mal qu'on a pu vous dire de moi... on ne m'a pas calomniée ?

CAROLINE.

Alors !

ANGÈLE, *sans colère.*

Alors... je trouve tout de même que votre vertu

est bien orgueilleuse et bien dure, voilà tout. (*Changeant de ton.*) Vous êtes au courant de ce qui m'amène?

CAROLINE.

Oui. Je sais que nous devons nous trouver ensemble chez le notaire.

ANGÈLE.

C'est bien... à demain quatre heures, chez le notaire.

CAROLINE.

A demain quatre heures, chez le notaire.

ANGÈLE, *sur le pas de la porte, très émue.*

Tu n'as rien autre chose à me dire?

Caroline, pour toute réponse, secoue la tête négativement. Angèle sort. Entre M. Dupont.

SCÈNE XI

MONSIEUR DUPONT, CAROLINE, MADAME DUPONT.

MONSIEUR DUPONT, *rayonnant.*

Elle est partie?

CAROLINE.

Oui.

MONSIEUR DUPONT, *riant.*

Où est ta mère... où est ta mère? (*Il appelle au fond à gauche.*) Eh! madame Dupont!

MADAME DUPONT.

Qu'est-ce qu'il y a?

MONSIEUR DUPONT.

Écoute...

CAROLINE.

Je m'en vais.

MONSIEUR DUPONT.

Tu n'es pas de trop.

CAROLINE.

C'est que j'ai à travailler.

MONSIEUR DUPONT.

Alors, va-t'en, ma fille, va-t'en... (*Criant.*) A demain !

SCÈNE XII

MONSIEUR DUPONT, MADAME DUPONT.

MONSIEUR DUPONT, *se frottant les mains, en riant.*

Devine un peu ce que M. et madame Mairaut venaient me demander ? Tu ne devines pas ?

MADAME DUPONT.

Non.

MONSIEUR DUPONT.

Le contraire m'aurait surpris. Ils venaient me demander les 25.000 francs... les 25.000 francs de la dot... tu sais bien... que je devais payer six mois après le mariage.

MADAME DUPONT.

Eh bien ?

MONSIEUR DUPONT.

Eh bien... il y a aujourd'hui six mois que Julie est mariée.

MADAME DUPONT.

Ah ! mon Dieu ! Comment as-tu fait ?

MONSIEUR DUPONT.

Tu penses bien que je n'ai pas donné un sou.

MADAME DUPONT.

Forcément.

MONSIEUR DUPONT.

Forcément, comme tu dis.

MADAME DUPONT.

Mais ils vont nous faire mettre en faillite !

MONSIEUR DUPONT, *toujours souriant.*

Peuvent pas ! Ils n'ont que ma parole.

MADAME DUPONT.

Heureusement.

MONSIEUR DUPONT.

D'ailleurs, je n'ai pas refusé de payer les 25.000 francs et je n'ai pas contesté la dette.

MADAME DUPONT.

Alors ?

MONSIEUR DUPONT, *souriant.*

J'aurais voulu que tu sois là, tu te serais amusée.

MADAME DUPONT.

Mais, dis-moi...

MONSIEUR DUPONT.

Sans fausse modestie, ça n'a pas été trop mal fait... Si tu avais vu leurs têtes... surtout celle de la mère Mairaut. (*Il pouffe*). Non, je voudrais en avoir un instantané ? je le regarderais dans mes moments de tristesse.

Rire.

MADAME DUPONT, *souriant.*

Parle, voyons.

MONSIEUR DUPONT.

Voilà... J'aurais donné cent sous... Je leur ai dit.
(*Très grave.*) « Cher monsieur et chère madame, je
reconnais que je vous ai promis, pour aujourd'hui,
vingt-cinq mille francs... Seulement, je ne suis pas
en état de vous les verser. » Là-dessus, colère, indi-
gnation, injures. Je laisse passer l'orage, toujours souriant. La mère Mairaut était là, je suppose ; son mari,
ici, moi, là... Pendant tout le temps qu'ils parlaient,
je te dis, je les regardais comme ça... (*Sourire*) Lorsqu'ils ont eu fini, j'ai repris la parole : « Je ne nie
pas ma dette, ai-je fait ; je vous demande seulement
d'en retarder le paiement. Et, cette fois, je vais vous
signer un engagement sur papier timbré. » Changement à vue : on sourit, on s'excuse, on se met à plat
ventre, on m'appelle galant homme, etc., etc... Je
laisse faire, gardant toujours la même attitude. Puis,
au milieu d'un silence religieux, je m'installe à mon
bureau, je prends une feuille de papier timbré, j'écris,
je passe la poudre, comme ça, en prenant bien mon
temps. Madame Mairaut en bavait de plaisir. Puisque
je te dis qu'elle en bavait !... Je lui donne le papier
sur lequel j'avais écrit simplement ceci : « Bon pour
la somme de vingt-cinq mille francs à valoir sur la
succession de l'oncle Maréchal. »

Rire.

MADAME DUPONT, *riant aussi.*

C'est bien fait !...

MONSIEUR DUPONT.

Tu dis qu'elle n'est pas drôle ?

MADAME DUPONT.

Si !

MONSIEUR DUPONT.

Non ! mais tu dis qu'elle n'est pas drôle ?... Hein ?
Dis ! Hein ?

MADAME DUPONT.

Si, si...

MONSIEUR DUPONT.

Quand la mère Mairaut a vu ça, j'ai pensé qu'elle
allait éclater : « C'est une indignité !... » Je crois
même qu'elle m'a appelé paltoquet... Moi, je mourais, je mourais !... Ils sont partis disant qu'ils allaient
à leur bureau mettre Antonin au courant de mes
« facéties grotesques ». Non ! il y a longtemps que je
n'avais eu autant de plaisir !

MADAME DUPONT, *redevenue sérieuse.*

Pourvu que le ménage de Julie n'en souffre pas !

MONSIEUR DUPONT.

Bah !

MADAME DUPONT.

C'est qu'il ne va guère bien. Antonin est exigeant
et despote, et elle se cache souvent pour pleurer.

MONSIEUR DUPONT.

C'est toujours comme ça au début d'un mariage. Il
faut que les angles s'arrondissent. Ce sont ces unions-
là qui sont les plus heureuses !... (*Entre Julie.*) La
voici. Parle-lui... Assure-toi qu'il n'y a rien de grave.
Fais-lui comprendre son devoir... Moi, je retourne à
mon inventaire. (*A Julie.*) Eh bien, qu'est-ce qu'elle t'a
dit, ta sœur Angèle ?

JULIE.

Presque rien... Elle ne m'a pas reconnue, et moi,
je ne l'ai pas reconnue non plus.

MONSIEUR DUPONT.

Je te le disais bien... Allons, à tantôt.

SCÈNE XIII

JULIE, MADAME DUPONT.

MADAME DUPONT.

Je te préviens... Peut-être que ton mari rentrera un peu de mauvaise humeur...

JULIE.

Je commence à m'y faire.

MADAME DUPONT.

Mais plus encore que d'habitude.

JULIE.

Parce que?

MADAME DUPONT.

Ton père n'a pu tenir l'engagement qu'il avait pris...

JULIE.

Les vingt-cinq mille francs?...

MADAME DUPONT.

Oui, Antonin l'apprend en ce moment.

JULIE, *découragée.*

Qu'importe! (*Tout à coup, effrayée.*) Mon Dieu! je crois que j'ai oublié de dire qu'on prépare son vêtement gris... non... oui .. Je me rappelle. . c'est fait... J'en aurais, des reproches, si on l'avait oublié!

MADAME DUPONT.

C'est tout naturel... N'es-tu pas sa femme?

JULIE.

Tu trouves naturel qu'il s'emporte comme il l'a fait

avant-hier parce qu'il lui manquait je ne sais plus quoi ! Il a raison aussi de m'ordonner d'aller à la messe simplement pour que madame je ne sais plus qui m'y rencontre ! Il peut ordonner. Je n'y suis pas allée... et je n'irai pas.

MADAME DUPONT.

Tu exagères tout... Voyons, mon enfant, est-ce que tu n'es pas heureuse ?

JULIE, *ironique.*

Si, si.

MADAME DUPONT.

Est-ce que ton mari ne t'aime pas ?

JULIE.

Ça dépend de ce qu'on entend par « aimer ».

MADAME DUPONT.

Il est très amoureux de toi ?

JULIE.

En effet.

MADAME DUPONT.

Tu lui en veux ?

JULIE.

C'est à moi que j'en veux.

MADAME DUPONT.

Explique-toi.

JULIE.

J'ai honte de moi.

MADAME DUPONT.

Je ne te comprends pas.

JULIE.

Moi je me comprends. Ne parlons pas de cela.

MADAME DUPONT.

Si.

JULIE.

Eh bien, je le déteste, là!

MADAME DUPONT.

Mais dis pourquoi.

JULIE.

Il n'y a pas de pourquoi à ces haines-là. Elles naissent et se développent à tous les contacts de la vie. A chaque instant il se produit un petit fait où nous nous heurtons. Nous n'avons les mêmes idées sur rien... sur rien. Il m'est étranger atrocement, douloureusement étranger... Nous sommes aussi loin l'un de l'autre que deux êtres humains peuvent l'être. (*Avec un profond soupir.*) Oh! s'apercevoir de cela peu à peu!... Nous nous découvrons une inimitié de plus à chaque révélation de notre caractère; j'en arrive à cette certitude que plus nous nous connaîtrons plus nous nous haïrons. Chaque jour, chaque heure ajoutera une rancune à toutes les rancunes amoncelées!... Mon Dieu!... Et à moins d'un scandale, c'est pour toute l'existence! (*Un temps.*) Tiens... il y a des moments... quand il lit, là, assis dans ce fauteuil, je le regarde attentivement... il se produit ceci : il me semble que je ne l'ai jamais vu. Après tout, il y a six mois, je ne le reconnaissais pas quand nous nous croisions dans la rue. Alors, je me demande ce que je fais là, moi, en cheveux, en peignoir, enfermée avec ce monsieur, et j'ai une envie folle de me sauver en criant .. Et nous dormons dans le même lit!... Ah!... je te dis que c'est une honte!

MADAME DUPONT.

Il faut te faire une raison. Antonin est un très brave garçon, et beaucoup de femmes auraient été heureuses de l'avoir.

JULIE.

Pourquoi ne l'ont-elles pas pris, grand Dieu! Ah! si tu savais avec quelle anxiété, avec quelle impatience j'attends l'espérance d'avoir un enfant qui me consolera de tout! Mon Dieu! si je devais ne pas en avoir! Je ne veux pas penser à cela!

MADAME DUPONT.

Ma chère fille, il faut voir les choses avec moins de colère. A la longue, crois-moi, tout cela s'atténuera et finira par disparaître.

JULIE.

Lorsque je serai vieille.

MADAME DUPONT.

Eh! oui, lorsque tu seras vieille.

JULIE.

Merci.

MADAME DUPONT.

Quoi qu'il en soit, tu devrais tâcher de te dominer un peu... Quand ce ne serait que pour ton père et pour moi...

JULIE.

J'essaierai. (*Entre Antonin.*) Tiens le voilà... Laisse-nous, va, tu ne ferais qu'envenimer les choses.

SCÈNE XIV

JULIE, ANTONIN.

ANTONIN, *furieux.*

Eh bien, il ne manquait plus que cela! Ton père ne tient pas parole. Tu le sais?

JULIE, *assise sur le canapé.*

Oui.

ANTONIN.

Et ça ne t'émeut pas ?

JULIE.

C'est qu'il ne peut pas faire autrement.

ANTONIN.

Il me ruine. Du reste, on dirait que vous vous entendez tous. Ah ! elle est jolie, ta famille ! Ton père nous doit vingt-cinq mille francs, il ne les paie pas ; l'autre jour, ta sœur nous promet, ou à peu près, quinze mille francs : aujourd'hui, elle a changé d'avis... De ton côté, toi, tu fais ce que tu peux pour compromettre mon crédit.

JULIE.

Moi ?

ANTONIN.

Toi. Tu me désobéis.

JULIE.

Comment ?

ANTONIN.

As-tu été à la messe, ce matin ?

JULIE.

Non.

ANTONIN.

Pourquoi ?

JULIE.

Ce n'est pas ma faute si j'ai perdu la foi.

ANTONIN.

Je ne te demande pas d'avoir la foi, je te demande d'aller à la messe. Ça n'a aucun rapport. Une femme doit aller à la messe. Si elle ne croit pas, elle doit faire semblant de croire, parce que c'est l'usage chez les gens comme il faut. Je veux que tu t'y conformes. Tu m'entends, je le veux ! Je n'ai pas envie de passer pour un libre-penseur, alors que toute ma clientèle est catholique, que diable !

JULIE.

Je n'y suis pas allée, et je n'irai pas.

ANTONIN.

Qu'est-ce que tu dis ?

JULIE.

Tu m'as bien entendu. Si tu étais toi-même un croyant, si tu me demandais cette concession par respect pour ta foi, je te la ferais. Mais c'est à un acte de mensonge commercial que tu veux me contraindre : je refuse !

ANTONIN.

Tu veux faire tes volontés !

JULIE, *avec éclat.*

Eh bien, tu as dit le mot : je veux faire ma volonté... c'est cela ; c'est cela même ; une fois au moins dans ma vie, je veux faire ma volonté. Tant que j'ai été jeune fille, il m'a fallu obéir, subir une autorité souvent despotique. Maintenant il me faudrait encore obéir. Obéir !... J'en ai assez d'être une éternelle mineure !

ANTONIN.

Dans ce cas, il ne fallait pas te marier.

JULIE.

Mon rôle, alors, se borne à te servir, à seconder la bonne, à veiller sur toi, à donner le dernier coup de brosse à tes habits, à goûter ton potage et à t'admirer.

ANTONIN.

Tu dis des bêtises.

JULIE.

En quoi?

ANTONIN.

En quoi?... Parce que tu sais bien toi-même que ton rôle ne se borne pas là, parce que tu sais bien qu'il ne tient qu'à toi d'être une épouse heureuse. Tu sais bien que je t'aime...

JULIE.

Oui! oui! J'oubliais, tu m'aimes! Ça veut dire, ça, qu'il me faut subir tes caresses lorsque la fantaisie t'en prend. On disait jadis de nous : ménagère *ou* courtisane. Maintenant, c'est changé le progrès a marché... il vous faut les deux dans la même femme : Ménagère *et* courtisane. C'est là notre seule différence avec celles que vous avez aimées avant de nous épouser ; l'épouse, c'est une maîtresse qui consent à être servante... Eh bien, vraiment, cela ne me suffit pas. Non! non! non! Toute ma vie ne peut pas se passer entre la cuisine et la chambre à coucher.

ANTONIN.

Et allez donc! En avant la tirade sur la femme incomprise! sur la pauvre femme esclave et martyre! Si tu m'aimais véritablement, si, au lieu de te bourrer la tête d'idées que tu t'assimiles mal, tu réfléchissais un peu plus, tu te contenterais du rôle, modeste sans doute, mais non sans honneur, dont tant d'autres femmes qui te valaient bien se sont contentées avant toi.

JULIE.

Peut-être as-tu raison. Si je t'aimais en effet, si nous nous nous aimions, nous aurions des sentiments communs, des façons de sentir identiques, et je n'aurais à surmonter aucune répugnance pour agir selon tes volontés. Mais, je le répète ; je ne t'aime pas !

ANTONIN.

Tais-toi donc.

JULIE.

Je ne t'aime pas.

ANTONIN.

Mais, à la fin, tu m'impatientes ! Et tu me forcerais à dire des choses...

JULIE.

Lesquelles ?

ANTONIN.

C'est bon.

JULIE.

Je te comprends parfaitement. Quelque honte que j'en aie, il faut pourtant que nous parlions de cela. Car c'est là qu'est le malentendu. Nous sommes seuls, n'est-ce pas ? Eh bien, expliquons-nous à ce sujet une fois pour toutes. Il le faut. Cela me pèse depuis long-temps. Parle.

ANTONIN.

Non.

JULIE.

Alors, c'est moi, c'est moi qui vais parler. Je te dis que je ne t'aime pas, et tu hausses les épaules, en retenant un sourire de fat. Des idées égrillardes passent dans ton cerveau... Ah ! ce n'est pourtant pas drôle, mon Dieu ! et je devine bien que je ne suis pas la seule pour laquelle ce sujet, joyeux pour vous, représente tout un drame de douleur et de dégoût.

ANTONIN.

Je ne te comprends pas.

JULIE.

Ce n'est pas assez clair. Soit. Ecoute. Je sais ce que
signifient tes silences et à quoi font allusion tes res-
trictions si ridiculeusement vaniteuses. Oui, il y a
des baisers que tu me donnes, et que je finis par te
rendre. Oui, mes lèvres quand tu les baises, mes
lèvres, qui d'abord se crispent pour se refuser,
finissent par se détendre et communier avec les
tiennes! Oui, il y a nos nuits! (*Un temps. Bien dans les
yeux.*) Veux-tu que je te dise? C'est après ces moments-
là que je te hais le plus, et tu ne sauras jamais tout ce
qu'il y a de détresse et de remords dans les larmes
qui suivent, dans les larmes que ta vanité satisfaite
prend pour des pleurs de lassitude heureuse et d'émotion reconnaissante.

ANTONIN.

Alors, quand tu te donnes, ce n'est donc pas par
amour?

JULIE.

Non, c'est par lâcheté!

ANTONIN.

Par lâcheté?

JULIE.

Par lâcheté! Je le répète, je te hais après t'avoir
cédé. Nos embrassements sont des luttes, et, si je suis
vaincue, c'est que j'ai été trahie par ce que j'ai de
meilleur en moi. J'ai honte de ta victoire parce que tu
ne l'aurais pas sans le concours des avilissements que
tu sais provoquer. Tu ne triomphes pas de moi; tu
triomphes de la bête et des instincts bas, voilà tout!...
Aussi, je te le dis! comme je te hais, après! Je te hais
pour le crime que tu as commis en me prenant sans
amour, et plus encore pour le crime que tu m'as fait

commettre en me contraignant à t'imiter... Oui! oui!
je l'avoue! tu n'es pas seul coupable, tu n'es pas seul
digne de tous les mépris!... Mais, vois-tu, maintenant,
j'en ai assez! j'en ai assez!... J'en ai assez de passer
mes journées à pleurer sur la lâcheté de mes nuits!
Chaque soir, je me promettais de me reconquérir. Je
n'avais pas encore osé prononcer les paroles libéra-
trices que je viens de dire. A présent, c'est fait et je
me sens délivrée!

ANTONIN, *haussant les épaules.*

Tu n'es délivrée de rien.

JULIE.

Parce que?...

ANTONIN.

Parce que j'ai plus de raison que toi; parce que tu
n'es qu'une enfant nerveuse; parce que mon devoir
est de te garder contre les exagérations de ta pensée.
Un caprice ne peut pas rompre les liens qui nous
unissent. Tu es ma femme et tu resteras ma femme.
Le divorce est impossible; je n'ai pas contre toi de
torts légaux. Oui, tu peux fuir, mais tu sais la vie sans
considération, sans avenir et sans respect que les
mœurs d'aujourd'hui font à la femme en dehors du
mariage. Donc, tu resteras.

JULIE.

Alors, le mariage, c'est cette prison! (*Un temps.*) Et
quand je pense que j'ai attendu ça, que j'ai soupiré
après ça, que j'ai rêvé les rêves de ma jeunesse, en
espérant ça!... Quand je pense qu'à l'heure qu'il est,
il y a, devant des lits blancs, des jeunes filles qui sou-
pirent en attendant ça! (*Des larmes.*) Ah! les pauvres
petites, les pauvres petites! Si elles savaient! (*Elle
s'essuie les yeux. Après un moment.*) Dieu! que je suis

bête! voilà que je pleure... Il n'y a qu'à rire, car ce n'est plus douloureux, c'est comique!... Ma parole, si on osait, on se tordrait! Vous êtes peut-être des tyrans, mais tellement ridicules qu'en réfléchissant bien, on n'a presque plus la force de vous en vouloir... Non! ce que vous avez fait du mariage!... Depuis le début... depuis ce jour de fête, de singeries, où les vanités se pavanent, où les sottises se regardent avec complaisance... Quand je pense qu'il est encore des gens pour respecter cette mascarade!

Elle éclate de rire.

ANTONIN.

Julie, ne ris pas comme cela!

JULIE.

Ah! laissez donc, mon pauvre monsieur!... C'est tant mieux que je prenne les choses de ce côté... Si on les regardait sérieusement, je me demande quelle figure vous pourriez faire. Tout est grotesque, à force d'être odieux. Je dis : tout! Depuis l'obligation que vous nous imposez de céder tel jour, à telle heure, à une date et à une minute déterminées à l'avance par les convenances des uns et des autres! Comment ne meurent-elles pas de honte, les fiancées, sous les regards insolents qui trahissent le dévergondage des imaginations émoustillées!... Penser qu'elles passent une journée devant des gens qui savent... Pouah!... Ne te fâche pas. Je sais bien qu'elles sont risibles. (*Lui mettant familièrement la main sur l'épaule.*) Mais tu sais, mon petit, il ne faudrait pas vous croire une allure très reluisante pendant cette journée-là, vous, les maris! (*Rire.*) Ah! ah! vous avez tous un air de fatuité bête, un air d'animal content de soi dans l'attente d'une victoire facile... Et il faut une dot, et il faut vous acheter, et il faut payer pour être votre femme! Vous avez admirablement arrangé les choses. Il est vrai que vous mettez là-dessus les mensonges de la loi et de la religion, le tricolore des écharpes et la solennité des autels, le trouble des parfums d'encens et les exaltations de la musique sacrée! Dieu! que vous avez raison!... Seulement, vous avez beau faire, ça ne vous déguise pas encore assez!

ANTONIN, *dans le même mouvement.*

Tu te fais la part trop belle, et il n'est pas juste de me rendre seul responsable d'une situation que je n'ai pas créée, moi, et qui est le résultat de tes actes autant qu'elle est le résultat des miens!

JULIE.

Je serais curieuse de les connaître, ces actes!

ANTONIN.

Je vais te les rappeler.

JULIE.

Ai-je manqué à mon devoir? N'ai-je pas été...

ANTONIN, *avec autorité.*

Tais-toi et laisse-moi parler, à la fin! Il ne s'agit pas maintenant de faire la victime et de te plaindre d'un crime dont tu as été la complice. Quand je t'ai demandée à tes parents, je ne t'aimais pas. Je l'avoue. Je ne t'aimais pas comme tu voudrais être aimée aujourd'hui. Tu m'as épousé cependant.

JULIE.

Est-ce que je savais, moi? Est-ce que je connaissais la vie? Est-ce que je pouvais me douter?...

ANTONIN.

Tu savais bien de quelle espèce était mon amour,

né du désir que les mères s'efforcent d'exciter chez
tout jeune homme dont la situation de fortune leur
paraît suffisante, et cela, avec votre complicité, à
vous, les pures jeunes filles et les anges immaculés !

JULIE.

Moi, j'ai fait !...

ANTONIN.

Allons ! allons ! Tu as commencé à tout dire, je vais
continuer et nous allons abattre nos cartes ; nous
allons avouer toutes nos fautes, nos habiletés et nos
hypocrisies, mais les tiennes comme les miennes ;
nous allons, avec une cynique franchise, étaler les
turpitudes des mariages d'à présent, les nôtres !...
Tout n'a été qu'un tissu de mensonges. Tes parents
ont trompé les miens.

JULIE.

Et les tiens !

ANTONIN.

Je le sais... Mais est-il vrai, oui ou non, que tu aies
été leur complice ?

JULIE.

Tu te trompes.

ANTONIN.

Je ne me trompe pas ! Je me souviens maintenant
comment, avec ton aide, ils m'ont enjôlé, dupé,
ligotté... Oh ! je sais bien que je vais te paraître ridicule en te le rappelant, je sais bien que chaque petit
fait, pris isolément, n'a pas de signification ; mais ces
mensonges, les tiens, ont une importance puisque tu
ne les proférais que pour me conquérir. Tu donnais
une pâture à mes défauts. Tu me savais avare, tu vois
bien que je ne dissimule plus rien, tu me savais
avare, et tu t'es montrée comme une jeune fille
modèle, économe, minutieuse, faisant ses robes elle-

même ; tu as voulu flatter mon snobisme ; tu croyais que je suivais la mode d'admirer Wagner que je ne connaissais pas et tu m'as dit l'adorer, toi qui ne le connaissais pas plus que moi ; à t'entendre, tu avais refusé plusieurs partis, c'était faux ; tu avais fait de la comptabilité avec ton père, et tu t'intéressais à la banque, c'était faux !

JULIE.

Vraiment, si tu n'as que cela à me reprocher...

ANTONIN.

Je n'ai pas que cela. Il est un autre mensonge que tu as commis toi-même, grave celui-là, puisqu'il a consisté à sacrifier ta pudeur à ton intérêt. Tu l'as oublié ? Moi pas ! Tiens, tu étais là, à cette même place... tu étais en toilette de bal, et vous n'aviez l'intention d'aller à aucun bal, je l'ai su depuis, mais on t'avait mis cette toilette parce qu'elle te déshabillait un peu et qu'on ne regardait pas la qualité des moyens à employer pour me faire tomber dans le piège... (*A partir de ce moment, Julie, déconcertée, se cache la figure dans ses mains.*) J'y suis tombé. J'ai été séduit, troublé, grisé. J'ai voulu prendre ton bras et l'embrasser... Ton premier mouvement a été une révolte ; mais, comme tu as vu que j'en étais froissé, tu t'es dit qu'un mari valait bien la capitulation de ta chasteté, et tu es venue, par calcul, me mettre sur les lèvres cette chair que tu me refusais d'instinct. Est-ce vrai, tout cela ? Est-ce vrai ?... Moi aussi, j'ai cherché à te tromper, je l'avoue. Mais si je t'ai menti, tu m'as également menti ! Le mariage, tel que nous avons fait le nôtre, est une action vile, c'est possible ; mais ne me rends pas seul responsable de la faute commise, alors que tu l'as commise avec moi ! (*Julie baisse la tête. Un temps.*) Les autres reproches que tu m'as faits, je les mérite peut-être. Je suis ambitieux, je rêve la fortune. Est-ce ma faute si, aujourd'hui, elle est la seule mesure de la considération? Pour arriver, je cherche à flatter ceux qui peuvent m'aider, et je te demande de les flatter avec moi. Est-ce ma faute si l'on n'arrive plus au succès que par l'habileté? Je ne suis pas un héros; je suis de mon temps, et ce n'est pas moi qui l'ai fait ce qu'il est. Nous sommes des malheureux, vois-tu; mais le plus malheureux de nous deux, c'est encore moi, parce que tu ne m'aimes pas, et que moi, je ne puis m'empêcher de t'aimer! Qu'est-ce que je vais devenir si tu me quittes? C'est ma situation brisée, ma clientèle perdue?... Et par-dessus tout, toi, toi que je n'aurai plus... Je ne te parle pas comme il le faudrait... je suis maladroit et sot, j'ai tort de ne te dire cette misère-là qu'après t'avoir montré l'autre. Pourtant elle sera la plus grande. (*Très ému.*) Parce que je suis amoureux de toi tout de même, malgré tout ce que tu peux dire, et que l'idée de ne plus t'avoir me torture comme si l'on m'annonçait que je vais mourir. (*Au milieu de sanglots.*) Qu'est-ce que j'ai fait de mal, au fond? J'ai fait comme tous les autres... Alors, pourquoi n'y a-t-il que moi de puni? Ah! Julie, ma petite Julie!... aie pitié de moi, va! j'ai bien du chagrin! bien du chagrin!

> *Il pleure, penché sur la table, la tête dans ses mains.*

> JULIE, *lui posant la main sur le front, d'une voix faible et sans expression.*

Pauvre ami!

> ANTONIN, *pleurant toujours.*

N'est-ce pas, n'est-ce pas, que je suis bien à

plaindre... et que tu me comprends... et que tu me
plains ! Dis-le moi !

JULIE.

Oui, nous sommes des victimes...

ANTONIN.

Tu comprends bien... Depuis que je suis au monde,
mes parents m'ont toujours montré que le but de la
vie, c'était la richesse...

JULIE.

Les miens aussi.

ANTONIN.

Partout, j'ai vu qu'on n'avait d'estime que pour ceux
qui parviennent...

JULIE.

Et le mariage est considéré comme un des moyens
de parvenir.

ANTONIN.

Voilà ce qui a fait notre malheur.

JULIE.

Voilà ce qui a brisé notre vie à tous les deux... et
ce qui pèse sur tant d'existences.

ANTONIN, *se remettant.*

Tu me comprends ? N'est-ce pas que tu me comprends ?

JULIE, *vaguement.*

Oui.

ANTONIN, *lui prenant la main; elle ne la retire pas.*

Tu ne m'en veux plus ?

JULIE.

.....

ANTONIN, *lui tapotant la main.*

C'est fini, n'est-ce pas ?... Bien fini. (*Silence.*) Tu

comprends bien qu'il ne faut pas que je m'expose à
perdre ma clientèle? Dis?

JULIE.

Oui.

ANTONIN.

Et qu'il vaut mieux ne pas froisser les gens dont
nous pouvons avoir besoin... Dis? Réponds?

JULIE.

Oui.

ANTONIN.

Qu'est-ce que ça peut te faire d'aller à la messe?...
Allons! allons! (*Souriant.*) Avons-nous été bêtes,
hein? de nous dire toutes ces choses désagréables!
C'est oublié, n'est-ce pas?... Dis-moi que c'est
oublié?

JULIE, *du bout des lèvres.*

Oui.

ANTONIN, *redevenu gai.*

Ah!... tu es une brave petite femme... C'est vrai, on
se dispute, on s'emballe, on va, on va... on dit des
mots... des mots... (*Riant.*) Hein? ce que tu m'as
reproché?... Oh! que c'est vilain .. Chut!... chut!...
N'en parlons plus... jamais, jamais .. Là!... faisons
la paix. (*Il l'embrasse; elle se laisse faire, après une hésitation.*) C'est fini!... Tu vas te passer un peu d'eau sur
les yeux pour qu'on ne voie pas que tu as pleuré...
Moi, est-ce que ça se voit? Non, n'est-ce pas?... Veux-
tu que je te dise une chose? Tu ne vas pas me
croire... ça va te paraître énorme... Eh bien, je suis
en train de penser que c'est peut-être très bien, que
nous nous soyons dit tout cela. Tu ne trouves pas?
Nous nous connaissons mieux. Tu n'ignores plus rien
de mes tracas... Ah! les affaires ne vont pas comme
je voudrais. Tu comprends, c'est ça qui me rend quel-

quefois un peu vif... Non, elles ne vont pas... Si tu
voulais dire un mot à Caroline, peut-être qu'elle ne
me refuserait plus...

JULIE, *toujours sur la réserve.*

J'essaierai.

ANTONIN.

Ah ! tu es gentille... tu es gentille. Ça ne sera qu'un
mauvais moment à passer. Quand on n'est que deux,
on s'en tire. Heureusement, nous n'avons à songer
qu'à nous... Vois-tu notre inquiétude si nous atten-
dions un bébé ?

JULIE.

Cela m'aurait donné du courage...

ANTONIN.

Pas de bêtises. On se passe très bien de ça !

JULIE, *effrayée.*

Nous n'aurons pas d'enfants ?

ANTONIN.

Nous n'aurons pas d'enfants.

JULIE.

Pourquoi ?

ANTONIN.

Tu en as de bonnes, toi. Parce que je n'en veux pas,
parbleu !

JULIE.

Mais il nous est arrivé maintes fois d'en parler et tu
faisais avec moi des projets d'avenir.

ANTONIN, *riant.*

Bien, oui... pour ne pas te contrarier... parce que
ça t'amusait, et que c'était un sujet de conversation.
Aujourd'hui, il est convenu que nous nous disons
tout.

JULIE.

Cette consolation, tu me la refuseras toujours ?

ANTONIN.

Quand on est jeune, l'enfant est une charge. Quand
on en a un, plus tard, on est ridicule.

JULIE.

Tu ne sais donc pas ce qui m'a décidée à me marier ?
Tu ne sais donc pas que c'est cela, surtout cela, cela
exclusivement ? Et tu peux me le refuser ! Être femme,
être mère, c'est le développement naturel de mon
existence... Et il me manquera quelque chose ; et ma
vie ne sera pas complète : et je n'aurai pas vécu, en
un mot, si mes bras n'ont pas serré un enfant né de ma
chair, si je ne l'ai pas allaité, si je n'ai pas pleuré, si
je n'ai pas eu toutes les inquiétudes et toutes les joies
maternelles. Et tu peux m'en priver ! Et tu peux, simplement parce que tu es un avare, un égoïste, un
ambitieux, tu peux me condamner à cet isolement !
Quoi ! tu peux avoir sur ma vie cette influence-là ! Ah !
ah ! on parle du despotisme des hommes, on s'insurge
contre les lois ; il y a des femmes qui demandent à
voter, à être vos égales dans le mariage, et elles n'ont
pas compris que c'est le mariage lui-même qu'il faut
attaquer, attaquer avec furie, puisqu'il permet de
semblables monstruosités !

ANTONIN.

Voyons, mon enfant, calme-toi. Nous étions réconciliés.

JULIE.

Réconciliés !... Et peut-être es-tu assez... Ah ! il ne
me vient pas de mot assez méprisable pour te le jeter
à la figure... peut-être es-tu assez avili pour croire

que maintenant il peut être question d'un rapproche-
ment entre nous deux. Après ce que tu viens de dire,
tu comprendrais que je subisse... Mais réfléchis donc!
réfléchis donc à ce que c'est, ce que vous appelez le
geste de l'amour, s'il n'a pas l'amour ni l'enfant pour
excuse!

ANTONIN.

Je ne te répondrai pas. Tu es folle. Tu ne sais plus
ce que tu dis. Je te le répète, tu es folle, et je te trai-
terai comme une folle. Tu vas commencer par rentrer
dans ta chambre et te calmer... Va.

Il veut la prendre par le bras.

JULIE, *avec des cris.*

Ne me touche pas! Ne me touche pas!

Elle le repousse brutalement.

ANTONIN, *furieux.*

En voilà assez! Je te dis de rentrer dans ta chambre.

JULIE.

Ne me touche pas!

ANTONIN.

Eh! je te toucherai si je veux. Tu as beau crier, tu
es ma femme, et si je te prends dans mes bras, je ne
fais qu'user de mon droit, après tout.

JULIE.

Lâche-moi! lâche-moi! Je te hais! Je te hais, je te
dis!

ANTONIN.

Tu me hais! Ah! ah! Si tu crois que je suis un mari
de comédie, un mari du grand monde à qui une pécore
tire le verrou de sa chambre et qui s'en contente, tu
te trompes. Je t'ai épousée, je t'aime, et je te garde!
Ah! tu me hais! eh bien, tiens, sauve-toi, si tu peux!

(Il la prend dans ses bras. Lutte. Meubles renversés. Cris sourds. Halètements. Tout à coup, il pousse un cri.) Sale bête, tu m'as mordu !

JULIE.

Oui. Et je te tuerai plutôt que de te céder, maintenant.

ANTONIN, *au comble de la fureur.*

Eh bien, nous verrons lequel de nous deux cédera !

JULIE.

Nous verrons !

ANTONIN.

Je vais te montrer si je suis le maître. *(Il sort. — Julie, seule, rajuste son corsage, ses cheveux, machinalement, disant entre ses dents des paroles qu'on n'entend pas. Tout à coup, elle tombe sur un canapé, puis à terre où elle reste à sangloter dans l'anéantissement de la plus grande détresse.)*

RIDEAU

ACTE QUATRIÈME

Même décor.

SCÈNE PREMIÈRE

MONSIEUR DUPONT, MADAME DUPONT.

MONSIEUR DUPONT.

Alors, elle veut partir ?

MADAME DUPONT.

Ce qu'elle veut, avant tout, c'est ne plus rester avec lui.

MONSIEUR DUPONT.

Et lui ?

MADAME DUPONT.

Après la scène que je t'ai racontée, il est sorti. Depuis, on ne l'a pas revu.

MONSIEUR DUPONT.

Il a découché ?

MADAME DUPONT.

Il a découché.

MONSIEUR DUPONT, *ironique.*

Il sera retourné « chez sa mère. »

Il va à la fenêtre.

MADAME DUPONT, *après un temps.*

Qu'est-ce que tu as toujours à regarder à la fenêtre ?

MONSIEUR DUPONT.

Je surveille la porte du notaire. Caroline y est arrivée il y a cinq minutes. J'ai une peur bleue qu'Angèle ne vienne pas. (*A lui-même.*) Cette sacrée Caroline ! à qui a-t-elle bien pu fourrer ses quinze autres mille francs ?... (*Avec joie.*) Voilà Angèle ! La voilà !... Elle entre chez le notaire ! Nous sommes sauvés... Alors, tu disais... Qu'est-ce que tu disais ?... Mon Dieu ! mon Dieu ! m'en auront-elles donné du tintouin, mes filles !... Oui... Il est retourné chez sa mère... Et tu crois que ça ne s'arrangera pas, ça ?

MADAME DUPONT.

J'en suis certaine, absolument certaine, Julie est exaspérée.

MONSIEUR DUPONT, *presque avec joie.*

Alors, c'est le divorce.

MADAME DUPONT.

C'est le divorce.

MONSIEUR DUPONT.

Eh bien !... Qui est-ce qui a été malin, une fois de plus ?... Réponds ! Qui est-ce qui a été malin ?

MADAME DUPONT.

Je ne sais pas.

MONSIEUR DUPONT.

Naturellement... Eh bien, c'est moi.

MADAME DUPONT.

Comment?

MONSIEUR DUPONT.

Elle va demander le divorce, nous disons.

MADAME DUPONT.

Ou lui.

MONSIEUR DUPONT.

Ou lui. Toujours est-il que grâce à ma petite com-
binaison du contrat, communauté réduite aux acquêts,
le bel Antonin va être forcé de rendre les trente mille
francs et ma maison !

Il se frotte les mains. Entre la bonne.

LA BONNE.

Monsieur et madame Mairaut.

MONSIEUR DUPONT.

Faites entrer. (*A sa femme.*) Ne bougeons plus.

Entrent monsieur et madame Mairaut.

SCÈNE II

Les Mêmes, MONSIEUR *et* MADAME MAIRAUT.

MADAME MAIRAUT, *à son mari encore dehors.*

Eh bien, entres-tu, oui ou non?...

MONSIEUR MAIRAUT.

Voilà, voilà.

Il ferme la porte. Salutations cérémonieuses.

MADAME MAIRAUT, *assise.*

Après ce qui s'est passé hier entre nous deux...

MONSIEUR DUPONT, *ironiquement doucereux.*

Quoi donc? Au sujet de la succession de l'oncle Maréchal?

MADAME MAIRAUT, *faisant semblant de ne pas avoir entendu.*

Après ce qui s'est passé hier entre nous deux, je croyais bien ne plus avoir jamais à remettre les pieds dans cette maison.

MONSIEUR DUPONT, *s'inclinant.*

Il ne tenait qu'à vous, madame.

MADAME MAIRAUT.

Mais il est survenu entre nos enfants des événements graves.

MONSIEUR DUPONT.

Graves, en effet.

MADAME MAIRAUT.

Vous les connaissez?

MONSIEUR DUPONT.

Je les connais.

MADAME MAIRAUT.

Nous venons, mon mari et moi, au nom de notre fils, demander à madame Antonin Mairaut, votre fille, de vouloir bien réintégrer le domicile conjugal.

MONSIEUR DUPONT.

Le domicile conjugal?

MADAME MAIRAUT.

A Saint-Laurent. Mon fils l'y attend.

MONSIEUR DUPONT.

Je lui souhaite de la patience. Ma fille ne rejoindra pas son mari. Vous pouvez faire constater ce refus par

un huissier: cela servira de base à votre instance en
divorce.

MADAME MAIRAUT, *doucement.*

Il n'est pas question de divorce.

MONSIEUR DUPONT, *stupéfait.*

Comment! il n'est pas question de divorce?

MADAME MAIRAUT.

Non, monsieur.

MONSIEUR DUPONT.

Malgré le refus de ma fille de...

MADAME MAIRAUT.

Malgré son refus.

MONSIEUR DUPONT.

Malgré ce qu'elle a dit à son mari?

MADAME MAIRAUT

Malgré ce qu'elle a dit à son mari.

MONSIEUR DUPONT.

Et malgré ce qu'elle pourra faire dans l'avenir?

MADAME MAIRAUT.

Malgré tout. Il n'est pas question de divorce et il
n'en sera jamais question!

MONSIEUR DUPONT.

De votre part, soit.

MADAME MAIRAUT.

De la vôtre non plus, car nous ne vous fournirons
aucun prétexte. Mon fils attend sa femme chez lui. Il
est prêt à la recevoir lorsqu'il lui plaira de s'y présenter.

MONSIEUR DUPONT.

Quoi qu'elle fasse?

MADAME MAIRAUT.

Quoi qu'elle fasse.

MONSIEUR DUPONT.

Même si...

MADAME MAIRAUT.

Même dans ce cas-là. (*Mouvement de M. Mairaut.*) Qu'est-ce que tu as ?

MONSIEUR MAIRAUT.

Rien.

MONSIEUR DUPONT, *à part.*

Ah ! les rosses ! (*Haut, à pleine voix.*) La vérité, c'est que vous aimez mieux voir votre fils cocu, que de rendre les trente mille francs.

MADAME MAIRAUT, *de la même voix douce.*

Tiens !... A ce prix-là !...

Grognement de monsieur Mairaut.

MONSIEUR DUPONT.

Hier, en partant, votre fils a prononcé des menaces...

MADAME MAIRAUT, *de même.*

Il renonce à les exécuter.

MADAME DUPONT.

Vous savez bien que Julie n'acceptera...

MADAME MAIRAUT.

Que voulez-vous que j'y fasse ?

MADAME DUPONT.

Toute leur vie, ils seront ainsi enchaînés. Jeunes comme ils le sont, il leur faut renoncer pour toujours à avoir un foyer...

MADAME MAIRAUT.

Votre fille n'a qu'à revenir, Antonin l'attend.

MONSIEUR MAIRAUT, *éclatant.*

Eh bien, nom d'un petit bonhomme... j'ai quelque chose à dire!

MADAME MAIRAUT.

Qu'est-ce qui te prend?... Parle, mon ami...

MONSIEUR MAIRAUT, *criant.*

C'est une cochonnerie, ce que nous faisons là!

MADAME MAIRAUT.

Tu vas te taire!

MONSIEUR MAIRAUT.

Non.

MADAME MAIRAUT.

Si.

MONSIEUR MAIRAUT.

Non. Et puis ne cherche pas à crier plus fort que moi; aujourd'hui, tu n'y arriveras pas!

MADAME MAIRAUT.

Mais qu'est-ce qu'il a! Je ne l'ai jamais vu comme ça.

MONSIEUR MAIRAUT.

En voilà assez! Je te dis que c'est honteux, tout ce que nous faisons là! Et il y a longtemps que je le pense. Depuis le jour où tu m'as empêché d'avouer l'oncle Maréchal, je me suis tu parce que j'avais peur. Voilà trente ans que je me tais... Maintenant... c'est plus fort que moi, je dis ce que je pense : c'est une cochonnerie!... Il arrivera ce qu'il arrivera... je le dis... Tu ne me battras peut-être pas!... Veux-tu que je te le répète?... C'est une cochonnerie... Il y a assez longtemps que les *malins* s'occupent des affaires de ces enfants-là; il est temps que les braves gens s'en mêlent un peu, et je vais m'en mêler.

MADAME MAIRAUT.

Ne faites pas attention, il est fou!

MONSIEUR MAIRAUT.

Tais-toi! Monsieur et madame Dupont, voilà ce que j'ai à vous dire : il faut tâcher de réconcilier Julie à Antonin; si on n'y parvient pas, je vous rendrai vos trente mille francs.

MADAME MAIRAUT, *avec des cris.*

Ah! mon Dieu! mon Dieu!

MONSIEUR MAIRAUT.

Je vous rendrai vos trente mille francs, et vous verrez qu'après ça mon garnement de fils sera le premier à parler de divorce.

MADAME MAIRAUT, *à son mari.*

Toi, tu me paieras ça ! Et nous allons nous expliquer à la maison.

MONSIEUR MAIRAUT.

Comme tu voudras. En attendant, file devant, et plus vite que ça ! (*Elle sort.*) Au revoir, monsieur et madame Dupont. Faites ce que vous pourrez de votre côté ; moi, je vais tâcher de décider Antonin à demander pardon à sa femme.

MONSIEUR DUPONT.

Bonsoir, monsieur Mairaut.

MADAME DUPONT.

Comptez sur moi, monsieur Mairaut, et donnez-moi la main ; vous êtes un brave homme!

MONSIEUR MAIRAUT, *en sortant.*

Ça va mieux !

SCÈNE III

MONSIEUR DUPONT, MADAME DUPONT.

MONSIEUR DUPONT.

Est-ce que vraiment tu vas t'occuper de ça?...

MADAME DUPONT.

Oui.

MONSIEUR DUPONT.

Puisque le père Mairaut rend la dot.

MADAME DUPONT.

Je n'accepterai l'idée d'un divorce que lorsqu'il me sera prouvé qu'il est impossible de l'éviter.

MONSIEUR DUPONT.

Puisque c'est impossible; tu le disais toi-même.

MADAME DUPONT.

Prends garde, toi, d'être plus préoccupé de ton argent que du bonheur de ta fille.

MONSIEUR DUPONT.

Moi!... En voilà des façons de me parler... Est-ce que tu veux suivre l'exemple de M. Mairaut?

MADAME DUPONT, *grave*.

Tout juste.

SCÈNE IV

Les Mêmes, MADAME MAIRAUT, *puis* CAROLINE.

MADAME MAIRAUT.

Je remonte tout exprès pour vous dire deux choses :
la première, c'est que vous auriez tort de compter sur
la promesse de mon mari ; la seconde, c'est que je
vous remercie du nouvel affront que vous venez de
nous faire.

MONSIEUR DUPONT.

Quel affront ?

MADAME MAIRAUT.

Vous ne savez pas à qui mademoiselle Caroline a
donné la moitié de son héritage ?

MONSIEUR DUPONT.

Non, mais je voudrais bien le savoir.

MADAME MAIRAUT.

A votre employé, à Courthezon !...

MONSIEUR DUPONT.

A Courthezon ! C'est faux !

MADAME DUPONT.

A Courthezon !...

MADAME MAIRAUT.

C'est elle qui vient de me le dire.
Entre Caroline.

(Ensemble.)

MONSIEUR DUPONT.

Ah !... Caroline, c'est à Courthezon que tu as donné les quinze mille francs ?

MADAME DUPONT.

Tu as donné quinze mille francs à Courthezon ?

MADAME MAIRAUT.

Est-ce vrai que c'est à Courthezon que vous avez donné les quinze mille francs ?

CAROLINE.

Oui.

MONSIEUR DUPONT.

Tu es folle !

MADAME DUPONT.

Qu'est-ce qu'il t'a pris ?

MADAME MAIRAUT.

Pour son invention... Une invention qui ne vaut pas deux sous, on l'a écrit à Antonin !

MADAME DUPONT.

Tu aimes mieux des étrangers que tes parents !

MONSIEUR DUPONT.

Au moment où j'ai besoin de renouveler mon matériel !

MADAME MAIRAUT.

Elle sait que son beau-frère est à la veille de la faillite !... Oui, mademoiselle, oui ! et cet argent, que vous donnez à un idiot qui ne vous est rien, aurait peut-être sauvé votre sœur de la misère ! C'est tout ce que j'ai à vous dire ! Adieu !

Elle sort.

SCÈNE V

CAROLINE, MONSIEUR DUPONT, MADAME DUPONT.

MONSIEUR DUPONT.

Enfin ! tu vas nous dire pourquoi tu as fait ça ?

MADAME DUPONT.

Qu'est-ce qu'il t'a pris ? Je te demande comment tu as eu cette idée-là ?

MONSIEUR DUPONT.

Est-ce que tu espères que son invention va le rendre millionnaire ?

CAROLINE.

Non.

MONSIEUR DUPONT.

La connais-tu, seulement ?

CAROLINE.

Je ne la connais pas.

MADAME DUPONT.

C'est lui qui t'a demandé de lui prêter de l'argent ?

CAROLINE.

Non.

MONSIEUR DUPONT.

Alors, il faut te faire enfermer, tu es toquée.

MADAME DUPONT.

J'en reviens toujours à ce que je te disais : comment as-tu eu cette idée-là ?

CAROLINE, *pleurant.*

Parce que je m'ennuie.

MONSIEUR DUPONT.

Comment ! parce que tu t'ennuies ? Parce que tu t'ennuies, tu vas donner quinze mille francs au premier venu ?

CAROLINE.

J'espère qu'il me saura gré de ce que j'ai fait pour lui et que...

MONSIEUR DUPONT.

Quoi ?

CAROLINE.

Je ne suis plus jeune, je le sais bien, mais, lui non plus...

MONSIEUR DUPONT.

Tu crois qu'il va t'épouser ?

CAROLINE.

Oui.

MONSIEUR DUPONT.

Mais tu ne sais donc pas ?...

MADAME DUPONT.

Tais-toi...

CAROLINE.

Je ne puis plus vivre toute seule ; je suis trop misérable. Il y a longtemps, bien longtemps, qu'en regardant M. Courthezon, en le voyant si sobre, si économe, si simple, je me disais que je serais heureuse avec lui. Mais je savais bien qu'il ne m'épouserait pas sans argent, et je n'aurais pas voulu, naturellement, diminuer la dot de Julie... Où j'ai été plus malheureuse encore, c'est quand M. Antonin est venu ici. Il causait avec Julie : ils ne se gênaient pas devant moi, ils s'embrassaient et, bien que je ne sois pas jalouse, ça me faisait beaucoup de mal. Alors, quand cet héritage est venu, comme je savais que M. Courthezon avait besoin d'argent pour son invention, je me suis promis de lui en donner...

MADAME DUPONT.

Il fallait au moins lui faire connaître tes intentions ; tu te serais épargné la déception qui t'attend, ma pauvre fille.

MONSIEUR DUPONT.

Il fallait m'en parler. Je t'aurais dit pourquoi tu n'avais rien à espérer.

CAROLINE.

Ah !... je... je n'ai rien espérer ?... Parce que ? Parce que ?...

MONSIEUR DUPONT.

Parce que Courthezon vit depuis vingt ans avec une femme mariée, qu'il cache naturellement, et dont il a deux enfants.

CAROLINE, *faiblement.*

Ah ! mon Dieu, mon Dieu !

Elle est près de défaillir.

MADAME DUPONT.

Caroline ?... Mon enfant...

MONSIEUR DUPONT.

Mon enfant... Voyons... voyons... Il faut être raisonnable...

MADAME DUPONT.

Il ne faut pas pleurer pour ça...

CAROLINE.

Non.

MONSIEUR DUPONT, *à sa femme.*

C'est encore ta faute, ça... On aurait dû lui dire que Courthezon... Tu n'as jamais voulu...

MADAME DUPONT.

On ne pouvait pas raconter cela à des jeunes filles ;
et puis, quand elles ont grandi, le mensonge était
établi... (*A Caroline.*) Ne pleure plus.

CAROLINE.

Je ne pleure plus.

MONSIEUR DUPONT.

Il y a une chose à faire : c'est d'essayer de reprendre
l'argent à Courthezon.

CAROLINE.

Non ! non !

MONSIEUR DUPONT.

Tu vas bien voir !

Il sort à gauche.

CAROLINE.

Empêche-le, je t'en prie... Va... va... empêche-
le !... Je t'en supplie...

MADAME DUPONT.

J'y vais.

Elle sort.

SCÈNE VI

CAROLINE, *seule, puis* ANGÈLE.

ANGÈLE, *très tendre.*

Tu as du chagrin, Caroline ?

CAROLINE, *bas.*

Oui.

ANGÈLE.

Dis-le moi.

CAROLINE, *avec sécheresse, mais pas agressive.*
C'est fini.

ANGÈLE.
Vous ne voulez rien me dire ?...

CAROLINE, *avec froideur.*
Ça ne servirait de rien.

ANGÈLE.
Qui sait ?... Allons... je vois bien que vous pleurez.

CAROLINE.
Oui... Nous sommes malheureuses, Julie et moi.

ANGÈLE.
Julie ?

CAROLINE.
Elle va quitter son mari.

ANGÈLE.
Pourquoi ?

CAROLINE.
Ils ne peuvent plus vivre ensemble.

ANGÈLE.
Et vous ?

CAROLINE.
Oh ! moi...
Entre Julie.

SCÈNE VII

CAROLINE, ANGÈLE, JULIE.

JULIE.
Je te cherchais, Caroline, Je pars plus tôt que je ne

pensais. On m'a dit que mon mari est décidé à ven'r me trouver ici ; je ne veux pas le revoir et je m'en vais.

CAROLINE.

Qu'est-ce que tu feras ?

JULIE.

Ce que tu fais. Je vais louer quelque part une petite chambre et je travaillerai.

CAROLINE.

A quoi ?

JULIE.

A ce qu'on voudra.

CAROLINE.

Ne fais pas ça, ma bonne Julie... (*Avec une grande douleur.*) Si tu savais !

JULIE.

Quoi ?

CAROLINE.

La tristesse de la solitude.

JULIE.

J'ai du courage. Je travaillerai tant, que je ne m'ennuierai pas.

CAROLINE.

Tu travailleras !... (*Soupir.*) C'est bien dur, de gagner sa vie, pour une femme toute seule.

JULIE.

Bah !

CAROLINE.

J'en sais quelque chose... Quand je rapporte de l'ouvrage à mon magasin, il y a des fois où on me le refuse avec une brutalité dans l'injustice qu'on n'oserait pas avoir vis-à-vis d'un homme, je t'assure ! Mais,

moi, je suis deux fois faible, puisque je suis femme et
que j'ai besoin de travailler.

JULIE.

Rentrée chez toi, au moins, tu es libre...

CAROLINE.

Ah! la triste liberté, et comme j'aimerais mieux
certains esclavages!

JULIE.

J'aurai des amis.

CAROLINE.

Crois-tu? Les femmes te fuiront parce que tu seras
une femme séparée et parce que tu seras triste. Les
hommes? Que dirait-on si tu en recevais ?

JULIE.

Peu m'importe ce que l'on dira !

CAROLINE.

Alors, c'est toi-même qui les renverras.

JULIE.

Que me conseilles-tu donc? De rester avec Antonin?

CAROLINE.

Ah! ma bonne Julie! Tu te plains de n'être pas
aimée comme tu le voudrais!... Qu'est-ce que je dirai
donc, moi, que personne ne prendra jamais dans ses
bras! Moi qui me sens un être à part, inutile, ridicule
et incomplet! Tu ne peux pas t'imaginer quel vide cela
fait, de n'avoir personne à pardonner, personne à qui
se dévouer! Et l'on m'en veut de mon isolement; on
me reproche ma propre misère. Il semble même, tiens !
que je n'aie pas le droit de disposer de mon propre
bien, et, autour de moi, on m'a injuriée, parce que
j'avais employé à ma guise l'argent qui m'appartenait.

JULIE,

Pauvre Caroline!

CAROLINE.

Oui, tu peux me plaindre!... Et si je disais tout...
J'ai cherché un refuge dans la religion; pendant
quelque temps, elle a trompé mon besoin d'affection;
elle n'a pu le calmer et ne m'a laissé qu'une déception et une rancœur de plus! Depuis quelques mois,
je m'étais accrochée à une dernière espérance : Pauvre
bête que je suis! (*Pleurant.*) Ah! on n'a pas besoin de
me dire que je suis ridicule, va, je le sais bien... Avec
ma vieille figure, et les toilettes que j'ai qui sont celles
de tout le monde, mais qui deviennent risibles dès que
je les porte... avec tout cela j'étais devenue amoureuse... je suis folle... ne vous moquez pas trop de
moi... j'ai tant de chagrin... je savais bien qu'il ne
m'aimerait pas, mais j'espérais qu'il me saurait gré de
ce que... enfin, je n'attendais de lui que de la recon-
naissance et de la pitié!... rien de plus, je vous jure...
et voilà... il a une femme. (*Après un silence.*) A quoi ça
m'a-t-il servi, de garder ma réputation comme un avare
garde son argent?... Non, non, Julie, ne sois pas victime une seconde fois. Si tu ne veux pas te résigner à
vivre avec ton mari, ne cherche pas à m'imiter. Ne
recommence pas ma vie, c'est assez que je l'aie souf-
ferte. Ne cherche pas à travailler, c'est trop dur, et la
lâcheté des hommes rend, pour nous, le travail trop
humiliant.

JULIE.

Mais si l'on me voit accepter la misère avec courage,
m'isoler volontairement comme je veux le faire,
est-ce que la dignité de ma vie n'inspirera pas le
respect?

CAROLINE.

On n'y croira pas, à la dignité de ta vie.

JULIE.

Eh bien, c'est trop monstrueux, à la fin! Et puisque
pour avoir du pain, des vêtements et un gîte, il faut
que je me donne à un mari que je n'aime pas ou à un
amant que j'aimerai peut-être, je veux au moins courir
cette chance-là; et, puisque je suis condamnée à me
vendre, j'aime encore mieux choisir l'acheteur.

ANGÈLE.

Tu es folle! tu es folle! Réconcilie-toi avec ton mari,
c'est ce que tu as de mieux à faire.

JULIE.

Toujours le même refrain! Puisque je vous dis que
cela, je ne le veux pas, je ne le veux pas!

ANGÈLE.

Tu regretterais bientôt les tristesses de ton ménage,
si douloureuses qu'elles soient, ou la pauvreté de
Caroline.

JULIE.

Allons donc!

ANGÈLE, *affolée.*

Mais tu ne penses pas à ce que tu dis!... tu ne sais
pas!... Tu me fais peur, Julie!... Toi! toi! dire cela;
que tu veux... mais tu ne sais pas, tu ne sais pas!

JULIE.

Tu l'as bien fait, toi!

ANGÈLE, *avec la plus grande émotion.*

Ah! oui, je l'ai fait, mais j'aimerais mieux m'étrangler que de recommencer, Julie, je t'en supplie!...
Comment te prier? Comment t'empêcher?... Je ne puis

te raconter, à toi, à vous, toutes mes hontes... Ne me force pas à cela, je t'en prie, je t'en prie!

JULIE.

Tu es heureuse, maintenant.

ANGÈLE, *de même.*

Heureuse! Quand je suis partie... avec Georges... on t'a dit, n'est-ce pas!... Oui... alors... ses parents l'ont rappelé... sa mère se mourait de chagrin... oui... Ce n'est pas cela que tu veux savoir, mais il faut que je te le dise pourtant pour que tu comprennes comment je suis tombée, jusqu'où je suis tombée... Je suis restée seule avec l'enfant... Enfin, il fallait bien le nourrir, n'est-ce pas?... Ça, tu le comprends... tu le comprends... Du travail?... Oui... j'en ai cherché... seulement, on me disait d'attendre... Attendre! Est-ce que je pouvais?... Alors!... Oh! mon Dieu! t'avouer cela... Alors, j'ai cédé... et puis... (*Sanglots.*) Non! non! je ne peux pas continuer! Comprends-moi, devine-moi, Julie... Tu dois bien entrevoir l'horreur de ma vie, rien qu'à ma honte, à l'impossibilité même ou je suis de te la raconter... (*Se reprenant.*) Tu crois qu'elles sont heureuses, ces femmes, parce que tu les vois rire... Mais rire, c'est leur métier... on les paye pour cela... Je te jure que souvent elles voudraient bien pouvoir pleurer à leur aise... Ensuite... Tu parlais de choisir... tu crois donc qu'elles choisissent, ma pauvre petite!... Et si tu pouvais savoir comme on en arrive à haïr tout le monde, à être méchante, méchante! On nous méprise tant... on n'a pas d'amis, pas de pitié, pas de justice... On est volée, exploitée... Je te dis tout cela n'importe comment, mais tu me comprends, n'est-ce pas?... Et puis, on ne sait pas où s'arrêtera la chute... La voilà, notre vie; voilà la boue où je me suis débattue pendant

dix ans... Non, non, Julie? non, ma petite sœur, je
t'en supplie, ne fais pas cela; vraiment, c'est trop de
dégoût, trop d'abjection et trop de misère!

JULIE.

Pauvre Angèle...

ANGÈLE.

Tu m'as comprise, n'est-ce pas ?...

JULIE.

Oui.

ANGÈLE.

Je m'en vais. Adieu. Je n'ose plus vous regarder
toutes les deux, maintenant que vous savez tout, et
que je me suis rappelé à moi-même ce que j'ai été. Je
savais bien que vous ne pouviez pas m'ouvrir vos
bras... mais j'avais tant besoin d'être aimée que je
m'étais figuré tout de même que toi surtout, Caroline...
Je sens bien que j'avais tort... Allons, adieu... je m'en
vais et je vous demande pardon de tout ce que j'ai fait.
Adieu.

Elle va pour sortir.

CAROLINE.

Angèle! (*Un temps.*) Je te plains de tout mon
cœur... (*Nouveau silence.*) Je voudrais bien t'embrasser.

Angèle se jette dans ses bras.

ANGÈLE.

Caroline! ma bonne Caroline!

Elles pleurent toutes les trois en s'embrassant.
Entrent M. Dupont, Antonin et M. Mairaut.

SCÈNE DERNIÈRE

Les Mêmes, M. DUPONT, M. MAIRAUT, ANTONIN.

ANTONIN, *poussé par son père, à Julie.*

Ma chère femme, je te prie de me pardonner.

JULIE.

Allons donc! c'est moi qui te demande pardon. J'avais des idées de romans, je voyais le mariage comme il n'est pas. Maintenant, je le comprends. Je suis raisonnable. Il faut faire des concessions dans la vie. J'en ferai... à moi-même.

MONSIEUR DUPONT.

A la bonne heure!

ANTONIN.

A la bonne heure! Tu ne peux pas te figurer combien je suis heureux que tu m'aies enfin compris... Vois-tu, il me semble que c'est seulement d'aujourd'hui que nous sommes réellement mariés.

JULIE.

C'est cela.

ANTONIN.

Et pour fêter notre réconciliation, je donnerai un grand dîner. J'inviterai les Pouchelet, les Rambourg, Lignol...

JULIE, *douloureusement.*

C'est cela, Lignol...

MONSIEUR DUPONT.

Je savais bien, moi, que tout finirait par s'arranger, maintenant que te voilà comme tout le monde.

JULIE.

Oui, comme tout le monde. J'avais rêvé mieux ; mais il paraît que c'est impossible !...

RIDEAU.

RÉSULTAT DES COURSES !

COMÉDIE EN SIX TABLEAUX

Représentée pour la première fois sur le Théâtre Antoine,
le 10 décembre 1898.

A

ANDRÉ ANTOINE

Au Directeur qui a reçu ma première pièce,

Au Créateur d' « Arsène Chantaud »,

A l'Ami.

BRIEUX.

PERSONNAGES

ARSÈNE CHANTAUD.	MM. Antoine.
VICTOR CHANTAUD.	Arquillière.
M. LESTEREL.	Marsay.
LE PÈRE JULES.	Gémier.
AUGUSTE.	Chartol.
BENOIT, dit PIED-DE-CHOU. .	Desfontaines.
GUÉNOT, dit GOURDIFLOT . .	Carpentier.
SOLIÈS, dit L'ENFLÉ.	Verse.
RASTEL, dit VER-DE-VASE. . .	Mlle Derville.
BOULLOURIS	MM. Saverne.
GOUTTE-DE-ROSÉE	Amyot.
LE COMMISSAIRE DE POLICE.	Daltour.
LE COURTIER.	Sérusier.
ROCAMBOLE.	Noizeux.
UN HUISSIER	Sérusier.
ROUSSAC	Guettard.
DESPONTS.	Grandjean.
RAMICHE	Sérusier.
SANOBRE	Michelez.
UN ANGLAIS.	Mère.
UN OFFICIER DE PAIX	Guettard.

M. COULON		TERVIL.
UN EMPLOYÉ		GRANDJEAN.
RICHARD FORTUNÉ		VERSE.
HUBAC.		DESFONTAINES.
UGÈNE.		DUFRESNE.
UN ENFANT		Petite SCHMIDT.
BOURIGAILLE.	Mlle	BLUM.
1er AGENT	MM.	NOIZEUX.
2e AGENT		SAVERNE.
3e AGENT		AMYOT.
4e AGENT		CARPENTIER.
5e AGENT, ...		SÉRUSIER.
GRAND'MÈRE.	Mmes	BARNY.
MADAME CHANTAUD.		LUCE COLAS.
JULIETTE CHANTAUD		BELLANGER.
LUCIE LESTEREL		HELLER.
MADAME BENOIT.		LEFRANÇAIS.
MADAME SOLIÈS.		MAUPIN.
BERTHE		VERLAIN.
EMERANCE.		BARSANGE.
JOSÉPHINE		COVIN.
ANNA.		NETZA.
UNE VIEILLE.		JUSTIN.
MADAME ROUSSAC.		GUETTARD.
MADAME DESPONTS		JUSTIN.
MADAME SANOBRE.		ROLLAND.

GARÇONS DE CAFÉ. — VAGABONDS.

A Paris, de nos jours.

RÉSULTAT DES COURSES !

PREMIER TABLEAU

Un atelier de monteur en bronze, à Paris, au Marais. Décor
  posé en angle.
Le mur de gauche, qui est le plus grand, est bordé d'un long
  établi à six places. Sur cet établi, tous les outils, limes,
  forets, tarauts, filières, équerres, pousseaux, niveaux
  d'eau, gouges, pointes à tracer, mandrins, etc. A chaque
  place un étau. Au premier plan, une porte ouvrant sur un
  magasin.
Au-dessus de l'établi, trois grandes baies vitrées. Par un carreau ouvert, on voit l'escalier de pierre de l'hôtel occupé
  maintenant par la maison Lesterel. A droite, au fond, une
  porte derrière laquelle est la forge, dont on ne voit que le
  reflet. Contre le mur, entre la porte et la rampe, une cuve
  surmontée d'un robinet ; puis, au premier plan, un établi
  indépendant. Au-dessus, planches portant des débarras,
  des litres et des verres à boire. A terre, des garnitures de
  cheminée, des garde-feu, des pieds de lampes, etc... Au
  milieu, un peu à gauche, un autre établi indépendant. Au
  plafond, le volant servant au tour qui est à la première
  place, au fond. Les portes sont de simples ouvertures non
  munies de battants. Aucun accessoire n'est peint sur les
  murs. — Avril.

SCÈNE PREMIÈRE

PIED-DE-CHOU, GOURDIFLOT, LE PÈRE JULES, AUGUSTE, L'ENFLÉ, GOUTTE-DE-ROSÉE, *puis* BOUL-LOURIS, *puis* ROCAMBOLE. *Au lever du rideau, l'atelier est en pleine activité. Les ouvriers, le dos au public, travaillent à leurs places dans cet ordre, en commençant par la gauche : Pied-de-Chou, Gourdiflot, le père Jules, Auguste, l'Enflé, Goutte-de-Rosée. Ils sont vêtus de longues blouses noires. La plupart fument la cigarette, aucun la pipe. L'un lime à l'étau, l'autre ajuste une garniture. Un autre frappe à coups de marteau une pièce forgée. Un autre se sert de la pointe à tracer. Un autre perce au moyen du foret à archet. Le dernier tourne au tour. On entend le soufflet de la forge qui est dans la pièce de droite et on voit le reflet du feu. La place de Boullouris, à droite, et celle de Chantaud, au milieu à gauche, sont vides. Pendant quelques instants les ouvriers travaillent sans parler.*

PIED-DE-CHOU, *chantant au milieu du bruit et tout en travaillant.*

> Quand je vis Madeline,
> Pour la première fois,
> Je montais la colline,
> Elle sortait du bois...
> En robe de dimanche
> Tra la la la la lère,
> Elle était toute blan-an-anche.
> Que les beaux jours sont courts !

(Gourdiflot vient achever de monter une garniture sur l'établi de Chantaud, au premier plan à gauche.)

GOURDIFLOT

C'est pas malheureux. J'ai fini... Y a encore une demi-heure avant la paye, j' vas en commencer une autre.

PIED-DE-CHOU

En v'là pour vingt-cinq sous. T'as pas honte de travailler à ce prix-là? Bon Dieu, c'est pas pour rien qu'on t'appelle Gourdiflot.

GOURDIFLOT

Tout le monde peut pas se nommer Pied-de-Chou.

PIED-DE-CHOU, *fier.*

Ça, c'est vrai. N'empêche que tu es le seul, ici, à faire des garnitures pour vingt-cinq ronds.

LE PÈRE JULES

Si le patron peut pas les payer plus.

PIED-DE-CHOU

Oh! vous, père Jules, vous êtes toujours content. J' m'en bats l'œil, moi, d' ses bénéfices et d' ses commandes... Qu'y fasse faillite, on ira autre part, J' suis pas embarrassé... Y a Michel et Dubois, de la rue de Chabrol, qu'ont demandé à m'embaucher...

LE PÈRE JULES

Moi, il y a cinquante ans que je suis ici, chez les Lesterel.., J'ai commencé avec le grand-père de M. Lesterel. J'ai pas envie de changer. Ainsi, en 45... un patron...

TOUS LES OUVRIERS, *en chœur, l'interrompant et sans se déranger.*

« Parlez-nous de lui, grand-père... Ah! parlez-nous de lui!... »

LE PÈRE JULES

Si vous croyez que c'est intelligent, cette scie
que vous me montez!... Il y a moyen de rien dire,
avec vous... Y a cinquante ans que je suis ici...

BOULLOURIS, *autre ouvrier, entrant par la porte de la
forge et tout en travaillant au comptoir indépendant de droite.*

Si j'étais le gouvernement, ça ne se passerait pas
comme ça, j' vous en fiche mon billet !

GOURDIFLOT

C'est pas encore toi qui feras payer les garnitures cent sous au lieu de vingt-cinq.

AUGUSTE

Moi, tout ce que je demanderais, ça serait de pouvoir faire assez d'économies pour...

PIED-DE-CHOU *et* **GOUTTE-DE-ROSÉE**

Pour t'établir crémier.

PIED-DE-CHOU

Ce que tu l'as déjà serinée, celle-là !

AUGUSTE

Ben oui, crémier... C'est ma vocation...

GOURDIFLOT

Moi, j' demande seulement qu'y ait pas de morte-
saison.

BOULLOURIS

Toi, t'es plus bête encore que t'es grand. (*Entre
par la gauche Rocambole, ouvrier, en paletot.*)

SCÈNE II

LES MÊMES, ROCAMBOLE, *puis* VER-DE-VASE

ROCAMBOLE

Bonjour, messieurs, le contre-maître n'est pas là?

PIED-DE-CHOU

Non.

ROCAMBOLE

Ah! (*Un silence. On ne s'occupe plus de lui.*) Savez-vous si on embauche, ici?

PIED-DE-CHOU

Sais pas. Faudrait voir le contre-coup.

GOUTTE-DE-ROSÉE

Tiens, c'est toi, Rocambole! (*Poignée de mains.*)

ROCAMBOLE

Ce vieux Goutte-de-Rosée!... Dis donc, je paie un litre.

GOUTTE-DE-ROSÉE

Un kilo pour neuf, c'est guère!

ROCAMBOLE

Deux, alors.

GOUTTE-DE-ROSÉE

A la bonne heure, t'es à la couleur, toi... (*Aux autres.*) On a travaillé ensemble rue de Cléry.

PIED-DE-CHOU

Ah! oui, chez Hamelin!... Encore un qui aurait bien voulu que j'entre dans sa turne.

GOUTTE-DE-ROSÉE, *appelant.*

Ver-de-Vase!... Eh! Ver-de-Vase.

ROCAMBOLE

Qui c'est donc qu'il appelle Ver-de-Vase ?

GOURDIFLOT

Oui, Ver-de-Vase... C'est l'apprenti.

GOUTTE-DE-ROSÉE

Où est-y, ce sale gosse-là ? Ver-de-Vase !

VER-DE-VASE, *du dehors.*

M'sieu!... voilà! voilà ! (*Il a quinze ans. Il entre à droite.*)

GOUTTE-DE-ROSÉE

Où qu' t'étais, sale gosse ?

VER-DE-VASE

J'étais là... J'apprenais à lire à la p'tite de la concierge.

GOUTTE-DE-ROSÉE

Veux-tu! (*Geste d'une calotte.*)

VER-DE-VASE, *criant.*

Oh! là! là !

GOUTTE-DE-ROSÉE

Va chercher deux litres...

VER-DE-VASE

Eh ben! la galette ?

ROCAMBOLE

A seize. (*Il lui donne de l'argent.*)

GOUTTE-DE-ROSÉE

Et pour moi, une goutte de rosée...

VER-DE-VASE

Oui, m'sieu. (*Il sort en courant.*)

LE PÈRE JULES, *à Rocambole, en le regardant par-dessus ses lunettes.*

Tout de même, les enfants d'aujourd'hui, hein, monsieur? C'est pas de mon temps qu'un apprenti... Je me rappelle, un jour, en 51... il y en a eu un...

TOUS LES OUVRIERS, *en chœur, même jeu.*

« Parlez-nous de lui, grand-père... Ah! parlez-nous de lui ! »

PIED-DE-CHOU

Faites pas attention. C'est un bateau qu'on monte au vieux quand il nous rase avec ses histoires de l'ancien temps.

LE PÈRE JULES

Mes histoires valent bien vos saletés, vous savez !

PIED-DE-CHOU

Vous fâchez pas, père Jules... (*Il le caresse dans le dos. Le père Jules lève les épaules et rit. Entre Lucie, jeune fille, dix-huit ans.*)

SCÈNE III

LES MÊMES, LUCIE

LUCIE

Bonjour, messieurs... Voulez-vous me donner vos carnets ? (*Remue-ménage. Chacun cherche son carnet.*)

L'ENFLÉ, *lui montrant une page.*

Tenez, mademoiselle, il restait un écran, de la dernière fois.

LUCIE

Très bien, très bien ! (*Elle prend le carnet de cha-*

cun; *au moment où elle va sortir, Ver-de-Vase paraît portant deux litres et une absinthe toute versée dans un verre. A la vue de Lucie, il cache l'absinthe derrière une boîte et les deux litres derrière son dos.*)

VER-DE-VASE

Hum !

LUCIE

Qu'est-ce que tu caches, toi ?

VER-DE-VASE

C'est quèque chose... pour que vous le voyiez pas... parce que... c'est une vilaine image...

LUCIE, *sans être gênée.*

Polisson ! A ton âge, tu n'as pas honte ! (*Elle sort.*)

SCÈNE IV

LES MÊMES, *moins* LUCIE. (*Lucie partie, les ouvriers éclatent de rire, mais silencieusement.*)

PIED-DE-CHOU

Sacré gosse, va ! (*Il lui donne en riant un coup de pied au derrière.*)

VER-DE-VASE, *sans se retourner.*

Boum !... (*Pendant ce qui suit, il monte sur une chaise, prend les verres qui sont sur la planche, à droite, et les dispose sur l'établi du père La Joie, autour duquel les ouvriers se réunissent.*)

ROCAMBOLE

Qui qu' c'est, cette jeunesse ?

LE PÈRE JULES

C'est la demoiselle de M. Lesterel, le patron.

PIED-DE-CHOU

La petite singesse, quoi!

ROCAMBOLE

C'est elle qui fait les comptes?

GOURDIFLOT

Oui.

ROCAMBOLE, *riant.*

Si jamais je redeviens patron, je l'embauche.

PIED-DE-CHOU

Faut pas blaguer, mon vieux, c'est une chouette petite bougresse... Viens-tu, l'Enflé, c'est servi?

L'ENFLÉ

Voilà... Voilà...

VER-DE-VASE

V'là la goutte de rosée...

GOUTTE-DE-ROSÉE

Bon. (*Il met de l'eau dans son absinthe.*)

ROCAMBOLE

A la vôtre.

PIED-DE-CHOU

A la vôtre bonne, si vous m'en croyez digne et capable !

L'ENFLÉ

C'est pas tant pour boire que pour trinquer.

GOURDIFLOT

Mesdames et messieurs, fussiez-vous mille, tout mon cœur vous salue. (*Ils boivent. Ver-de-Vase, derrière eux, boit à même le litre un reste de vin qu'il a eu le soin de garder, puis il sort sans se faire voir.*)

PIED-DE-CHOU

J' te dis, nous avons... un dessinandier, un sculp-
teur, Victor Chantaud...

ROCAMBOLE

Le fils au père La Joie ?

L'ENFLÉ

Oui. Vous le connaissez ?

ROCAMBOLE

Je crois bien, le père La Joie a été ouvrier chez
moi, quand j'étais établi... En v'là un rigouillard !

AUGUSTE

J' vous crois...

PIED-DE-CHOU

Si tu connais Victor Chantaud... y peut te faire
embaucher.

L'ENFLÉ

Pas lui... son père.

PIED-DE-CHOU

Pas lui... son père... C'est la même chose, voyons
espèce de tourte... Si monsieur connaît le père ; y
connaît le fils.

ROCAMBOLE

Turellement... Il est dans les légumes, alors ;
Victor Chantaud ?

PIED-DE-CHOU

Tu parles... y dîne chez le singe deux ou trois
fois par semaine.

LE PÈRE JULES

Est-ce qu'on ne dit pas qu'il va épouser mamselle
Lucie, la fille du patron ?

ROULLOURIS

Parbleu...

ROCAMBOLE

Et le patron, quel homme est-ce?

L'ENFLÉ

Plutôt brave homme.

PIED-DE-CHOU

Oui... Honnête...

GOUTTE-DE-ROSÉE

On ne peut pas lui retirer ça !

PIED-DE-CHOU

Seulement, il veut que les autres soient comme lui.

L'ENFLÉ

Il ne blague pas là-dessus. Ici, mon vieux, pas la plus petite gratte à faire.

PIED-DE-CHOU

Même y a eu une histoire, dans le temps, un ouvrier qui lui chipait des rognures de cuivre : il l'a fait fourrer en prison.

ROCAMBOLE

Oh !

L'ENFLÉ

Pour lui, voler, c'est voler... Le père Jules l'a connu, le type qui a été salé... Le père La Joie aussi.

ROCAMBOLE

Alors, vous avez le père La Joie avec vous ?... Vous ne devez pas vous embêter.

L'ENFLÉ

Ça, non.

PIED-DE-CHOU

C'est sur son établi que nous sirotons.

ROCAMBOLE

Il est déjà parti ?

PIED-DE-CHOU

Il ne travaille pas aux pièces, lui...

L'ENFLÉ

Avec ça... y travaille aux pièces... y a des jours...
Hier encore.

PIED-DE-CHOU

Y travaille aux pièces si tu veux... Est-il gnolle !...
Mais y n'y travaille pas toujours... Preuve qu'aujourd'hui, il est allé toucher des factures... Je sais
bien ce que je dis... (*A Rocambole.*) Y va pas tarder
à rentrer...

ROCAMBOLE

C'est un gars d'attaque...

PIED-DE-CHOU

Nous sommes, lui et moi, les deux premiers mon-
teurs de Paris.

L'ENFLÉ

Toi, le premier monteur ... de coups, oui

PIED-DE-CHOU, *riant.*

Toi, j' te vas laisser tomber une demi-livre de
viande sur la cafetière.

GOURDIFLOT

C'est bon... c'est bon... T'es fort, t'es grand, t'es
bête... Fais pas tout voir à la fois.

PIED-DE-CHOU

Va donc, eh ! feignant ! Fais donc tes garnitures à vingt-cinq sous ! (*A Rocambole.*) Mossieu travaille à prix réduits.

GOURDIFLOT

Et après ?... Le singe m'a dit comme ça, que si je voulais pas les faire à vingt-cinq ronds, j'avais qu'à filer.

PIED-DE-CHOU

On file. Y a pas que lui, de monteur en bronze.

GOURDIFLOT

Oui... va chercher du travail, en ce moment !

PIED-DE-CHOU

On se repose.

GOURDIFLOT

Et les gosses? C'est-y toi qui leur donneras à croustiller? J'en ai cinq et la mère est malade, mon vieux.

PIED-DE-CHOU

Malheur ! Je voudrais bien qu'il me fasse une parlotte de ce ton-là, le singe... J' l'enverrais baigner, ça s'rait un beurre !

GOURDIFLOT, *incrédule.*

Tu l'enverrais baigner... Tu l'enverrais baigner...

PIED-DE-CHOU

Oui, je l'enverrais baigner !... Et encore qu'y m'adresserait des excuses.

GOURDIFLOT

Tais-toi donc !... Tu ferais comme les camarades.

PIED-DE-CHOU

Moi!... Tu sais donc pas qui que je suis !... Si le
singe a eu une mention à l'Exposition... à qui qu'il
la doit?... Hein?... Qui qui l'avait fait, le meuble ?...
C'est pas Bibi?...

GOURDIFLOT

Si...

PIED-DE-CHOU

Alors ?... Y serait assez embêté, le patron, si j'y
flanquais son compte ! Non, j' voudrais qu'y m' les
propose à vingt-cinq ronds, les garnitures !

AUGUSTE

V'là l'heure de la paye... J'y monte... Y en aura
encore un morceau pour ma crèmerie ! (*Il sort.*)

ROCAMBOLE

Si ça ne fait rien, j' vas l'attendre, le père La
Joie...

PIED-DE-CHOU

Pour sûr... A la sortie, on te rendra ta politesse.

ROCAMBOLE

Ça m' f'ra plaisir de le revoir. C'est un si bon
zig !... Chez Michon, il a fait un jour une blague...
une blague !... On en a rigolé pendant un mois.

PIED-DE-CHOU

Et chez Darbois, au quai Valmy. (*Riant.*) Non,
celle-là, c'est ce que j'ai vu de plus épastrouillant...
Figure-toi...

AUGUSTE, *revenant, à Pied-de-Chou.*

Le singe te demande... Toi, l'Enflé, tu peux aller
à la caisse.

L'ENFLÉ

Vive la Sainte-Touche ! (*Il sort.*)

PIED-DE-CHOU

Quoi qu'y m' veut, c' t'oiseau-là ? (*Il serre sa ceinture en sortant.*)

LE PÈRE JULES, *à Rocambole.*

Moi, depuis cinquante ans que je suis dans le métier, j'ai jamais réclamé. J'ai gagné jusqu'à des douze francs par jour.

ROCAMBOLE

Et maintenant...

LE PÈRE JULES

Ah ! maintenant... j'ai plus que trois francs cinquante, parce que j'y vois plus bien clair. Mais je suis encore heureux... parce que l' patron pourrait bien me remercier...

ROCAMBOLE

Trois francs cinquante... C'est guère...

L'ENFLÉ, *revenant.*

A toi, Boullouris. (*A Rocambole.*) Il est là-haut le père La Joie. Y rend ses comptes ; y va descendre.

GOURDIFLOT, *à Rocambole.*

Surtout qu'en morte-saison, il a moins... Et qu'on mange tout de même... Sa fille y a laissé deux gosses à élever...

LE PÈRE JULES, *riant.*

Ah ! on n'a pas du poulet tous les jours...

ROCAMBOLE

Après cinquante ans...

LE PÈRE JULES, *rayonnant.*

Oui, mais le patron m'a promis de me faire avoir la médaille du travail... Ça, c'est quèque chose pour un ouvrier.

GOURDIFLOT

Sûr !

PIED-DE-CHOU, *revenant, sombre.*

A vous, père Jules. (*Le père Jules sort. Pied-de-Chou, montrant son argent.*) V'là tout c' qui me r'vient, pour une quinzaine.

GOUTTE-DE-ROSÉE, *que les nécessités de son travail ont amené au milieu.*

T'as pas ton compte ?

PIED-DE-CHOU

Si... Dix journées...

GOURDIFLOT

Fallait pas louper !

PIED-DE-CHOU

Ça m'apprendra à arriver à l'atelier avant l'heure.

L'ENFLÉ

Toi ! t'es toujours en retard !

PIED-DE-CHOU

Justement. Mercredi, le singe m'avait flanqué un suif... A cause de ça... le lendemain, la bourgeoise me fait décaniller à six heures et demie. J'arrive ici à moins le quart... J' rencontre un type de Grenelle ; en attendant l'heure, on va boire un verre... De verre en verre, j'ai perdu ma journée... S'il n'y avait qu' ça encore !

GOURDIFLOT

Quoi ?

PIED-DE-CHOU

Quoi ! quoi ! quoi ! C' que t'as pas l'air d'avoir
inventé le marteau à bomber les verres de lunettes,
quand tu fais : quoi ! quoi ! quoi !... Non, mais piges-
tu ? Quoi ? Ben ! y aura pas qu' toi qui feras les
garnitures à vingt-cinq sous. Moi aussi... Ben oui !
Quand t'auras l'air de m' regarder comme si j'étais
changé en tomate !... Il a fallu passer par là ou par
la porte... C'est pas avec une quinzaine comme ça
que j' pouvais faire le flambard... J'ai accepté... Ça
vaut mieux que d' mendier.

GOURDIFLOT

J' croyais que tu devais l'envoyer baigner...

PIED-DE-CHOU

Il aurait pas voulu.

L'ENFLÉ, tristement.

Moi aussi, j'ai accepté...

PIED-DE-CHOU, regardant sa paie.

Pour une quinzaine !... Bon Dieu de bon Dieu !

GOURDIFLOT, regardant son carnet.

Te plains pas. T'as fait la noce ; mais moi qui ai
turbiné toute la semaine, j'ai pas gras non plus...
C'est le terme...

BOULLOURIS, rentrant.

On reçoit toujours moins qu'on n'espérait... on
vérifie : y a pas à dire, c'est le compte... mais c'est
fichant tout de même. (Le père Jules rentre en
comptant son argent.)

PIED-DE-CHOU

Vous n'êtes pas content non plus, père Jules ?

LE PÈRE JULES, *tristement.*

Moi ? Si.

AUGUSTE

Pas moi... Dix sous pour ma crèmerie, c'est pas énorme.

GOUTTE-DE-ROSÉE

Moi j'ai travaillé que huit jours sur quinze. (*Consternation générale. Ils rangent leurs outils en silence.*)

PIED-DE-CHOU, *à l'Enflé.*

Dis donc... la bourgeoise va probablement venir au-devant de moi... J'y ai déjà compté une blague ; va pas me démentir : j'y ai dit qu'y avait eu une souscription pour un camaro.

L'ENFLÉ

Entendu... Et si la mienne vient, j'y ai dit qu'on n'avait pas travaillé lundi, parce que le fondeur n'avait rien livré.

PIED-DE-CHOU

Bon... Penser que si le père La Joie était là, il trouverait le moyen d'être content tout de même !

ARSÈNE CHANTAUD, *du dehors.*

Le père La Joie, qu'est-ce qu'il a fait ? (*Il entre. — 60 ans. — Moustache et cheveux blancs.*)

SCÈNE V

LES MÊMES, ARSÈNE CHANTAUD

ARSÈNE CHANTAUD

Quoi qu'y n'y a donc, mes p'tits agneaux ? On est
à la tristesse ! En v'là des Parigots ! Oui, oui, je
sais, les garnitures... Après ? Voulez-vous bien vite
me lâcher ces figures d'enterrement ?... Y pouvez-
vous quelque chose ? Non, n'est-ce pas ?... Ben,
alors, vaut mieux prendre ça du bon côté, et y aller
de bon cœur ! Quand vous serez là à pleurer comme
fontaine qui coule, ça fera-t-il monter les prix ?...
Allons, allons, la coterie, pensez qui n'en manque
pas qui voudraient en faire, des garnitures à vingt-
cinq ronds. (*Désignant Rocambole.*) Le camarade là,
le premier, je parie.

ROCAMBOLE

Tu me reconnais ?...

ARSÈNE CHANTAUD

Sûr. T'es un bon. J' dirai à mon gosse qu'y t'
fasse embaucher... Mes enfants, un bon mouvement !
Vous savez mon proverbe : tant plus que la vie est
triste, tant plus qu'il faut crier : Vive la joie !...
pour faire compensation. (*Un temps.*) Et puis, c'est
pas tout ça ! J' paye la verte, ce soir. Et s'il y en a
un qu'a besoin d'une pièce cent sous... Voyons,
messieurs, une belle pièce cent sous toute neuve ? On
la rendra quand on voudra... (*Imitant les camelots.*)
Je ne suis ici que pour quelques instants, la grrrande

maison que j'ai l'honneur de représenter étant assez
avare de ses échantillons ! C'est bien vu, bien entendu ? Les personnes qui m'ont compris, allongez
les mains à droite et à gauche. Y en aura pas pour
tout le monde ! (*Il fait sauter une pièce de cent sous
en l'air et la rattrape au vol.*) A qui la première ?

LES OUVRIERS, déridés.

A moi ! A moi !

ARSÉNE CHANTAUD, faisant mine de se sauver.

Paix ! Paix ! V'là la rousse ! (*Imitant Paulin Mé-
nier, après s'être frappé de la paume de la main sur
la bouche ouverte.*) Ici, Fouinard ! (*Il se cache derrière un établi et se relève aussitôt en éclatant de rire.
Les ouvriers rient également.*)

PIED-DE-CHOU

T'as dévalisé la Banque ?

ARSÈNE CHANTAUD

Non !

GOURDIFLOT

T'as hérité ?

ARSÈNE CHANTAUD

Non ! Y n' pense qu'à ça, çui-là !

L'ENFLÉ

T'as découvert un trésor ?

ARSÈNE CHANTAUD

Non !

BOULLOURIS

T'as crevé un bourgeois ?

ARSÈNE CHANTAUD

Non ! (*Le montrant avec une horreur comique.*) Est-y méchant !... C'est comme Goutte-de-Rosée qui ne parle que d'étrangler... des perroquets !... Non, mes enfants ! j'ai rien fait de tout ça, et pourtant, j'ai d' la bonne galette ; et j'ai acheté à Victor, mon héritier, une chic chaîne en or... oui, en or, qu'il reluquait depuis un mois, avec une montre en argent au bout... J' te ferai voir ça tout à l'heure !... Vous voulez savoir mon secret... ? Suivez-moi bien... Tantôt, j'avais une facture à toucher à Auteuil... On m' dit que l' type ne serait là que dans deux heures. Le singe m'avait recommandé de revenir avec l'argent. Je m' dis : « qu'est-ce que je vais fiche ?... » C'était juste en face des courses, et comme je vous entends jaboter de ça toute la semaine, je me dis : « Faut que je voie ce que c'est. » J'entre. Ça me coûte vingt ronds, s'il vous plaît, et je m' ballade comme ça, le nez au vent. Un bonhomme crie : « Une certitude pour la prochaine. Nous avons donné *Chandernagor.* » *Chandernagor*, c'est un canasson qu'avait gagné la fois d'avant. « Combien ? — Trois sous. — Les v'là. » J' lis son papier. Y avait écrit d'sus : « *Belle Petite.* » Ma foi, que je me dis, j' serais bien bête de n' pas essayer, d'autant plus que l'autre jour un camaro m'avait rendu cent sous sur lesquels je ne comptais plus et que la bourgeoise ne le savait pas. J' vas au comptoir, j'écoute les autres, j' demande « un du deux », on m' donne un p'tit bout d'papier et j' m'en retourne sur la pelouse. Je m' fais montrer mon canard ! Non, c' qu'il était mosche ! Il

avait l'air d'être échappé d'entre les brancards d'un
sapin... La course commence. *Belle Petite* suivait à
la queue, comme si elle avait été pas à la course,
mais à l'heure... J' vois plus rien. J'entends les types
douillards d'en face, dans les tribunes, qui s' mettent
à crier : Ouahh !... Et puis encore ! Ouah ! trois,
quatre fois ; et à la fin, v'là mon p'tit canard qu'arrive
tout seul en s' balladant. Paraît qu' les autres
s'avaient tous fichu par terre... J' porte mon papier,
on me rend quatre cent quarante-deux francs cinquante. Tu parles si j'étais à la joie ! J'ai acheté un
bout de sucre chez le bistro d' la chose pour le
donner à mon petit canard en signe de reconnais-
sance, mais on n'a pas voulu... C'est pas de la
blague, v'là les trois morceaux. (*Il les tire à demi
de sa poche et les montre.*) Je suis allé toucher ma
facture, je m' suis payé l'intérieur de l'omnibus pour
revenir, comme un prince. Et voilà !

PIED-DE-CHOU

Alors, si c'est *Belle Petite*, j'y suis d' mes cinquante sous.

ARSÈNE CHANTAUD

Faut croire. (*Il lui donne une grande claque sur
l'épaule.*) Hein ! mon vieux, ça t'en bouche un coin !

PIED-DE-CHOU

Tu m' fais mal... (*Il menace Chantaud.*)

ARSÈNE CHANTAUD

De quoi ! (*Imitant mal l'Anglais en se mettant en
garde.*) Moi boxer vô !... Vive la Hangleterre ! (*Changeant de ton.*) C'est pas tout ça, on va aller en boire

une... Avant, faut que je donne à mon gosse son bijou... J' vas l'envoyer chercher... Ver-de-Vase!... Où est-il, l'attrape-science?... Ver-de-Vase!...

VER-DE-VASE, *du dehors.*

Voilà, m'sieu!

ARSÈNE CHANTAUD

Où étais-tu?

L'ENFLÉ

Encore avec la p'tite de la concierge?

VER-DE-VASE

Non, m'sieu... C'est elle qui m'avait appelé.

ARSÈNE CHANTAUD

C'est bon. Tu vas monter à la sculpture; tu diras à mon rejeton que le patron le demande ici. T'as compris?

VER-DE-VASE

Et si l' patron est avec lui, faudra-t-il lui dire tout de même?

ARSÈNE CHANTAUD

Non. Tu lui demanderas le compas à trois pointes. Va!

VER-DE-VASE

Oui, m'sieu! (*Il sort.*)

ARSÈNE CHANTAUD, *à Rocambole.*

Tu te le rappelles bien, Victor?

ROCAMBOLE

Sûr.

ARSÈNE CHANTAUD

Demande un peu aux camarades si c'en est un

bon... Il m'a coûté assez cher pour l'instruire, mais y rapporte... Tu sais, mon vieux, pour la sculpture, y en a pas beaucoup qui pourraient le dégoter. Aussi le patron aimerait mieux s' fiche à l'eau que de.le lâcher. Y fait c' qu'y veut, ici, mon gosse. Jamais on ne lui dit un mot... Et puis c'est rangé, c'est poli, et ça aime son père... (*Entre Victor.*) Tiens, le v'là ! (*Victor est vêtu d'une blouse blanche, courte, tachée de plâtre, ouverte, qui laisse voir un gilet noir et une chemise blanche.*)

SCÈNE VI

Les Mêmes, VICTOR CHANTAUD

VICTOR

Il n'est pas là, M. Lesterel ?

ARSÈNE CHANTAUD

Non, mon bicot... C'est moi qui te demande...

VICTOR

Ah ! très bien.

ARSÈNE CHANTAUD, *à Rocambole.*

R'garde moi ça, si c'est bâti. J'm'en vante !... Pas vrai qu' tu aimes ton père, moucheron ?... (*Il lui passe la main sur la tête avec une caresse un peu brutale.*) Et voilà, c'est grand, ça sait tout, ça sera patron un jour ou l'autre et c'est tout d' même le fils au père La Joie !... Y me ressemble, hein ?

ROCAMBOLE

Tu parles... en mieux...

ARSÈNE CHANTAUD

En mieux? Veux-tu te taire! Il n'a pas le droit
d'être mieux que son père... Et puis, il le pourrait
qu'il ne le voudrait pas... Pas vrai, fiston?

VICTOR, *souriant.*

Tu avais quelque chose à me dire ? Parce qu'on a
besoin de moi, là-haut.

ARSÈNE CHANTAUD

D'abord, faudra faire embaucher le camarade.

VICTOR, *à Rocambole.*

A l'heure qu'il est, il n'y a rien. Mais d'un moment à l'autre, nous attendons une commande im-
portante, et dans ce cas, je vous adresserai à
M. Lesterel qui vous prendra de préférence, puisque
le père vous connaît.

ROCAMBOLE

C'est entendu. Je reviendrai vous voir lundi. (*Il
va pour sortir.*)

ARSÈNE CHANTAUD

Attends donc. On s'en ira ensemble. (*A Victor.*)
Ç'est pas tout ça. Ouvre la bouche et ferme les yeux.

VICTOR, *riant.*

Non, voyons... Je te dis que je suis pressé.

ARSÈNE CHANTAUD

Ouvre la bouche et ferme les yeux.

VICTOR, *toujours souriant.*

Qu'est-ce que tu veux ?

ARSÈNE CHANTAUD

Va toujours.

VICTOR

T'es plus gosse que moi, tiens !

ARSÈNE CHANTAUD

J'suis t-y-ton père ?

VICTOR

Vraiment, j' t'assure... je...

ARSÈNE CHANTAUD

Réponds. J'suis t'y ton père ?

VICTOR

Oui.

ARSÈNE CHANTAUD

Alors, tu me dois le respect et l'obéissance...
Ouvre la bouche et ferme les yeux... Ça t'ennuie?...

VICTOR, toujours riant.

Dame, je n'ai plus l'âge...

ARSÈNE CHANTAUD

T'as peur d'avoir l'air bête. (Bas.) Ça n' fait rien,
mademoiselle Lucie n'est pas là.

VICTOR, sérieux, bas.

Père !...

ARSÈNE CHANTAUD

Ne bouge plus...

VICTOR

Tu vas encore me faire une blague.

ARSÈNE CHANTAUD

Mais non, mais non... Veux-tu ? (Il lui met la
montre dans la main.) Ça y est ! Regarde.

VICTOR

Quoi?... une chaîne...

ARSÈNE CHANTAUD

En or...

PIED-DE-CHOU

Ça, en or?... Fais voir.

CHANTAUD

Oui, en or... oui, en or... Est-il embêtant, celui-là ! Bas les pattes !

VICTOR

Une montre...

ARSÈNE CHANTAUD

En argent... Les montres en or, ça ne se porte plus... qu'au Mont-de-Piété.

VICTOR

A qui est-ce ?

ARSÈNE CHANTAUD

À toi, puisque je t'en fais cadeau...

VICTOR

C'est sérieux ?

ARSÈNE CHANTAUD

Très sérieux... Qu'est-ce qu'on dit?... Ça n' sait pas encore dire merci !

VICTOR

Merci... mais... où as-tu...

ARSÈNE CHANTAUD

T'es comme les camarades, tu ne me crois pas millionnaire... J'ai pas volé, sois tranquille... C'est un petit canard... qu'avait l'air de rien... Seulement, les autres ont ramassé des pelles... Alors, j'ai gagné quatre cent quarante-deux francs cinquante. Tu ne comprends pas ? Ça ne fait rien... Va travailler... et plus vite que ça... (*Tous les ouvriers rient de voir la mine étonnée de Victor.* « *Est-il épaté ?... Y a de quoi... Ce père La Joie, tout de même !...* » *etc.*)

L'ENFLÉ *et* PIED-DE-CHOU, *à Victor, criant.*

Aux courses... il a gagné aux courses...

VICTOR, *désappointé.*

Ah !... Tu... tu joues aux courses ?...

ARSÈNE CHANTAUD

C'est la première fois...

VICTOR, *souriant.*

Et ça sera la dernière ?

ARSÈNE CHANTAUD

De quoi ? Des conseils à son père !... Veux-tu t'en aller ! (*Il le pousse vers la porte. — Entre un courtier portant une grosse serviette sous son bras.*)

SCÈNE VII

LES MÊMES, LE COURTIER, *puis* VER-DE-VASE

LE COURTIER

Bonjour, messieurs... Je viens vous offrir quelques articles de librairie... L'Histoire de la Révolution, de Louis Blanc ; les Œuvres de Dumas père... payables cent sous par mois... Ce sont de fort jolis volumes, remarquablement illustrés... (*Victor sort lentement, en regardant son cadeau et réfléchissant.*)

PIED-DE-CHOU, *au courtier.*

C'est bon, rengainez ça, y a plus personne... (*Il lui donne un papier.*) Pour demain, à Longchamps : vous me prendrez cent sous de *Rhamadès*, si *Voltigeur* ne court pas... C'est écrit... Vous mettrez la moitié du bénef de côté, et le reste sur *Aristo*, dans la quatrième. Voilà cent sous.

LE COURTIER

Entendu.

L'ENFLÉ

Moi, cent sous... non, deux francs cinquante... Vous prenez des paris de deux francs cinquante ?

LE COURTIER

Et même de vingt-cinq sous.

L'ENFLÉ

Bon... sur *Rossinante*... placée... Vous entendez ? placée...

LE COURTIER, *qui a inscrit sur un carnet.*

C'est écrit... Nous disons : M. l'Enflé, deux francs cinquante... *Rossinante* placée...

GOUTTE-DE-ROSÉE

Moi aussi.

LE COURTIER

M. Goutte-de-Rosée, *idem, idem, idem...* C'est tout... (*Au père Jules.*) Monsieur ?

LE PÈRE JULES

Non, non, non...

LE COURTIER, *à Auguste.*

Monsieur ?

AUGUSTE

J'ai pas envie de perdre ma galette...

BOULLOURIS

Le patron !...

LE COURTIER

... Ces volumes sont illustrés de gravures dues à nos meilleurs auteurs. J'ai aussi les ouvrages complets de M. Jules Verne, le meilleur moyen de s'instruire en s'amusant. (*Entrée de Ver-de-Vase.*) Le v'là ?

BOULLOURIS

Non, je croyais qu'il venait ici ; mais il va au magasin.

LE COURTIER

Ça ne fait rien, je me sauve. Au revoir, messieurs. A lundi.

VER-DE-VASE, *qui est entré depuis quelque temps.*

M'sieu... Pour moi, vingt-cinq sous sur *Pampon*, s'il a bien la monte de Smith et si *Chou-Chou* a déclaré forfait.

LE COURTIER, *inscrivant.*

M. Ver-de-Vase...

VER-DE-VASE, *sortant avec lui.*

Parce que *Chou-Chou* aime les poids légers ; et comme le terrain sera dur... (*Ils sortent.*)

SCÈNE VIII

LES OUVRIERS

ARSÈNE CHANTAUD

J'ai peut-être eu tort, moi, de ne rien mettre.

PIED-DE-CHOU

Sûr! Qu'est-ce que tu risques? tu joues sur le velours... Ecoute, on m'a donné un tuyau... J'ai pas
osé... Mais toi, vas-y; mets cent sous sur l'*Hirondelle* gagnant...

ARSÈNE CHANTAUD

L'*Hirondelle*... gagnant! Tant pis, je me risque.
(*Il sort en courant.*)

BOULLOURIS

Le jeune Victor n'a pas l'air plus content que cela,
de voir son père jouer aux courses. (*On entend au
dehors la musique d'un régiment qui passe.*)

AUGUSTE, *très joyeux.*

La musique!... les soldats!...

L'ENFLÉ, *de même.*

C'est celle de mon régiment, le 119e; j' la reconnais!...

GOUTTE-DE-ROSÉE

Jamais d' la vie!...

LE PÈRE JULES

Allons les voir... Ça me rappelle...

TOUS LES OUVRIERS, *en sortant rapidement.*

« Parlez-nous de lui, grand-père! Ah! parlez-nous de lui ! » (*Ils sortent tous, à l'exception de Gour-diflot.*)

SCÈNE IX

GOURDIFLOT, *seul*, *puis* LESTEREL

GOURDIFLOT, *refaisant ses comptes.*

Faudra que, la quinzaine prochaine, j' touche encore davantage... La gosse a besoin d'un manteau.. Comment faire, bon Dieu, comment faire? (*Entre Lesterel.*)

LESTEREL

Ces messieurs sont partis?...

GOURDIFLOT

Non, patron... Ils sont dans la rue...

LESTEREL

Ah ! oui, le régiment qui passe...

GOURDIFLOT

Dites donc, patron?

LESTEREL

Qu'est-ce qu'il y a?

GOURDIFLOT

Y a... y a... Vous savez, les écrans qu' vous payez trois francs à tout le monde...

LESTEREL

Eh bien?

GOURDIFLOT

Moi, si vous vouliez m'en donner à faire chez moi.... j' me contenterais bien à cinquante sous.

LESTEREL

Saurez-vous ?

GOURDIFLOT

Oh ! sûr !

LESTEREL

C'est entendu, vous en aurez.

GOURDIFLOT, *ravi.*

Merci, m'sieur !

LESTEREL

Je vais dire qu'on vous en prépare. (*Il sort. Les ouvriers rentrent, très gais.*)

SCÈNE X

LES OUVRIERS, *puis* VICTOR

AUGUSTE

Mon vieux, moi, je me rappelle, quand j'étais au régiment, c' qu'on s'est amusé !...

L'ŒUFLÉ

C'est pas pour dire, mais avec une armée comme ça... la France peut être tranquille...

GOUTTE-DE-ROSÉE

Le soldat français est le premier soldat du monde... Si nous n'avions pas été trahis...

GOURDIFLOT

Et le drapeau !... Moi, je m' rappelle, quand on sonnait au drapeau, ça m' remuait dans l' creux de l'estomac.

PIED-DE-CHOU

Si qu'on s'en irait?

GOUTTE-DE-ROSÉE

C'est l'heure?

PIED-DE-CHOU

Oui.

GOUTTE-DE-ROSÉE

Allons-y. (*Ils rangent leurs outils. Lesterel et Victor entrent.*)

LESTEREL; *comptant des écrans, à Victor.*

La commande Marbat va être faite?

SCÈNE XI

Les Mêmes, LESTEREL, VICTOR

VICTOR

Oui. Elle le sera demain.

LESTEREL

Messieurs, je vous préviens que dorénavant, je ne puis plus payer les écrans que cinquante sous.

PIED-DE-CHOU

Cinquante sous !

LESTEREL

Je trouve à les faire faire au dehors à ce prix-là...

LES OUVRIERS; *consternés.*

Cinquante sous!...

PIED-DE-CHOU

C'est pas possible !

TOUS

C'est pas possible !...

LESTEREL

Alors, vous n'en aurez plus...

PIED-DE-CHOU

V'là tout, on n'en aura plus... (*Silence.*) Bonsoir, monsieur. (*Ils s'en vont lentement et se consultent sur le pas de la porte.*)

VICTOR

C'est pas assez, cinquante sous, m'sieu Lesterel.

LESTEREL

Faut croire que si, puisqu'on m'a offert le rabais sans que je l'aie demandé.

GOUTTE-DE-ROSÉE

Dis-y, toi...

PIED-DE-CHOU, *à Lesterel.*

C'est pas possible... mais on les fera tout de même... puisqu'il n'y a pas moyen de faire autrement. (*Ils sortent en soulevant leurs chapeaux.*)

SCÈNE XII

VICTOR, LESTEREL

LESTEREL

Vous êtes certain que je puis baisser les prix de vente de dix pour cent?

VICTOR

Avec la réduction que les ouvriers ont acceptée, oui.

LESTEREL

Comme ça, avant six mois, nos concurrents auront fermé boutique. (*Un temps.*) Qu'est-ce que vous avez?

VICTOR

Rien... Ça me fait de la peine de voir que tout le monde cherche à se manger. Le commerçant pense à ruiner son voisin... Entre patron et ouvriers... c'est la même chose... Ce sont d'honnêtes gens... vos ouvriers.

LESTEREL

D'honnêtes gens !... Je l'espère bien... Il ne manquerait plus que ça! Vous savez que je ne plaisante pas là-dessus... Pour moi, un voleur ne mérite pas de pitié... Oui, ce sont d'honnêtes gens... Mais qu'est-ce que vous voulez?... Vous n'y changerez rien. Vous dînez avec nous, ce soir?

VICTOR

Avec plaisir, monsieur.

LESTEREL

Nous parlerons de cette livraison. Tout à l'heure, je vais envoyer mademoiselle Lucie faire le relevé de ce que nous avons en magasin... (*Il sort.*)

SCÈNE XIII

VICTOR, *puis* ARSÈNE CHANTAUD

ARSÈNE CHANTAUD, *entrant après un moment.*

Allons, fiston, tu viens dîner?

VICTOR

Non, je dîne ici.

ARSÈNE CHANTAUD, *taquin.*

Ah! c'est embêtant...

VICTOR

Parce que ?...

ARSÈNE CHANTAUD

Pour toi.

VICTOR

Pour moi?

ARSÈNE CHANTAUD

Dame. Je suis certain que ça te contrarie. Il n'est pas bien amusant, le patron... Sa fille non plus... Dis la vérité... Tu aimerais mieux dîner bien tranquillement avec ta mère, ta sœur... et ton papa...

VICTOR

Évidemment!

ARSÈNE CHANTAUD, *à part.*

Est-il menteur, hein ? (*Haut.*) Si tu disais au patron que nous avons du monde ?

VICTOR

Non...

ARSÈNE CHANTAUD

Pourquoi?

VICTOR

Ben... C'est pas la peine.

ARSÈNE CHANTAUD

Mais si... D'autant plus que le patron ne sera pas seul... Il y aura sa fille... une pimbêche... Moi, je ne peux pas la souffrir, elle...

VICTOR, *un peu vivement.*

Je t'en prie, n'en dis pas de mal. Elle est au contraire...

ARSÈNE CHANTAUD

J'en dis pas de mal...

VICTOR

Si... là... je... je ne... je n'aime pas que...

ARSÈNE CHANTAUD, *bas.*

Tu penses à elle ?

VICTOR

Tu es fou.

ARSÈNE CHANTAUD

Non ? Tant mieux... Elle va se marier.

VICTOR

Tu dis ?

ARSÈNE CHANTAUD

Oui. Avec le fils d'un commerçant... Monsieur... Monsieur... (*Changeant de ton.*) Allons, grosse bête, ne pâlis pas comme ça, ce n'est pas vrai... (*Très tendre.*) Seulement, mon petit, pourquoi vouloir faire des cachotteries à son papa ?... Tu te figures donc que j'ai la comprenette bien fermée ?... Pourquoi pas tout me dire ?... Je saurais bien te comprendre, va, et je t'écouterais très gentiment... Et puis, si tu en avais envie... tu pourrais y aller de ta larme en me racontant tes petits secrets... Je ne me moquerais pas de toi, va !... T'as pas de meilleur ami, tu sais... (*Un temps.*) Tu ne dis rien... T'as donc pas confiance en moi, Victor ?

VICTOR

Si... Oh! je t'assure bien que si!... Oui, c'est vrai.
T'as deviné... Mais je trouve ça si idiot de ma part...

ARSÈNE CHANTAUD

Idiot! Pourquoi?

VICTOR

Ben... d'avoir des idées comme ça... de me figurer
que mademoiselle Lucie voudrait de moi... Si je ne
t'en ai pas parlé, c'est que je me sens ridicule.

ARSÈNE CHANTAUD

Comment, ridicule! Je ne comprends pas.

VICTOR

Mais si... Tu le sais bien... voyons... Je suis
lourd, mastoc... Je me connais... Je n'ai pas la figure
d'un jeune premier comme celui de samedi, à l'Am-
bigu... malheureusement!... Mais je l'aime bien tout
de même.

ARSÈNE CHANTAUD

Ah çà! dis donc, toi, t'as pas fini de dénigrer ton
physique?... Il n'est pas qu'à toi... Et quand tu t'a-
bîmes, tu m'abîmes moi-même un peu!... Ça m'hu-
milie... Moi, je ne te trouve pas mal du tout.. T'es
pas beau, beau, beau... mais t'es pas vilain... Et
puis, tu sais, c'est pas l'enveloppe qui compte...
c'est... ça!...

VICTOR

Il y a aussi... Je ne suis qu'un ouvrier...

ARSÈNE CHANTAUD

Mâtin! T'es difficile... Qu'est-ce que tu voudrais
donc être de plus?

VICTOR

Enfin... ces idées-là... c'est des idées à me rendre malheureux toute ma vie...

ARSÈNE CHANTAUD

Mais pourquoi ça?... Elle est très gentille, mademoiselle Lucie.

VICTOR, *avec un demi-sourire.*

Je le sais bien... (*Grave.*) Mais c'est justement pour ça...

ARSÈNE CHANTAUD

Et puis... elle peut chercher... j'te connais... elle ne trouvera pas mieux...

VICTOR

Tais-toi.

ARSÈNE CHANTAUD

Je ne me tairai pas du tout... Tu l'épouseras, j'en suis certain.

VICTOR

(*Un gros soupir.*)

ARSÈNE CHANTAUD

Mais oui, mais oui!... Mais, grosse bête, tu ne vois donc pas que M. Lesterel ne désire que ça?... Tu crois qu'il t'inviterait comme ça, à tout bout de champ, s'il n'avait pas des projets?... Voyons, voyons... tais-toi, t'économiseras une bêtise... C'est un brave homme, monsieur Lesterel, mais... quoi? il n'a pas inventé le fil à couper le beurre... et il s'en doute. Il sait bien que tu connais ses affaires mieux que lui... et que tu t'y entends mieux que lui... et il serait ravi...

VICTOR

Lui, peut-être... Mais elle ?

ARSÈNE CHANTAUD

Elle !... Je voudrais bien voir ça qu'elle ne te trouve pas à son goût !

VICTOR

Non... C'est impossible !... Tiens, je suis très malheureux... (*Il pleure silencieusement, et se mouche.*)

ARSÈNE CHANTAUD

Je vas lui demander, moi. Je vais lui dire : « Mam'-selle Lucie...

VICTOR

Tais-toi. Elle va venir.

ARSÈNE CHANTAUD

Justement.

VICTOR

Je t'en prie, ne lui dis rien.

ARSÈNE CHANTAUD

Rien du tout... Seulement... La voilà, va-t'en !

VICTOR

Non.

ARSÈNE CHANTAUD

Si, je te dis... On voit que tu as pleuré ; t'es vilain comme ça... (*Victor s'en va.*) Allons ! allons ! va-t'en !

VICTOR

Ne lui dis rien.

ARSÈNE CHANTAUD

Mais non. (*Victor sort.*)

SCÈNE XIV

ARSÈNE CHANTAUD, *puis* LUCIE

ARSÈNE CHANTAUD, *seul.*

Pauv' gars !... Tu vas voir ça, si je ne vais rien lui dire ! (*Entre Lucie.*)

LUCIE

Ah ! vous êtes là, monsieur Chantaud. Voulez-vous m'aider à faire le relevé du stock de marchandises ?

ARSÈNE CHANTAUD

Oui, mademoiselle...

LUCIE

Dans l'autre magasin, qu'est-ce qu'il y a ?

ARSÈNE CHANTAUD, *allant consulter la liste qui est accrochée à côté de la porte.*

Je vais voir sur la liste... (*A part.*) C'est pas précisément de ça que je voulais parler.

LUCIE

Dictez-moi, voulez-vous ?...

ARSÈNE CHANTAUD

Parfaitement... Cinquante-deux feuilles bronzées 24 sur 56.

LUCIE, *écrivant.*

24 sur 56. Après ?...

ARSÈNE CHANTAUD

Ah ! On n'en prend pas le chemin.

LUCIE, *levant la tête.*

Après ?

ARSÈNE CHANTAUD

Voilà, voilà... Quarante-huit... Savez-vous à quoi je pensais?

LUCIE

Oui.

ARSÈNE CHANTAUD

Ah!

LUCIE

A la commande Marbat et Cⁱᵉ.

ARSÈNE CHANTAUD

Pas du tout... Je... Quarante-huit grillages dorés... Je pensais que vous voilà en âge de vous marier...

LUCIE

Vraiment... Et alors?

ARSÈNE CHANTAUD

Et alors, voilà... Quarante-huit grillages dorés...

LUCIE

Vous l'avez déjà dit.

ARSÈNE CHANTAUD

Je l'ai déjà dit... Ça m'intéresse parce que... Victor aussi est en âge de...

LUCIE

C'est avec lui que vous étiez tout à l'heure

ARSÈNE CHANTAUD

C'est avec lui... Il a maintenant une montre en argent et une chaîne... en... en or.

LUCIE

C'est tout ce que vous avez à m'annoncer?

ARSÈNE CHANTAUD

Non... si... Vous avez peut-être déjà votre idée au sujet de...

LUCIE

De..?

ARSÈNE CHANTAUD

De... rien...

LUCIE, *souriant.*

Monsieur Chantaud, vous cherchez à jouer au plus fin, et vous tournez autour de ce que vous voulez me dire... Vous m'avez vu toute petite, pourtant, et je ne dois pas vous faire peur.

ARSÈNE CHANTAUD

Non. Seulement, si vous vous doutiez...

LUCIE, *souriant, le visage illuminé de joie.*

Pourquoi ne pas vous exprimer ainsi, tout simplement : « Mademoiselle Lucie, est-ce que ça vous déplairait si j'allais trouver votre père et si je lui demandais... »

ARSÈNE CHANTAUD

Si je lui demandais... quoi?

LUCIE, *un temps.*

Je ne suis pas romanesque et j'estime qu'entre gens de cœur, le mieux, c'est d'aller droit au but. Je sais bien que, dans les livres, une jeune fille ne parlerait pas comme je vais le faire; mais, à moi, ça me paraît tout naturel de vous dire... « Je crois que votre fils Victor voudrait bien m'épouser, et moi, je veux bien être sa femme... »

ARSÈNE CHANTAUD

Eh bien... mais... alors, en effet... c'est... c'est tout simple... (*Il essaye de parler et ne trouve pas ses mots.*) C'est tout simple... (*Il ne sait quoi dire et, machinalement, ses yeux se portent sur la liste qu'il consultait.*) Grillages dorés... (*Il s'essuie les yeux.*) Faites pas attention, c'est une poussière... Oui, c'est tout simple... Vous avez raison, il faut aller droit au but... J' vas appeler Victor et...

LUCIE, *le retenant.*

Non, monsieur Chantaud... (*Un temps.*) Non.... lui... il vaut mieux qu'il devine.

ARSÈNE CHANTAUD, *grave,*

Voulez-vous me permettre de vous embrasser, mon enfant ?...

LUCIE

Oui. (*Il l'embrasse.*)

ARSÈNE CHANTAUD

Maintenant... si ça ne vous fait rien... j'aimerais mieux que ce soit vous qui disiez à votre père...

LUCIE

Je le lui dirai, mais laissez-moi choisir mon moment.

ARSÈNE CHANTAUD

C'est ça... c'est ça... Alors, c'est entendu. (*Long silence. Il retourne à l'affiche.*) Dix-sept moulures Louis XVI...

LUCIE

Dix-sept moulures Louis XVI...

ARSÈNE CHANTAUD

Huit écrans... dix feuilles... 75 centimètres...

LUCIE

Huit écrans... dix feuilles... 75 centimètres. (*Ils continuent. Le rideau baisse lentement.*)

DEUXIÈME TABLEAU

La salle à manger chez Arsène Chantaud. Un angle droit, rentrant, fait que la moitié du mur du fond, à droite, est beaucoup plus rapprochée de la rampe que la moitié gauche. A gauche, premier plan, porte de la cuisine ; second plan, une cheminée supportant une pendule à colonnes de marbre, sous verre, et deux candélabres. Au fond gauche, le buffet en acajou et la porte d'entrée. Après la cheminée, une porte d'intérieur. Au fond, droite, une fenêtre, face au public. A travers les haricots d'Espagne, les capucines, les volubilis et les pois de senteur qui grimpent, d'une caisse de bois, le long des ficelles tendues, on aperçoit un paysage de toits parisiens. Devant la fenêtre, une table chargée d'outils de couturière et de petites poupées. Une cage avec un serin dedans est suspendue au dehors. A droite, premier plan, a porte de la chambre à coucher. Devant la porte de la cuisine, une table ronde et des chaises. Dans la partie du mur perpendiculaire à la rampe, et qui contribue à former l'angle rentrant, une fenêtre. Devant cette fenêtre, une machine à coudre. Aux murs sont suspendues des lithographies : *L'Inondation*, représentant un chien monté sur sa niche, au milieu de la campagne submergée ; *Les dernières Cartouches*, coloriées, d'Alphonse de Neuville, et deux reproductions des toiles de Rudaux : *Le Péage* et *Déjà passe*. — Au-dessus de la cheminée, autour d'une glace modeste, des photographies de famille, sous verre. Chacune des portes n'a qu'un seul battant, et s'ouvre en dedans, sauf celle de la chambre à coucher, à droite. Leportes sont munies des serrures, et elles ne peuvent s'ouvrir qu'en en faisant tourner le bouton. Aucun accessoire n'est peint sur les murs. — Mai.

SCÈNE PREMIÈRE

ARSÈNE CHANTAUD, MADAME CHANTAUD. GRAND'-MÈRE, JULIETTE, AUGUSTE, VICTOR CHANTAUD. *Arsène Chantaud est en costume de travail et en manches de chemise. Madame Chantaud, corsage et jupe très simples. Grand'mère un peu plus coquette. Juliette, petite blonde en noir, avec un ruban rose. Victor est en jaquette, Auguste en redingote. Tout le monde est assis autour de la table de gauche, couverte d'une toile cirée blanche. Assiettes, verres, litres. Arsène Chantaud tourne le dos à la porte de la cuisine. Il a, à sa droite, Juliette, à sa gauche, grand'mère. Madame Chantaud est en face de lui, avec Victor à sa droite et Auguste à sa gauche.*
Au lever du rideau, on finit de déjeuner. Madame Chantaud apporte un gâteau qu'elle est allée chercher sur le buffet.

ARSÈNE CHANTAUD

De quoi ! De quoi ! Un gâteau !

MADAME CHANTAUD

C'est M. Auguste qui l'a apporté. (*Pendant ce qui suit, Juliette dessert la table et va porter les assiettes sales dans la cuisine. On se distribue des assiettes à dessert.*)

ARSÈNE CHANTAUD

Qui est-ce qui va couper ça ?...

VICTOR

Toi, parbleu !...

ARSÈNE CHANTAUD

Non. Toi, t'as le compas dans l'œil. On est...
deux, trois, cinq... six... On est six...

VICTOR

C'est pas difficile.

MADAME CHANTAUD

Faut faire sept parts...

VICTOR

La part du bon Dieu !...

MADAME CHANTAUD

On la portera à mame-Guénaud...

ARSÈNE CHANTAUD

Qui qu' c'est qu' ça ?

MADAME CHANTAUD

La voisine.

ARSÈNE CHANTAUD

Ah ! mame Gourdiflot !... mame Guénaud... mame
Guénaud... connais pas. Mame Gourdiflot, connais.

VICTOR

Ça y est.

MADAME CHANTAUD, disposant une part sur une
assiette.

Tiens, Juliette... (Juliette sort par le fond avec le
gâteau. — A Grand'Mère, qui a mis sa part dans
l'assiette d'Arsène Chantaud.) Eh bien, grand'mère,
vous n'en voulez pas ?

GRAND'MÈRE

Non... C'est pour Arsène.

MADAME CHANTAUD

Ça lui fera du mal.

GRAND'MÈRE

Mais non... mais non... Il aime beaucoup ça...
Quand il était tout petit, et qu'il pleurait, je le faisais
taire avec un morceau de tarte comme on en cuit
dans nos pays... D'abord, moi, je n'ai plus de
dents...

MADAME CHANTAUD

Je vous assure...

ARSÈNE CHANTAUD

Bon... V'là encore que vous vous disputez... Elles
sont bonnes toutes les deux comme du bon pain,
elles s'adorent et elles passent leur vie à s'asticoter.

JULIETTE, *rentrant.*

Elle te remercie beaucoup !

MADAME CHANTAUD

Elle continue à aller mieux ?

JULIETTE

Oh ! oui, elle est levée...

MADAME CHANTAUD

Elle a tort. Ce matin, quand je suis allée mettre
un peu d'ordre chez elle, elle en faisait une affaire,
disant qu'elle n'avait plus besoin qu'on l'aide... Je
lui ai dit qu'entre voisins, c'était la moindre des
choses, et qu'elle se soigne bien tranquillement.

ARSÈNE CHANTAUD

Faudrait qu'elle se dépêche de guérir, parce que ce pauvre Gourdiflot ne peut pas y arriver.

VICTOR

Malheureusement, voilà la morte-saison.

ARSÈNE CHANTAUD

Il fait ce qu'il peut, le pauvre bougre. Il invente des trucs tous les dimanches pour gagner une pièce quarante sous... Aujourd'hui, il est allé vendre des programmes aux courses. C'est moi qui l'ai recom-mandé... (*Trouvant deux parts dans son assiette.*) Tout ça pour moi ?

GRAND'MÈRE

Mange, mange. Quand on travaille, il faut se nourrir. Ça te fera du bien.

ARSÈNE CHANTAUD

Grand'Mère, elle croit toujours que j'ai quatre ans. (*Imitant un enfant.*) Merci, maman.

GRAND'MÈRE

Tu ne bois pas. (*Elle lui verse du vin et le regarde manger avec admiration. Tout le monde en fait autant.*)

ARSÈNE CHANTAUD

Eh bien, et Mistigris ?... Il n'a pas droit à du gâteau, lui ?

MADAME CHANTAUD

Tu ne vas pas le mettre à table, je suppose ?

ARSÈNE CHANTAUD

Pourquoi pas ? Nous y sommes bien, nous. Va le

chercher, Juliette ; tu verras la belle cage que je lui
ai fabriquée ce matin... Je n'ai pas eu le temps de
lui faire une mangeoire ; ça sera pour dimanche.

MADAME CHANTAUD

Es-tu drôle, avec ton cochon d'Inde !...

GRAND'MÈRE

Laisse donc, si ça l'amuse...

ARSÈNE CHANTAUD

Il ne lui manque que la parole. (*Juliette apporte
une cage contenant un cochon d'Inde, qu'elle est allée
chercher sur la fenêtre.*)

MADAME CHANTAUD

On a tort de le laisser sur la fenêtre. Les loca-
taires du dessous se sont plaints à la concierge.

ARSÈNE CHANTAUD

Tu leur diras : Zut... Mistigris !... Du gâteau...
Il le mange. Regarde s'il est rigolo... T'as une belle
maison, hein, maintenant ?... (*Tout le monde éclate
de rire en regardant la bête.*)

JULIETTE

Il a passé sa patte sur sa tête... Tu as vu ?...

ARSÈNE CHANTAUD

Je te dis. J'y apprendrai à faire des tours... Ah !
maintenant que Mistigris a mangé, va le remettre au
soleil... Doucement... Tu lui ferais tourner son lait...
Et moi, je vais fumer une bonne pipe... (*A Victor.*)
As-tu pensé à m'en acheter une, toi, l'aristo ?

VICTOR

La voilà.

ARSÈNE CHANTAUD

L'as-tu bien choisie?... Ah! c'est que c'est pas à
la portée de tout le monde, de bien savoir choisir
une pipe en terre... Elle souffle bien?...

VICTOR

Oui...

ARSÈNE CHANTAUD

Tu y as mis de la ficelle?...

VICTOR

Et j'y ai passé un peu d'eau-de-vie... Et je l'ai
fumée une fois...

ARSÈNE CHANTAUD

T'as raison, parce que la première pipe est toujours très mauvaise... (*Caresse un peu brutale.*)
Allons, tu es un bon fiston. (*Il allume sa pipe.*)

VICTOR, *se levant, allant à Auguste.*

Dis donc, Auguste... Qu'est-ce qui a perdu, dimanche, au billard?....

AUGUSTE

Tu veux ta revanche?... Allons-y! (*Il se lève.*)

JULIETTE, *brossant son frère.*

Attends, tu es tout sale. (*Elle va reporter la brosse
à droite.*)

VICTOR, *à Auguste.*

Tu y es?

AUGUSTE

J'y suis... A tout à l'heure. (*Ils sortent.*)

VICTOR, *revenant.*

Père... J'y pense tout à coup... Tu es allé hier

soir toucher la facture de cinquante francs chez Ma-
lantou?

ARSÈNE CHANTAUD

Non, j'irai demain matin,...

VICTOR

M. Lesterel t'avait dit... Tu étais parti pour y
aller, il me semble...

ARSÈNE CHANTAUD

Quoi? Il n'attend pas après cinquante francs, je
suppose.

MADAME CHANTAUD

Ça ne fait rien...

ARSÈNE CHANTAUD

J'irai demain matin, là !

VICTOR

C'est bon, c'est bon... A tantôt. (*Il sort.*)

ARSÈNE CHANTAUD

Ah ! je fume une pipe et, après ça, j'irai finir de
mettre le vin en bouteilles.

GRAND'MÈRE

Moi, j' vas aller porter une bonne tasse de bouillon à la voisine...

MADAME CHANTAUD

On aurait dû la lui porter avant le gâteau.

GRAND'MÈRE

Voilà encore que tu trouves à redire...

MADAME CHANTAUD, riant.

Non... Non !...

GRAND'MÈRE

Une bonne tasse de bouillon, ça n'a jamais fait de mal à personne.

MADAME CHANTAUD

C'est vrai. Toi, Juliette, tu iras chercher ton satin pour ton travail. *A la Parisienne,* c'est ouvert le dimanche.

JULIETTE

Oui, maman. (*On a complètement débarrassé la table pendant ce qui précède. — Juliette et Grand'-Mère sortent.*)

SCÈNE II

ARSÈNE CHANTAUD, MADAME CHANTAUD

MADAME CHANTAUD

Arsène...

ARSÈNE CHANTAUD

Ma femme ?

MADAME CHANTAUD

Tu ne t'es pas trompé, hier, en me rendant ta paie ?... Tu m'as donné soixante-cinq francs.

ARSÈNE CHANTAUD

Oui.

MADAME CHANTAUD

C'est quatre-vingts francs que tu as reçus...

ARSÈNE CHANTAUD

Moi ?

MADAME CHANTAUD

Oui, Victor me l'a dit.

ARSÈNE CHANTAUD

C'est vrai. J'ai dépensé une pièce de cent sous...
un compte chez le bistro.

MADAME CHANTAUD

Il manquerait encore dix francs.

ARSÈNE CHANTAUD

Ben... J' voulais pas te le dire... C'est ta faute,
aussi. La poche de mon gilet est trouée...

MADAME CHANTAUD

Allons donc !...

ARSÈNE CHANTAUD

Tu crois pas?... Tu vas voir. (*Il va dans la
chambre à coucher à droite et revient avec un gilet.*
Regarde.

MADAME CHANTAUD

Ça n'y était pas hier matin.

ARSÈNE CHANTAUD

Enfin, ça y était hier soir... La preuve, c'est que
j'ai perdu la pièce de dix francs... D'abord, c'est
une vilaine monnaie. T'as pas remarqué, les pièces
de dix francs... on les perd toujours et on n'en retrouve jamais. C'est comme les parapluies. Moi, si
j'étais quelque chose dans le gouvernement, je ferais
supprimer ces petites pièces-là... pas vrai ?... Allons,
allons, Marie... tu vas pas être triste comme ça pour
dix francs... Je les ai bien regagnés, va, depuis
que je ne vais plus aux courses.

MADAME CHANTAUD

Ah ! la leçon a été dure... Tu te rappelles, le samedi où tu es rentré sans un sou... Tout le travail de

quinze jours que tu avais perdu... Si nous n'avions
pas eu nos enfants qui travaillent... comment au-
rions-nous fait?... Toutes nos économies avaient filé
pendant la maladie de Grand'Mère... nous n'avions
plus un sou...

ARSÈNE CHANTAUD

Tu ne l'as pas dit à Victor, hein?

MADAME CHANTAUD

Non. Tu me l'avais défendu... Tu m'as promis...
tu m'as juré que tu ne jouerais plus jamais, jamais...

ARSÈNE CHANTAUD

Mais oui, mais oui...

MADAME CHANTAUD

Tous les dimanches, tu nous quittais pour aller là-
bas... Et même dans la semaine... Quand je pense
qu'il y a des jours où tu n'as pas été à l'atelier.

ARSÈNE CHANTAUD

Ben oui... mais ça, c'est de l'histoire ancienne...
Faut pas en parler...

MADAME CHANTAUD

C'est que j'ai eu si peur... Depuis que nous
sommes mariés, nous avons été bien heureux, en
travaillant... Grâce à Dieu, l'ouvrage ne nous a jamais manqué ni à l'un ni à l'autre, ni la santé... Tu
ne bois pas... tu ne m'as jamais battue... tu aimes
tes enfants... Une femme ne peut pas demander plus,
n'est-ce pas?... Il t'arrive bien, une fois par hasard,
de prendre un verre de trop... Oh! pas souvent,
une ou deux fois par an, quand on est en famille...
mais tu n'es pas méchant et je ne te le reproche

pas... Au contraire, ça m'amuse de te voir un peu parti... Mais jouer de l'argent... l'argent du ménage... mon homme !... Vrai, j'ai eu peur... je te le dis... j'ai eu peur que nous finissions dans le malheur... Je voyais déjà toutes nos affaires au Mont-de-Piété... Je t'en prie, Arsène, ne joue plus jamais, jamais ! Tu sais que nous n'avons rien de côté... Il va falloir payer le vin... et la morte-saison va venir... Ne joue plus, n'est-ce pas ?

ARSÈNE CHANTAUD, *lui passant un bras autour du cou, avec une grande tendresse.*

T'es une bonne grosse bête... une brave femme... et je t'aime bien... Donnez un bon bécot à son mari...

MADAME CHANTAUD

Je t'assure que j'ai eu bien de la peine... et le jour...

ARSÈNE CHANTAUD

Taisez-vous... (*Il pose sa joue sur la bouche de madame Chantaud qui essaye de continuer et ne peut plus.*)

MADAME CHANTAUD

Veux-tu te tenir tranquille !... Est-ce que c'est de notre âge ?... Nous n'avons plus vingt ans...

ARSÈNE CHANTAUD

Moi, si.

MADAME CHANTAUD

Allons, finis ! Tu me chatouilles !

ARSÈNE CHANTAUD

C'est p't' être pas permis ?

MADAME CHANTAUD, *se dégageant.*

Il n'y a pas moyen de parler sérieusement, avec toi.

ARSÈNE CHANTAUD

Et avec toi, n'y a jamais.moyen de rire. Tu m'as fait éteindre ma pipe. (*Il rallume sa pipe qu'il avait posée sur la table.*) Au lieu de parler du passé, tu devrais voir le présent... Tiens, aujourd'hui, il y a des courses à Auteuil... et j'avais un tuyau... *Belphégor*... C'est un ancien jockey qui me l'a donné... Un ami à moi... Thompson...

MADAME CHANTAUD

Tu fréquentes encore ces gens-là ?

ARSÈNE CHANTAUD

Mais non, mais non ! Je l'ai rencontré... Il passait dans la rue, cet homme... la rue est à tout le monde, hein. Il a gagné des mille et des cents... Maintenant, il vend des pronostics à dix sous...

MADAME CHANTAUD

Tu vois...

ARSÈNE CHANTAUD

Oui, mais c'est parce qu'il a voulu trop gagner à la fois...

MADAME CHANTAUD

Ne me parle plus de ça...

ARSÈNE CHANTAUD

C'est toi qui m'en parles. Je te disais qu'aujourd'hui, au lieu d'être à Auteuil, je suis ici... je mets le vin en bouteilles... et ce matin, j'ai fait une nouvelle cage pour mon cochon d'Inde... C'est pas gentil, ça ?

MADAME CHANTAUD

Si...

ARSÈNE CHANTAUD

Et ce soir, nous descendrons tous boire un bock à la Taverne... Ah !...

MADAME CHANTAUD

En attendant, il faut que je travaille...

ARSÈNE CHANTAUD

Un dimanche...

MADAME CHANTAUD

J'ai une jupe à livrer demain... Et Juliette a une commande pressée. Nous aurons fini pour dîner. Allons, dépêche-toi d'aller à la cave, pour te rechanger après. Tu n'as pas honte, un dimanche !...

ARSÈNE CHANTAUD

On y va... Donne-moi le panier à bouteilles et la petite lampe. (*Madame Chantaud va dans la cuisine chercher les objets demandés. Seul, Chantaud se met à rire.*)

MADAME CHANTAUD

Tu donneras deux litres à la concierge.

ARSÈNE CHANTAUD

Entendu !... (*Il sort en chantant.*)

Nous étions là cent mille, étouffant nos sanglots,
Prêts à mourir debout devant les chassepots !

SCÈNE III

MADAME CHANTAUD, *seule,* *puis* MADAME SOLIÈS.
Madame Chantaud va à sa machine à coudre et tra-
vaille en silence pendant quelques instants. On frappe.

MADAME CHANTAUD

Entrez! (*Entre madame Soliès. Toilette très simple.*
Rien de ridicule.)

MADAME SOLIÈS

Bonjour, mame Chantaud.

MADAME CHANTAUD

Ah! c'est vous, mame Soliès?... Asseyez-vous...
Vous allez bien?...

MADAME SOLIÈS

Très bien, merci. Je venais vous demander un
petit renseignement.

MADAME CHANTAUD

A votre service... Qu'est-ce que je vais vous offrir?
Un petit verre de cognac?

MADAME SOLIÈS

Avec plaisir. (*Madame Chantaud dispose deux*
verres sur la table et verse.) Voilà. Je voudrais savoir
si c'est vrai qu'à l'atelier on n'a pas travaillé jeudi et
vendredi, parce qu'on faisait des réparations.

MADAME CHANTAUD

C'est votre mari qui vous a dit ça?

MADAME SOLIÈS

Oui. C'est une frime, hein?

MADAME CHANTAUD

Sûr.

MADAME SOLIÈS

Ah! le monstre. Il me le paiera!... Il m'a raconté que le contremaître lui avait dit : « L'Enflé, c'est comme ça qu'on l'appelle, vous savez, l'Enflé, demain, on blanchit l'atelier... » (*Elle boit.*) Ce qu'il va en recevoir, quand je vais rentrer!...

MADAME CHANTAUD

Qu'est-ce que vous ferez ?

MADAME SOLIÈS

Je taperai dessus, donc !

MADAME CHANTAUD

Il se laisse faire ?

MADAME SOLIÈS

Quand il a tort, oui... Il ne se rebiffe que quand je me trompe... Ah ! le monstre ! Je m'en doutais bien un peu... Ce matin, madame Benoît, la femme de celui qu'on appelle Pied-de-Chou... Vous le connaissez ?

MADAME CHANTAUD

Oui.

MADAME SOLIÈS

Elle est venue à la maison, elle, me demander si c'était vrai qu'on travaillait aujourd'hui. Elle, le sien, il invente des heures en plus, pour courir la gueuse... Alors, je me suis dit : « Je vais aller voir madame Chantaud... » Le vôtre, il ne vous fait pas de ces tours-là ?...

MADAME CHANTAUD

Non... seulement, il a perdu dix francs sur sa paie...

MADAME SOLIÈS

Vous coupez là-dedans ?

MADAME CHANTAUD

Mais...

MADAME SOLIÈS

Ils sont tous les mêmes, allez !...

MADAME CHANTAUD

La poche de son gilet était décousue...

MADAME SOLIÈS, *riant.*

Voulez-vous parier que je la retrouve, sa pièce de dix francs ?... Il n'est pas là ?

MADAME CHANTAUD

Non.

MADAME SOLIÈS

Avez-vous cherché dans ses poches ?

MADAME CHANTAUD

Non.

MADAME SOLIÈS

Moi, je me lève la nuit, et je passe l'inspection...

MADAME CHANTAUD

Ses vêtements de travail sont là...

MADAME SOLIÈS

Vous allez la trouver... je vous dis. (*Madame Chantaud sort à droite. Madame Soliès la suit, mais reste en scène.*)

MADAME CHANTAUD, *dans la chambre à coucher.*

Je ne trouve rien.

MADAME SOLIÈS

Dans les doublures?

MADAME CHANTAUD, *de même.*

Rien.

MADAME SOLIÈS

Dans ses souliers ?... Le mien me l'a fait plusieurs fois...

MADAME CHANTAUD

Rien.

MADAME SOLIÈS, *surprise.*

Ah !... Attendez... Avez-vous sa casquette ?

MADAME CHANTAUD

Oui.

MADAME SOLIÈS

Apportez-la. (*Madame Chantaud rentre avec la
casquette.*)

MADAME CHANTAUD

Rien.

MADAME SOLIÈS, *prenant la casquette.*

Oh !... faut voir... Dans la visière... non... Sous la
coiffe... rien... Ça m'étonne...

MADAME CHANTAUD

Il l'aura réellement perdue. (*Elle va reporter la
casquette.*)

MADAME SOLIÈS

Et dans son portefeuille... Il a un portefeuille ?

MADAME CHANTAUD, *revenant.*

Oui... mais je n'oserai pas...

MADAME SOLIÈS

Bah ! il vous prendrait pour une bête, et une autre
fois, il recommencerait. (*Madame Chantaud sort.*)
Apportez-le donc !

MADAME CHANTAUD, *l'apportant.*

C'est bon... Je lui demanderai de me la donner.

MADAME SOLIÈS

Vous pouvez pas regarder vous-même?... Est-ce qu'une femme n'a pas le droit ?...

MADAME CHANTAUD

Non...

MADAME SOLIÈS

Secouez-le seulement... Retirez le caoutchouc. (*Elle lui prend le portefeuille des mains, retire le caoutchouc et le secoue. Un papier tombe.*) Rien... Alors, c'est qu'il l'a bue... (*Ramassant le papier.*) Qu'est-ce que c'est que ça? (*Elle regarde.*) Tenez, les v'là, vos dix francs !

MADAME CHANTAUD

Ça ?

MADAME SOLIÈS

Eh ! oui, c'est un bulletin de pari mutuel...

MADAME CHANTAU

Vous êtes certaine !...

MADAME SOLIÈS

Je les connais... Maintenant, je vais aux courses avec le mien et c'est moi la plus enragée...

MADAME CHANTAUD

C'est un vieux billet...

MADAME SOLIÈS

Non, c'est pour aujourd'hui, Auteuil... Mâtin! Il n'y va pas de main morte, M. Chantaud... Cinquante francs...

MADAME CHANTAUD

Cinquante francs !

MADAME SOLIÈS

Oui... sur *Belphégor*.

MADAME CHANTAUD

Mais je croyais que c'était défendu, le pari
mutuel...

MADAME SOLIÈS

Oui, c'est défendu autre part que sur la pelouse...
Ça n'empêche pas que presque tous les marchands
de vins tiennent des agences clandestines... (*Regardant le billet.*) Ce bulletin-la vient d'une bonne
maison...Si votre mari gagne, il est certain d'être
payé.

MADAME CHANTAUD

Le gouvernement laisse faire...

MADAME SOLIÈS

Le gouvernement ! Tiens, parbleu ! je crois bien
qu'il laisse faire, puisqu'il a sa part dans les bénéfices... Seulement, vous savez, il n'a pas le flair,
votre époux... *Belphégor !*... Un veau qui s'est laissé
battre dans le prix Richard Hennessy par *Brin d'Azur*
qui lui rendait trois kilos... (*Entre Grand'Mère.*)

MADAME CHANTAUD

Je vous remercie, madame Soliès, je vous remercie...

MADAME SOLIÈS, *à Grand'Mère.*

Bonjour, madame... Allons, je me sauve !... Et
je vais l'arranger, monsieur l'Enflé... je ne vous dis
que ça... Au revoir, madame Chantaud.

MADAME CHANTAUD

Au revoir, madame Soliès... (*Madame Soliès sort.*)

SCÈNE IV

MADAME CHANTAUD, *seule,* *puis* VICTOR *et* GRAND'-
MÈRE. *Madame Chantaud regarde le billet, puis elle
range les petits verres et la bouteille et revient reprendre
le papier.*

GRAND'MÈRE

Qu'est-ce que tu as... avec ce papier ?

MADAME CHANTAUD

Rien. (*Entre Victor.*) Tu es seul ?

VICTOR

Oui. Nous avons rencontré Juliette ; Auguste revient avec elle tout doucement.

MADAME CHANTAUD

Ton père rejoue aux courses.

VICTOR

Tu te trompes.

MADAME CHANTAUD, *lui mettant le billet sous les
yeux.*

Tiens, cinquante francs d'un coup.

VICTOR

Cinquante francs !

MADAME CHANTAUD

Madame Soliès m'a expliqué...

GRAND'MÈRE

Elle t'a expliqué ! Elle t'a expliqué !... Est-ce qu'elle s'y connaît ?...

MADAME CHANTAUD

Oui. Elle joue aussi, elle.

VICTOR

Mais... il n'avait pas d'argent hier... Il t'a rendu sa paie...

MADAME CHANTAUD

Sauf dix francs... (*Elle va reporter le portefeuille dans le tiroir du buffet.*)

VICTOR

Cinquante francs...

GRAND'MÈRE

Alors, vous voyez bien... S'il n'avait pas d'argent, il n'a pas pu jouer...

MADAME CHANTAUD

Si c'était... Tu lui demandais tout à l'heure... la facture...

VICTOR

Oh ! non... il n'aurait pas fait ça !

MADAME CHANTAUD

Qui sait ?

VICTOR

Je vais en avoir le cœur net...

MADAME CHANTAUD

Comment ?

VICTOR

Je connais le café où va le caissier de chez Malenton, c'est à côté.

MADAME CHANTAUD

Sans qu'on s'en doute...

VICTOR

Naturellement... Sois tranquille. Mais c'est impossible qu'il ait fait ça !

GRAND'MÈRE

Mais oui, c'est impossible... Il n'y a qu'à le lui demander à lui, sans aller...

MADAME CHANTAUD

J'entends Auguste et Juliette qui montent. Va vite.

VICTOR

Oui. (*Entrent Auguste et Juliette, avec un bouquet de violettes de deux sous au corsage.*)

AUGUSTE

Nous voilà.

JULIETTE

Regarde, maman, le joli bouquet...

MADAME CHANTAUD

Il est joli. C'est Auguste qui... ?

AUGUSTE

Oui, madame. (*A Victor.*) Tu sors... Veux-tu que j'aille avec toi ?

VICTOR

Non. Reste. A tout à l'heure. (*Il sort.*)

MADAME CHANTAUD

Je vais vous laisser aussi. J'ai un mot à dire à votre père... (*A Grand'Mère, sur le pas de la porte.*) Si c'est vrai... Voyez-vous, Grand'Mère... si c'est vrai, nous sommes perdus ! (*Elle sort.*)

III.   9

GRAND'MÈRE

En voilà des histoires ! S'il a joué... c'est qu'il
était sûr de gagner... et il gagnera, parbleu !
(*Pendant ce qui précède, Juliette est venue s'installer
à sa place, à la table de droite, devant la fenêtre ouverte, et s'est mise à travailler. Auguste s'est assis en
face d'elle et la regarde. Juliette habille des poupées.*)

AUGUSTE

Comme vous allez vite !...

JULIETTE

Faut bien.

GRAND'MÈRE, *avec tendresse et taquinerie.*

Ça vous est égal que je ne reste pas avec vous ?
J'ai à faire de l'autre côté.

JULIETTE

Comme vous voudrez, Grand'Mère...

GRAND'MÈRE

Oui. (*Elle reste à les regarder pendant un moment,
souriante et heureuse... Puis, elle sort, à gauche... et
les regarde encore une fois avec la même bonté, en
passant sa tête par la porte entr'ouverte.*)

SCÈNE V

AUGUSTE, JULIETTE

JULIETTE

Il faut que je vous gronde, d'être venu hier
m'attendre, à l'heure où j'allais porter mon ouvrage.

AUGUSTE

On n'a rien fait de mal.

JULIETTE

Non, mais si père nous avait rencontrés?...

AUGUSTE

Puisqu'on doit se marier.

JULIETTE

Ça ne fait rien. (*Silence. Il la regarde travailler.*)

AUGUSTE

Vous savez, j'ai été à la Caisse d'Epargne ce matin chercher mon livret. J'ai huit cents francs.

JULIETTE

Et moi six cents.

AUGUSTE

C'est plus qu'il ne nous en faut pour acheter un fonds de crèmerie.

JULIETTE

J'aurai un beau tablier blanc à bavette ?

AUGUSTE

Oui. Moi, je me lèverai à quatre heures pour recevoir les marchandises Vous, à huit seulement.

JULIETTE

Oh !... on verra. (*Posant une poupée sur sa table.*) En voilà un de fini.

AUGUSTE

Un marquis.

JULIETTE

Oui... Mais ce qui m'amuse... Figurez-vous,

l'autre jour, on m'a donné à habiller des petites
mariées... des mignonnettes, hautes comme ça... des
robes de satin blanc, avec des voiles de tulle... et
des bouquets de fleurs d'oranger... Si vous aviez
vu... Ça me faisait penser à...

AUGUSTE

Moi aussi, je pense à vous tout le temps, la semaine, en travaillant... (*Un silence.*)

JULIETTE

Vous ne dites rien.

AUGUSTE

Non. Je vous regarde. Vous êtes gentille.

JULIETTE, *après un temps.*

Est-ce qu'on peut faire fortune, dans une crê-
merie ?

AUGUSTE

Je crois bien !...

JULIETTE

Alors, nous nous retirerons à la campagne... avec
des poules... (*Désignant son serin.*) Et on emmènera
Fifi !... Fifi !... (*Regardant la fenêtre.*) Avez-vous remarqué comme mes volubilis ont bien fleuri ?... C'est
mon jardin... Papa m'a cloué la caisse et Victor m'a
arrangé les ficelles pour faire grimper les plantes...
C'est joli, n'est-ce pas ?

AUGUSTE

C'est très joli...

JULIETTE

Et puis... vous avez vu... on aperçoit la tour
Eiffel... et des toits... Que de toits !...

AUGUSTE

Vous avez une très belle vue.

JULIETTE

Oui, je suis assez contente.

AUGUSTE

C'est joli, au printemps.

JULIETTE, *chantant.*

«Un éternel printemps sous un ciel toujours bleu...»
Vous avez vu jouer *Mignon?*

AUGUSTE

Non.

JULIETTE

Moi, c'est l'opéra-comique que j'aime le mieux.

AUGUSTE

Vous en avez vu jouer beaucoup?

JULIETTE

Non, je n'ai vu que celui-là... Mais ça ne fait rien,
c'est celui que j'aime le mieux tout de même... Voilà
maman.

SCÈNE VI

Les Mêmes, MADAME CHANTAUD

MADAME CHANTAUD

Vous êtes tout seuls ?...

JULIETTE

Grand'Mère était là il n'y a qu'un moment.

AUGUSTE

Moi, je m'en vais, puisque Victor ne rentre pas...
Alors, à dimanche...

JULIETTE

A dimanche! (*Il l'embrasse sur les deux joues.*)

AUGUSTE

Au revoir, madame !

MADAME CHANTAUD

A dimanche. (*Juliette va le reconduire sur le carré en laissant la porte ouverte. On entend un « A dimanche » lointain de Victor.*)

MADAME CHANTAUD, *à elle-même.*

Je n'ai osé rien lui dire...

JULIETTE, *revenant.*

Voilà le père qui remonte.,, Je vais au-devant de lui. (*Elle sort en laissant la porte ouverte.*)

MADAME CHANTAUD

Si nous nous étions trompés !

JULIETTE, *rentrant avec un panier à bouteilles.*

Voilà ! (*Elle va le porter dans la cuisine. Entre Arsène Chantaud.*)

MADAME CHANTAUD, *à Juliette, qui rentre.*

Juliette... emporte un peu ton ouvrage chez madame Guénaud, pour lui tenir compagnie.

JULIETTE

Oui, maman...

ARSÈNE CHANTAUD

Il y en a deux cent vingt-trois litres... et deux au pipelet.... Ça fait deux cent vingt-et-un... au lieu de deux cent vingt-huit... C'est sept litres que cette sale compagnie de chemin de fer nous a volés. (*Juliette sort.*)

SCÈNE VII

ARSÈNE CHANTAUD, MADAME CHANTAUD

MADAME CHANTAUD

Tu avais laissé tomber ton portefeuille ?

ARSÈNE CHANTAUD

Mon portefeuille ? Quel portefeuille ?

MADAME CHANTAUD, *l'apportant.*

Le voilà.

ARSÈNE CHANTAUD

Oui... en effet... c'est bien mon portefeuille...
(*Il le met dans sa poche.*) Merci.

MADAME CHANTAUD

Tu ne regardes pas s'il te manque quelque chose ?

ARSÈNE CHANTAUD

Oh ! c'est des vieux papiers ! (*Madame Chantaud
s'assied sur une chaise et se met à pleurer, les coudes
sur la table, la tête dans ses mains.*)

MADAME CHANTAUD

Mon Dieu ! mon Dieu !

ARSÈNE CHANTAUD

Ben !... qu'est-ce qu'il te prend ? Qu'est-ce que
tu as ?

MADAME CHANTAUD, *pleurant toujours.*

Tu le sais bien.

ARSÈNE CHANTAUD

Voyons, Marie... ne pleure pas comme ça...

MADAME CHANTAUD, *le prenant dans ses bras.*

Oh ! mon ami !... mon ami !... Je sais... J'ai vu... Tu joues... Tu me mentais... Tu joues encore !... S'il n'y avait que moi, je ne dirais rien, tu es le maître... Mais il y a tes enfants... Tu ne penses donc pas... à tes enfants ?... Tu veux donc les jeter dans la misère ?... C'est mal, Arsène, ce que tu fais... Je ne sais pas te dire autre chose... C'est bien mal !...

ARSÈNE CHANTAUD

Mais je ne comprends pas... Je t'assure que tu te trompes...

MADAME CHANTAUD

Non... Dans ton portefeuille... j'ai trouvé...

ARSÈNE CHANTAUD

Dans mon... Ah ! j'y suis... Tu as trouvé un bulletin de pari mutuel...

MADAME CHANTAUD

Oui.

ARSÈNE CHANTAUD

De cinquante francs.

MADAME CHANTAUD

Oui.

ARSÈNE CHANTAUD

Et tu t'es dit : « Il rejoue aux courses... »

MADAME CHANTAUD

Oui.

ARSÈNE CHANTAUD, *riant.*

Elle est bonne !... Sûr, elle est bonne... Dépêche-toi d'essuyer tes yeux, nigaude... Et plus vite que ça... et de rire...

MADAME CHANTAUD

Mais...

ARSÈNE CHANTAUD

Si tu n'avais pas eu autant de chagrin, je ne serais pas fâché de ce qui t'arrive... Ça t'apprendrait à être curieuse... Mais tu en as été tout de même un peu trop punie...

MADAME CHANTAUD

Ce bulletin n'est pas un bulletin de pari mutuel ?

ARSÈNE CHANTAUD

Parfaitement.

MADAME CHANTAUD

Pour aujourd'hui ?...

ARSÈNE CHANTAUD

Pour aujourd'hui, à Auteuil, parfaitement. Tu vois que je ne cherche pas à mentir.

MADAME CHANTAUD

Eh bien ?...

ARSÈNE CHANTAUD

Eh bien... il n'est pas à moi ! C'est une commission qu'on m'a donnée... Comprends-tu ?... Ah ! la vilaine curieuse qui est allée fouiller dans le portefeuille de son mari... Allons, allons, je ne te gronde pas... C'est comme ça que notre mère Ève a fait notre malheur à tous, en se mêlant de ce qui ne la regardait pas... Alors, tu te figures que j'aurais été risquer cinquante francs, et puis que je serais là bien tranquille à faire une cage à mon cochon d'Inde, à mettre du vin en bouteilles, pendant que là-bas, mes cinquante francs galoperaient derrière ou devant le peloton ! Tu te figures que j'aurais eu le courage de me priver du plaisir qu'il y a à voir les casaques de toutes les couleurs se courir les unes après les autres, à les voir sauter, rouler par terre, et à en voir une, celle qu'on a choisie, arriver au poteau, avec un accompagnement de coups de cravache qui ressemble à un roulement de tambour ?... Mais quand j'ai... quand j'avais... seulement cent sous sur un cheval, il me semblait que c'était moi qui le montais... De ma place, je faisais autant d'efforts que le jockey, je me raidissais comme pour le pousser en avant... La respiration me manquait au saut des obstacles ; je criais, je me démenais... je rageais, j'espérais, je désespérais, puis j'espérais encore, et lorsque la course était terminée, j'étais moulu, brisé, en sueur ; je m'épongeais et je ne tenais plus sur mes jambes... Ça, c'est vraiment bon, et si tu savais ce que c'est... Seulement, voilà, tu ne sais pas ce que c'est !... (*Un temps.*) Non, ma femme, si j'avais mis cinquante francs sur *Belphégor,* je ne serais pas là à cette heure-ci... (*Il regarde sa montre.*) Quatre heures et demie !... Ça y est... C'est couru... Il a gagné... (*Un petit soupir rapide.*) Parfaitement... Il a gagné...

MADAME CHANTAUD

Mais qui t'avait donné cette commission ?

ARSÈNE CHANTAUD

Je vais te le dire... Et puis, il y a une chose à laquelle tu aurais dû réfléchir, avant de pleurer comme une Madeleine ; une chose qui t'aurait fait voir que c'était impossible... une chose...

MADAME CHANTAUD

Quelle chose ?

ARSÈNE CHANTAUD

Tu n'as pas encore trouvé?

MADAME CHANTAUD

Non...

ARSÈNE CHANTAUD

Mais, ma pauvre femme, pour jouer cinquante francs aux courses, il faut les avoir... Et je ne les avais pas ! (*Entre Victor.*)

SCÈNE VIII

Lᴇs Mᴇ̂ᴍᴇs VICTOR, *puis* GRAND-MÈRE

MADAME CHANTAUD

Nous allons le savoir. (*A Victor.*) Eh bien ? (*Victor, très pâle, ne répond pas. A Chantaud.*) Tu ne les avais pas, c'est vrai... mais tu as joué tout de même... avec l'argent de ton patron... Tu ne sais donc pas que s'il l'apprenait, il te ferait arrêter ?...

CHANTAUD

Comment! j'ai joué avec l'argent du **patron,** maintenant !

VICTOR, *doucement.*

Père... ne dis pas non ; je sais que tu as touché la facture chez Malenton.

ARSÈNE CHANTAUD

Tu m'espionnes !

MADAME CHANTAUD

C'est moi qui l'ai envoyé... aux renseignements.

Tu ne dis plus rien, maintenant... Tu es un menteur, et pis que cela... tu es...

VICTOR, *l'arrêtant, bas.*

Mère ! mère ! tais-toi... (*Un temps, puis avec un accent de profonde prière.*) Pas devant moi ! (*Chantaud, qui était à l'autre bout de la scène, à droite, se retourne, les regarde et sourit.*)

CHANTAUD

Alors, je suis pris comme un gosse... Eh bien, c'est vrai, c'est à moi le bulletin... Mais ce n'est pas un pari... Non... c'est une affaire... sûre... Et si je l'ai faite, c'est parce que je voulais te donner une surprise. Je tiens le renseignement de Thompson, je te dis, un ancien jockey qui a conservé des relations dans le monde des écuries. Il m'a donné quatre fois des tuyaux, quatre fois j'ai gagné... Je lui laisse un tant pour cent. Oh ! je n'empocherai pas grand' chose. Ça rapportera aujourd'hui vingt francs pour cent sous... deux cents francs, c'est toujours ça, hein ? Quand on pense que je m'éreinte pendant une quinzaine pour en gagner pas la moitié... Allons, allons, c'est pas beau, d'attraper comme ça deux cents francs sans se donner de migraine ni de tours de reins ?... Je te dis que la course était gagnée d'avance, et la preuve, c'est que je suis resté là, bien tranquille, comme si j'avais eu mon argent à la Banque. Il n'y avait qu'à se baisser... (*A sa femme.*) Tu ne te baisserais pas, toi, pour ramasser deux beaux billets de cent francs qui seraient là, par terre, attendant qu'on les recueille, comme deux pauvres petits orphelins ?

MADAME CHANTAUD

Avec l'argent du patron !

CHANTAUD

V'là bien une affaire ! (*Entre Grand-Mère.*) Voyons, Grand-Mère, on me fait une scène parce que j'avais cinquante francs dans ma poche, du samedi au lundi, et qu'au lieu de les laisser ici où il aurait pu venir des voleurs, après tout ! je les ai mis dans un endroit sûr... où ils vont travailler le dimanche, les gaillards, et faire des petits !

GRAND-MÈRE

Si t'es sûr de gagner, t'as eu raison.

MADAME CHANTAUD

Oh ! Grand-Mère !

GRAND-MÈRE

Va donc, va donc ! Il sait ce qu'il fait. Il est plus malin que nous.

CHANTAUD

Et pour être certain qu'ils seront rentrés au bercail demain matin de bonne heure, avant d'aller à l'atelier, j'ai donné la pièce au bonhomme, afin qu'en revenant des courses, il me les rapporte... avec leurs petits enfants... Tenez... (*Montre.*) Il est cinq heures... dans cinq minutes, il sera là...

VICTOR, *qui a regardé la pendule.*

Ta montre est arrêtée... Il est cinq heures et demie.

CHANTAUD, *qui écoute sa montre, un peu inquiet.*

Tiens ! c'est vrai... Alors il ne va pas tarder.

MADAME CHANTAUD

Et si tu as perdu?...

CHANTAUD

Je te dis que c'est impossible !... Et puis, on les rendra... ces cinquante francs...

MADAME CHANTAUD

Avec quoi ?

CHANTAUD

Je te dis que c'était sûr... sûr... sur !... (*A Victor*). Tu es certain que la pendule n'avance pas?

VICTOR

Elle va juste !

CHANTAUD

Ah ! (*Silence.*)

UNE VOIX, *dans la rue.*

Complet des Curses !

CHANTAUD

Hop ! (*Il sort en courant. Les trois personnages restent immobiles et silencieux.*)

GRAND'MÈRE

Moi, je suis certaine qu'il a gagné.

MADAME CHANTAUD

Il vaudrait peut-être mieux pour nous qu'il ait perdu. (*Grand'Mère va sur le carré.*)

GRAND'MÈRE

Le v'là qui monte quatre à quatre... Qu'est-ce que je disais ! (*Elle retourne sur le carré. Criant ;*) Eh bien, Arsène ? (*Elle revient.*)

MADAME CHANTAUD

Qu'est-ce qu'il dit ?

GRAND'MÈRE

Rien...

MADAME CHANTAUD

Alors...

GRAND'MÈRE

Mais non... c'est qu'il n'a pas entendu! (*Écoutant.*)
Le voici! (*Entre Chantaud, l'air sombre et désappointé.*)

MADAME CHANTAUD

Perdu !...

CHANTAUD, *éclatant de rire et montrant le journal
qu'il tenait caché derrière son dos.*

Ah! ah! ah! Perdu!... Regardez un peu, mes
mes petits agneaux... 3ᵉ course... Premier, *Belphégor!*... Vous y avez coupé tous, hein, à mon air tra-
gique, en rentrant ? Eh bien !... est-il un serin, le
père La Joie... hein?... A-t-il eu tort de faire faire
joujou aux picaillons du patron, hein ? Est-ce qu'on
a encore envie de lui faire des scènes, hein ?

MADAME CHANTAUD

Mais le jour où tu perdras !...

CHANTAUD

Jamais! Je ne jouerai qu'à coup sûr, quand j'aurai des renseignements de Thompson... Tu ne te
figures pas que je vais aller aux courses tous les
jours, parce que j'ai gagné deux cents francs... Non,
je ne suis pas de ceux-là !

GRAND'MÈRE, *à madame Chantaud.*

Tu vois bien qu'il est raisonnable.

CHANTAUD

Rien qu'en jouant une fois de temps en temps, le jeudi ou le dimanche, sans se déranger, on peut ramasser un petit magot. — Oh ! faut pas se monter le bourrichon et espérer qu'on dégotera Rothschild... Non... Mais on peut gagner de quoi aller planter ses choux dans le pays à Grand'Mère !... Et ça, grâce à qui ?... Grâce à ce pauvre petit père Chantaud qu'on agonisait de sottises !... (*On frappe.*) Entrez !... C'est mon caissier ! (*Il va à la porte.*)

SCÈNE IX

Les Mêmes, LE COURTIER

LE COURTIER

Bonjour, monsieur Chantaud... Eh bien... ça vous a réussi... C'est deux cent cinquante francs que je vous apporte.

CHANTAUD

Faites donc, mon ami, vous gênez pas... Faites donc, je vous en prie !

LE COURTIER

Vous avez le bulletin ?

CHANTAUD, *le lui donnant.*

Voici.

LE COURTIER, *après l'avoir examiné.*

Parfait. (*Il prend dans sa sacoche et lui donne de l'or.*) Cent... deux cent... et cinquante...

CHANTAUD

Merci... Vous allez bien boire un verre ?

LE COURTIER

Non. Je suis pressé... Au revoir.

CHANTAUD

Au revoir... (*Le courtier sort. Il court après. Au dehors.*) Dites donc... n'oubliez pas mon adresse, hein, pour la prochaine fois... (*Il revient en scène en chantant et dansant.*) Tra, deri, dera ! Tra, deri, dera ! (*Il fait sonner ses louis.*) Tra. deri, dera ! Tra, la, la, lère !... (*Il les pose sur la table.*) Ça, c'est les cinquante balles du singe... Au nid ! (*Il les met dans son porte-monnaie.*) Et ça, c'est à Bibi... Cent... vingt... quarante... soixante... deux cents balles... On en mettra un peu de côté, et on se la coulera douce avec le reste... Ce soir, on ira à la Porte-Saint-Martin... On boira un verre à la santé de mon ami Thompson... (*Il donne vingt francs à sa femme.*) Tiens... on prêtera ça à la mère Gourdi-flot... J' fais comme le gouvernement, moi : quand j'ai deux cents francs de bénef au mutuel, j'donne vingt francs aux pauvres... (*A sa femme.*) Prends ça et mets-le dans ta poche... Et embrasse-moi...

MADAME CHANTAUD

Ça sera pour acheter la robe blanche de Juliette...

CHANTAUD

Et vive la joie !... Grand'Mère ! Le pas de la gre-nouille en colère ! (*Il la prend par la taille et la fait valser malgré elle.*)

RIDEAU

TROISIÈME TABLEAU

Le jardin d'un restaurant au bois de Vincennes. A droite,
un mur couvert de plantes grimpantes jusqu'aux fenêtres.
Contre ce mur, deuxième plan, un jeu de tonneau. Entre le
jeu de tonneau et la rampe, une longue table avec plusieurs bouteilles de champagne et une trentaine de coupes.
Au troisième plan, la porte de l'intérieur du restaurant,
surélevée de trois marches. Au fond, tout à fait à droite,
la porte du jardin ouverte sur le dehors. On voit l'envers
de l'enseigne en demi-cercle et les becs de gaz. Tout le
fond, des arbres. A gauche, le décor de biais se perd dans
la coulisse. — Au premier plan et tout à fait à gauche,
un arbre; un autre arbre un peu plus loin; un troisième,
en scène, entre les deux et un peu vers le milieu. Au pied
de cet arbre, une table et des chaises. Au fond gauche,
deux arbres auxquels est suspendue une balançoire. Au
fond, au milieu, un portique avec les accessoires de gym-
nastique. — Un peu à droite, premier plan, une table
ronde et des chaises autour. — Çà et là, des tables char-
gées de litres de vin. — Juin.

SCÈNE PREMIÈRE

VICTOR CHANTAUD, L'ENFLÉ, BOULLOURIS LE
PÈRE JULES, VER-DE-VASE, PIED-DE-CHOU,
GOURDIFLOT, ROCAMBOLE, GOUTTE-DE-ROSÉE.
ROUSSAC, DESPONTS, RAMICHE, SANOBRE, AU-

GUSTE, LUCIE LESTEREL, MADAME CHANTAUD,
JULIETTE, MADAME SOLIÈS (*l'Enflé*), GRAND'-
MÈRE, MADAME BENOIT (*Pied-de-Chou*), BERTHE,
ÉMERANCE, JOSÉPHINE, ANNA, MADAME DES-
PONTS, MADAME SANOBRE. — (*Au lever du rideau,
grande animation. Madame Chantaud, Juliette, Anna,
madame Soliès, Auguste, Gourdiflot (en réserviste, la
capote déboutonnée) et Grand'Mère jouent à Colin-
Maillard. C'est Gourdiflot qui a les yeux bandés. — A
la table de droite sont assis Victor, Lucie et le père
Jules en redingote ; Sanobre, Roussac, Rocambole et
Goutte-de-Rosée jouent au tonneau. — Au portique,
l'Enflé est au trapèze, Boullouris à une corde ; Desponts et Ramiche le regardent et montent au trapèze à
leur tour. — Tout à fait a gauche, Berthe, Emerance,
Joséphine et madame Sanobre, très grosse, jouent aux
quatre coins avec des cris. (Le quatrième arbre est dans
la coulisse.) Sur la balançoire, Pied-de-Chou et madame Desponts se balancent à toute volée. — Madame
Benoît, grosse, le corsage un peu défait, le chapeau
sur ses genoux, est affalée au pied de l'arbre de gauche
et s'éponge. — Tous les hommes, sauf Gourdiflot, Victor
et le père Jules, sont en bras de chemise, mais endi-
manchés. — Les dames sont en cheveux, pour la plupart. Tout le monde crie, rit, saute.)*

(*Aux quatre coins, au gymnase, au tonneau, à
Colin-Maillard,* **ensemble.**)

AUX QUATRE COINS

VER-DE-VASE *est au milieu.* BERTHE, ÉMERANCE *et*
JOSÉPHINE, *sur l'air des lampions.*

Ver-de-Vase ! Ver-de-Vase ! Ver-de-Vase ! (*Elles*

changent avec des cris stridents lorsqu'elles sont sur le point d'être prises.)

MADAME SANOBRE

Il court toujours après moi ! C'est pas juste ! (*Ver-de-Vase a pris son coin.*)

BERTHE

C'est madame Sanobre. (*Ils continuent à jouer aux quatre coins avec des cris et des appels. Que les artistes jouent réellement, avec beaucoup de gaîté Répliques facultatives.*)

AU GYMNASE

L'ENFLÉ

Ben, essaie donc de faire la sirène, toi.

DESPONTS

Et toi, tu sais la faire ?

L'ENFLÉ

Oui, je sais la faire.

BOULLOURIS

Eh bien, fais-la donc un peu pour voir.

RAMICHE

Moi, quand j'étais au régiment...

BOULLOURIS

J' parie une chopine !

L'ENFLÉ

Ben, mon vieux, t'as perdu.

BOULLOURIS

Nous allons voir ça ! (*Il descend de sa corde.*)

L'ENFLÉ

Vous y êtes ? Voilà comment ça se fait. (*Il essaie vainement, au milieu des quolibets de ses camarades, de faire le rétablissement.*)

RAMICHE, DESPONTS, BOULLOURIS

T'as perdu ! T'as perdu !

AU TONNEAU

GOUTTE-DE-ROSÉE

J'ai 521. A toi. (*Ils jouent au tonneau. Éclats de rire ; répliques facultatives, selon que le joueur est adroit ou non. Gaîté très bruyante.*)

ROUSSAC

C'est raté ! A moi ! A moi !

SANOBRE

Non, c'est à moi.

ROCAMBOLE

Raté. (*Répliques facultatives.*)

A COLIN-MAILLARD

(*C'est Gourdiflot qui a les yeux bandés.*)

MADAME CHANTAUD, *très gaie.*

Gourdiflot ! Gourdiflot !

GRAND'MÈRE, *le poussant dans le dos.*

Gourdiflot ! Gourdiflot !

MADAME SOLIÈS, *le chatouillant.*

Gourdiflot !...

GOURDIFLOT

On m' chatouille... J' veux pas qu'on m' chatouille... C'est madame Soliès...

MADAME SOLIÈS

Oui, c'est moi !

GOURDIFLOT

Si je vous attrape, je vous embrasse.

MADAME SOLIÈS

J' veux bien ! (*Auguste tient Juliette par le bras et
court avec elle.*)

ANNA, *vieille fille.*

Il ne court jamais après moi.

MADAME CHANTAUD, *poussant Gourdiflot vers le père
Jules.*

La voilà, madame Soliès. (*Elle le chatouille.*)

GOURDIFLOT, *saisissant le père Jules.*

J' la tiens ! (*Il l'embrasse, à la grande colère du
père Jules qui jette un cri. — Gourdiflot abat son
bandeau.*) C'est le père Jules ! J'ai embrassé le père
Jules. (*Gaîté générale.*)

(*Fin de l'ensemble.*)

(*Pendant ce temps, madame Benoît s'évente au pied
de l'arbre en répétant : « Dieu ! que j'ai chaud ! etc. »
A la table de droite, Victor, Lucie et le père Jules
causent en regardant les jeux... Au loin, la musique
d'un orgue de Barbarie. — Madame Desponts, sur
la balançoire, jette des cris et demande : « Plus
haut ! Plus haut ! » Pendant ce qui suit, les jeux
deviennent insensiblement moins bruyants, et les
répliques qui sont indiquées doivent seules parvenir
aux oreilles du public.*)

LE PÈRE JULES

J'aurais mieux aimé que ce soit une jolie femme.
(*Rires.*)

GOURDIFLOT

Moi aussi... Ça piquait; j'ai cru que c'était mademoiselle Anna.

MADEMOISELLE ANNA, *furieuse.*

Monsieur Gourdiflot, je vous défends de me manquer de respect. C'est pas une raison parce que vous faites vos vingt-huit jours !...

GOUTTE-DE-ROSÉE, *à Gourdiflot.*

C'est toi qui paieras l'absinthe, ma vieille !

GOURDIFLOT

Moi, je ne joue plus à ça... Il fait trop chaud.

MADAME SOLIÈS

Moi non plus...

GOURDIFLOT

On va boire un coup ! (*Les joueurs de Colin-Maillard se réunissent autour de la table du milieu. Gourdiflot verse.*)

ÉMERANCE, *aux quatre coins, à Ver-de-Vase qui l'embrasse.*

Voulez-vous finir ! Je l' dirai à grand-père !

BERTHE, *à Ver-de-Vase.*

J' te défends d' l'embrasser... (*Elle le pince.*)

GOURDIFLOT, *au père Jules.*

Allons, père Jules, venez boire un coup.

LE PÈRE JULES

Non.

GOURDIFLOT

Mais si, mais si. C'est pas tous les jours la fête du patron.

MADAME CHANTAUD

Ni qu'on reçoit l médaille du travail...

LE PÈRE JULES

Après cinquante ans dans la même maison.

MADAME BENOÎT

Moi, j'ai soif !

GOURDIFLOT

Eh bien, venez boire, mame Pied-de-Chou.

MADAME BENOÎT

J' peux pas me relever.

AUGUSTE

Ah ! cette pauvre madame Benoît ! (*Il va la prendre par un bras. Juliette prend l'autre. On la relève avec peine.*)

MADAME BENOÎT

Y a pas d' danger que mon mari...

GOURDIFLOT

Il balance les dames...

MADAME SOLIÈS

C'est toujours la même ! M'sieu Pied-de-Chou, m'sieu Pied-de-Chou ! (*Elle va à la balançoire.*) A mon tour... (*Elle arrête la balançoire qui n'allait plus très vite.*)

MADEMOISELLE ANNA

Oh ! moi, je ne bois pas de vin pur !... Merci...

Je ne comprends pas qu'on puisse boire entre ses
repas. (*Elle s'écarte et va regarder jouer aux quatre
coins.*)

GOURDIFLOT

J' te vas tuer!... Et vous, Grand'Mère?

GRAND'MÈRE

Une larme...

AUGUSTE

I ein, Grand'Mère, comme elle est gaie !

GRAND'MÈRE

Je ne vivrai pas plus jeune... J'ai soixante-dix-
huit ans. Faut me dépêcher... Enfin ! pourvu que le
Bon Dieu me laisse vivre jusqu'à tant que je voie
mes petits-enfants mariés... (*Regard vers Lucie qui
s'est levée.*)

LUCIE

Ça ne tardera pas, Grand'Mère...

AUGUSTE

J' l'espère bien... Vous les verrez mariés et
établis !

PIED-DE-CHOU, *à madame Soliès.*

Ah! ben ! balancez-vous toute seule ; moi, je suis
fatigué !

MADAME SOLIÈS

Non, toute seule, ça ne m'amuse pas !

ÉMERANCE

Oh ! la balançoire ! la balançoire !

JOSÉPHINE

La balançoire ! (*Elles y courent toutes les deux.*

*Pied-de-Chou est descendu à gauche, après avoir bu.
Madame Desponts, au fond, s'éponge. Madame Sanobre est sortie par la gauche.)*

MADAME SOLIÈS, *venant au milieu.*

Vous n'êtes pas fatigués ?

MADAME CHANTAUD

Si.

MADAME SOLIÈS

Si on allait faire un rams...

GRAND'MÈRE

C'est ça.

MADAME BENOÎT

C'est ça.... Dedans, il fera moins chaud... *(Grand'-
Mère, madame Soliès, madame Benoît, madame
Chantaud sortent par la droite au fond, les deux dernières après s'être arrêtées un instant auprès des
joueurs de tonneau. Auguste, Juliette, Victor et Lucie
causent tout bas à la table de droite. Le père Jules est
avec eux.)*

VER-DE-VASE, *à Berthe.*

Pas moyen de s'embrasser tranquillement.

BERTHE, *à Ver-de-Vase, bas, à gauche.*

Demande donc qu'on joue à cache-cache, bête;

VER-DE-VASE

Mais si c'est toi qui l'es...

BERTHE

Mais non, ça sera mademoiselle Anna.

VER-DE-VASE, *à Anna.*

Voulez-vous jouer à cache-cache, mademoiselle ?

MADEMOISELLE ANNA

Certainement, monsieur, avec plaisir.

BERTHE

Et vous, monsieur Pied-de-Chou ?

PIED-DE-CHOU, *qui a remis sa jaquette.*

Ah ! non !... (*Sur un signe de madame Desponts.*)
Oui... madame Desponts en est...

MADAME DESPONTS

Certainement.

BERTHE, *désignant l'arbre du coin.*

C'est là le but. On va compter. (*Elle compte.*) Am,
sam, tram, pic et pic et collégram, bour et bour et
ratatam... Mous... Tram ! C'est mademoiselle Anna !
Cachez-vous ! (*Mademoiselle Anna se cache. Ver-de-
Vase et Berthe s'en vont d'un côté, Pied-de-Chou et
madame Desponts d'un autre.*)

UNE VOIX, *au dehors.*

Glace à la vanille !... Voilà l' plaisir, mesdames,
voilà l' plaisir ! Glace à la vanille, deux liards le
verre ! Demandez, pistache, la vanille !

ÉMERANCE

Oh ! des glaces... T'en paies une ? (*Elles arrêtent
la balançoire.*)

JOSÉPHINE

J'ai pas le sou.

ÉMERANCE

Moi non plus.

JOSÉPHINE

Va en demander à ton grand-père.

ÉMERANCE

C'est qu'il n'en a pas beaucoup, non plus.

JOSÉPHINE

Bah ! Aujourd'hui, il ne te refusera pas...

ÉMERANCE, *au père Jules.*

Grand-père... donne-moi deux sous pour aller boire des glaces...

LE PÈRE JULES, *bas.*

Deux sous ! Comme tu y vas ! Enfin... c'est pas tous les jours qu'on reçoit la médaille du travail. (*Il tire péniblement deux sous de son vieux porte-monnaie.*) Tiens.

ÉMERANCE

Merci, grand-père ! (*Elle l'embrasse et court vers Joséphine.*)

JOSÉPHINE

Combien qu' t'as ?

ÉMERANCE

Deux sous.

JOSÉPHINE

Oh ! quel bonheur ! On en prendra des panachées. (*Elles sortent en courant par le fond.*)

DESPONTS, *au fond.*

Où donc est passée ma femme ?...

L'ENFLÉ

Elle vient de sortir par là... (*Desponts s'en va par le fond. Ramiche va regarder au dehors sur le pas de la porte, et, après un moment, il disparaît.*)

SANOBRE, *à Roussac.*

J' te fais la belle au zanzibar !

ROUSSAC

Ça va ! En trois coups additionnés. (*Ils so, tent
par la droite.*)

GOURDIFLOT, *au portique.*

Mon vieux, j'en ai vu un qui faisait le rétablisse·
ment d'une seule main, à la foire aux pains d'épices...
C'était un de la haute, un marquis, qui ne travaillait que masqué, à cause de sa famille... Si le père
La Joie était là, il vous le dirait...

SCÈNE II

L'ENFLÉ, BOULLOURIS, ROCAMBOLE, GOUTTE-DE-
ROSÉE, GOURDIFLOT, *au fond*, VICTOR, LUCIE,
AUGUSTE, JULIETTE *et* LE PÈRE JULES, *à droite,*
puis UN MONSIEUR (*léger accent anglais, grande
redingote.*)

L'ENFLÉ

C'est vrai, où donc qu'il est, le père La Joie ?

GOURDIFLOT

Espèce de serin, c'est pas aujourd'hui dimanche ?...
Faut que les affaires se fassent... Il est allé voir des
clients... Il reviendra pour le dîner...

LE MONSIEUR, *venant s'asseoir à un guéridon.*

Garçon, un verre d'eau !

UGÈNE

Comment, monsieur ?

LE MONSIEUR

Un verre d'eau.

UGÈNE

Un verre d'eau... de quoi?

LE MONSIEUR

Un verre d'eau pure.

UGÈNE

Pour boire?

LE MONSIEUR

Oui.

UGÈNE

De l'eau, enfin!... de l'eau... avec quoi qu'on s' lave?

LE MONSIEUR

Oui, mon ami.

UGÈNE

Boum ! un sirop de grenouilles, un !

PIED-DE-CHOU

Qui qu' c'est, çui-là, qui boit du Château-La-Pompe ?

GOUTTE-DE-ROSÉE

Encore un de la police secrète, sans doute.

UGÈNE

Voilà, monsieur, un verre d'eau... bien tiré...

LE MONSIEUR, à *Pied-de-Chou.*

Ça vous surprend, monsieur, de me voir boire de l'eau ?

PIED-DE-CHOU

Oui... C'est pas l'habitude chez le marchand de vins.

LE MONSIEUR

C'est le moyen de bien se porter. Ça vaut mieux que toutes vos drogues.

GOUTTE-DE-ROSÉE

Ça dépend des goûts.

LE MONSIEUR

Vous ne savez pas que c'est du **poison** tout ce que vous buvez là ?

PIED-DE-CHOU

Un poison lent, alors.

LE MONSIEUR

Oui, un poison lent... Un milligramme, injecté dans l'oreille d'un lapin...

PIED-DE-CHOU

On n'est pas des lapins, et on ne prend pas ça par l'oreille.

LE MONSIEUR

Si ça ne faisait du mal qu'au corps... mais l'âme, monsieur... l'âme !... Vous permettez que j'aille m'asseoir avec vous ?

GOURDIFLOT

Vous payez une tournée ?

PIED-DE-CHOU

N'oubliez pas votre consommation. (*Il l'apporte et s'installe.*)

LE MONSIEUR

Y a-t-il rien de plus dégradant pour l'homme que l'ivrognerie ?

GOUTTE-DE-ROSÉE

Monsieur est de l'armée du Salut ?

LE MONSIEUR

Non. Je suis seulement d'une société de tempérance anglaise... Dans certains pays, en Suède, par exemple, on ne vend plus d'alcool que chez les pharmaciens et on n'en délivre que sur une ordonnance du médecin.

GOUTTE-DE-ROSÉE

Faites bien de me dire ça. J'irai pas le fréquenter, votre patelin.

LE MONSIEUR, *sortant une brochure.*

La consommation de l'alcool augmente, en France, chaque année, d'une façon effrayante... J'ai là les chiffres... Et dans les mêmes proportions que les crimes.

GOURDIFLOT

S'il n'y a pas d'indiscrétion, monsieur, qu'est-ce que vous faites de votre métier?

LE MONSIEUR

Je vous l'ai dit, je suis membre d'une société de tempérance.

GOURDIFLOT

Ça ne doit pas vous donner souvent des courbatures.

LE MONSIEUR

Si vous buviez du bon vin, encore !... mais celui qu'on vous donne est un composé effroyable...

GOUTTE-DE-ROSÉE

Vous en avez de bonnes, vous ! Nous ne demandons pas mieux que de boire du Château-Laffitte, cacheté !

PIED-DE-CHOU

Ils sont épatants, les bourgeois. Ils nous reprochent de nous empoisonner, et c'est eux qui fabriquent et qui vendent le poison...

LE MONSIEUR

L'alcoolisme produit des ravages incalculables. Il est cause que les ouvriers n'ont plus d'enfants...

L'ENFLÉ

Tant mieux. Ça fera moins de misérables.

PIED-DE-CHOU

Faudrait que nous en ayons pour défendre les propriétés des amis de monsieur !... Malheur !

LE MONSIEUR

Lisez cette brochure. Vous verrez que la plaie du peuple parisien, c'est l'alcoolisme qui l'abrutit.

PIED-DE-CHOU

Gardez votre papier et ne parlez pas de l'alcoolisme ni de l'abrutissement du peuple parisien ici, parce qu'on vous sortirait, et plus vite que ça; pas à l'anglaise... à la parigote.

L'ENFLÉ

Parole, on croirait que nous sommes tous des poivrots. Nous allons chez le bistro, c'est vrai... est-ce que vous n'allez pas au café, vous, les aristos ?

GOURDIFLOT

Et nous, nous avons encore pour excuse que chez le troquet, nous avons chaud, tandis qu'on aurait froid à la maison.

GOUTTE-DE-ROSÉE

Chez le mastroquet, nous n'entendons pas les femmes réclamer devant la paye trop faible, ni les gosses renauder sur le pain trop dur.

ROCAMBOLE

Mais voilà, y a le pauvre bougre qui n'a pas de canapé pour cuver son vin et qui remplit la rue de sa gaieté. On le remarque, celui-là... Il est saoul et il chante.

L'ENFLÉ

Il chante !... Tant mieux pour lui... Peut-être qu'il pleurerait, s'il avait sa raison !

LE MONSIEUR

Il n'aurait peut-être pas de sujet de pleurer s'il ne dépensait pas son argent à boire.

PIED-DE-CHOU

Y en a qui boivent pour tromper leur faim... L'alcoolisme de l'ouvrier ! Ils sont bons, ceux qui nous reprochent ça... Qu'ils viennent donc voir le peuple de près... et qu'ils essayent de travailler un jour comme nous ; vous verrez s'ils ne demanderont pas à boire un verre de temps en temps pour se redonner de la force et du courage ! Seulement, c'est si commode d'avoir trouvé ça !

LE MONSIEUR

Si vous commenciez d'abord...

UNE VOIX

Passez-y la carafe !

PIED-DE-CHOU

Maintenant, mon petit père, si vous voulez jeter votre sirop de goujons et boire un verre avec nous, on va vous l'offrir... Mais ne venez pas nous raser, hein ? Donnez-nous des fauteuils en velours avec des tapis et des liqueurs fines. C'est ça qui fera le vide chez les marchands de vins... Nous imiterons les bourgeois... Quand nous prendrons une cuite, on la prendra chez nous... Voulez-vous boire un verre de vin ?...

LE MONSIEUR

Jamais...

PIED-DE-CHOU

Ben, alors, fichez-nous la paix... A la porte !

TOUS

· A la porte.

LE MONSIEUR

Pour la première tentative que je fais en France, je ne suis pas heureux.

PIED-DE-CHOU

Allez donc dans votre pays, espèce d'English !... Y a d' quoi faire !...

LE MONSIEUR

Garçon !... Combien ?

UGÈNE, *à qui Pied-de-Chou a poussé le coude.*
Un franc.

LE MONSIEUR

Un franc, un verre d'eau !

UGÈNE

C'est les prix de la maison. Un demi-setier, c'est quatre sous.

LE MONSIEUR

C'est bien. (*Le monsieur paie et sort.*)

DES VOIX

Très bien... Pied-de-Chou !... à la tienne... (*On trinque avec lui par-dessus les têtes.*)

PIED-DE-CHOU

Je m' tords !... Et c't'autre qui lui fait payer son verre d'eau vingt ronds !...

GOUTTE-DE-ROSÉE, *très joyeux.*

Sacré farceur ! (*Tout le monde est en joie.*)

SCÈNE III

LES MÊMES, *moins* LE MONSIEUR, *plus* LE PÈRE JULES.
Le père Jules traverse la scène de droite à gauche.

L'ENFLÉ

Eh ! père Jules... dites donc, faudrait voir à l'arroser, c'te médaille du travail !

LE PÈRE JULES

On a le temps.

GOURDIFLOT

Mais non... (*A ceux qui jouaient au tonneau et qui restaient à causer à droite en buvant.*) Eh ! la coterie ! pas vrai, qu'il faut l'arroser la médaille ?

GOUTTE-DE-ROSÉE

Sûr... Sans ça, père Jules... elle casserait la première fois que vous la mettriez.

LE PÈRE JULES

Tout à l'heure... Quand je l'aurai.

GOUTTE-DE-ROSÉE

Le patron va l'apporter... il est parti après déjeuner pour aller la chercher.

GOURDIFLOT

Mais oui... mais oui... tout de suite. Quand vous l'aurez reçue, c'est eux qui vous paieront un verre.

ROCAMBOLE

Tu pourrais bien dire « nous ».

GOURDIFLOT

« Nous »... Je voulais dire nous...

ROCAMBOLE

Allons, en face, pour changer.

GOUTTE-DE-ROSÉE

Une goutte de rosée... Ça fait du bien...

LE PÈRE JULES

Alors on y va.

GOURDIFLOT

A la bonne heure!... (*A Boullouris.*) Passe-moi donc une cigarette.

BOULLOURIS

T'en achètes donc jamais ?

GOURDIFLOT

Non. Parce que quand j'en achète, je fume trop. (*Pendant ce temps, l'Enflé et Rocambole sont sortis lentement par le fond. Gourdiflot les suit.*)

LE PÈRE JULES, *à Boullouris.*

Dites donc... monsieur Boullouris... j'ai oublié mon porte-monnaie... vous pourriez pas me prêter cent sous ?... J'vous rendrais cinquante sous samedi et cinquante sous à l'autre quinzaine.

BOULLOURIS

Ça s'rait avec plaisir, mon vieux, seul'ment j'les
ai pas... (*Il s'éloigne.*)

LE PÈRE JULES

C'est bon... c'est bon... Allez devant, je vous re-
joins. (*A Victor qu'il prend à part.*) Dites donc,
monsieur Victor... Figurez-vous... Faut que j'arrose
la médaille, pas vrai? et... je... j'ai oublié mon
porte-monnaie... Vous pourriez pas me prêter cent
sous?... Je vous les rendrais...

VICTOR

Tenez, tenez, père Jules... Vous me les rendrez
quand vous voudrez.

LE PÈRE JULES

Après cinquante ans de travail, c'est bien le
moins qu'on paye une tournée à l'occasion de... (*Il
sort en courant aussi vite qu'il le peut.*)

SCÈNE IV

VICTOR, LUCIE, JULIETTE, AUGUSTE, *puis* GRAND'-
MÈRE. —*Juliette et Auguste sont assis à une table du
fond et tournent presque le dos à celle de droite, où
sont Victor et Lucie qui les regardent. Grand'Mère
entre par la droite et reste sur le pas de la porte. Juliette et Auguste se parlent gentiment, en riant;
puis il y a une légère dispute. On échange des petites
tapes sur la main. Auguste prend celle de Juliette et
l'embrasse, puis il lui passe le bras autour de la taille et
ils sortent lentement par la gauche, très heureux.*

SCÈNE V

VICTOR, LUCIE, GRAND'MÈRE

GRAND'MÈRE, *qui est descendue jusqu'auprès
de Victor et de Lucie.*

Ils sont gentils, hein !

VICTOR, *surpris.*

Oh ! Grand'Mère! Je ne vous savais pas là...

LUCIE

Oui, ils sont gentils.

GRAND'MÈRE

On vient de fixer la date de leur mariage... Ils se
marieront dans un mois... (*Elle prend une chaise et
s'assied entre eux.*) Et vous deux ?

VICTOR, *d'un ton de reproche.*

Grand'Mère !

GRAND'MÈRE

Quoi... quoi... Grand'Mère !... Je ne dis pas de
mal de personne... C'est pas vrai? Y a pas de projets comme ça ?... Alors, n'en parlons plus... C'est
pas vrai ?...

LUCIE

Si, Grand'Mère.

GRAND'MÈRE, *à Victor.*

Écoute comme elle dit déjà gentiment : Grand'-
Mère, la mâtine !

VICTOR

Oh !|

GRAND'MÈRE

Oui, la mâtine... C'est un mot d'amitié, vous savez, mademoiselle Lucie... Ça vous fâche ?...

LUCIE

Non, non.

GRAND'MÈRE

Ben alors, qu'est-ce qu'il a, ce grand ostrogoth-là, à me faire des yeux comme des je ne sais pas quoi ?... Moi, je dis ce que je pense, mon petit Victor, tu le sais bien...

VICTOR, *joyeux.*

Mais...

GRAND'MÈRE, *à Lucie.*

Vous voulez bien de lui tout de même ?

LUCIE, *souriante.*

Ce n'est pas à moi de répondre la première.

GRAND'MÈRE

C'est juste. (*A Victor.*) Tu veux bien d'elle ?

VICTOR

Si je veux ?... Oh ! Grand'Mère !... Oh ! mademoiselle Lucie !...

GRAND'MÈRE

C'est bon... c'est bon... On ne t'en demande pas tant... Vous, petite rouée, vous ne direz pas non, devant M. le Maire ?...

LUCIE

Je dirai oui...

GRAND'MÈRE

Je comprends ça ! Il est si brave garçon, mon Victor ! Et bon cœur ! Et courageux ! Et puis il

m'aime bien, vous savez. Vous me trouvez bavarde,
sans-gêne, hein ? Voilà : j'ai bu tout à l'heure une
flûte de champagne... et ça m'a réchauffé le cœur.
(*Mouvement de Victor.*) Mais oui, mais oui... je le
dis parce que c'est la vérité... Allons, puisque vous
vous aimez, dépêchez-vous de vous le dire et de
commander la noce... Si vous n'êtes pas pressés
pour vous... soyez-le pour moi. Je ne voudrais
pas mourir avant d'avoir dansé à ce mariage-là...
Je danse encore, vous savez ! Ah ! dame, pas comme
à vingt ans, c'est certain... à vingt ans, dans mon
village... Mais je vais en avoir quatre-vingts et,
vous voyez, je n'ai plus beaucoup le temps d'attendre... Ah ! si je pouvais voir... ne serait-ce qu'une
fois... l'enfant de mes petits-enfants !... Mais ça, il ne
faut pas demander trop au bon Dieu ! (*Un temps.*) Ben,
maintenant, vous devez savoir quoi vous dire, hein ?
Je m'en vais reprendre mon rams. J'ai gagné six sous.
(*Bourrade à Victor.*) Et délie ta langue, toi, morveux !
Ah ! de mon temps ! de mon temps ! (*Elle sort.*)

SCÈNE VI

VICTOR, LUCIE

VICTOR

Oui, maintenant, j'oserai vous parler... Il y a
longtemps déjà que j'ai pensé à vous, mais je me
trouvais ridicule d'oser... vous me paraissiez des-
tinée à un mari mieux tourné que moi... Jamais je
n'aurais dit un mot. Mon père a deviné...

LUCIE

Je le sais...

VICTOR

Je vous promets, mademoiselle Lucie, si vous voulez bien de moi, que je vous aimerai toute ma vie.

LUCIE

Je veux bien de vous, monsieur Victor, et moi aussi, je vous promets de vous aimer toute ma vie.

VICTOR

Je ferai tout pour vous rendre l'existence très douce et très bonne.

LUCIE

Moi, je vous aiderai de mon mieux; je vous encouragerai et je vous consolerai s'il le faut.

VICTOR

Nous serons très heureux.

LUCIE

Oui. Nous serons très heureux.

VICTOR

Et si nous avons des enfants, nous les élèverons de façon à en faire de braves gens.

LUCIE

Nous sommes fiancés, Victor.

VICTOR

Nous sommes fiancés. (*Il l'attire près de lui et dit très simplement :*) Je vous aime.

LUCIE, *de même.*

Je vous aime. (*Ils s'embrassent et se séparent.*)

VICTOR

Mon père parlera tantôt ou demain à M. Lesterel.

LUCIE

C'est cela.

SCÈNE VII

Successivement, TOUT LE MONDE *du début de l'acte, plus* M. LESTEREL *et* DEUX GARÇONS DE CAFÉ. — *On entend une dispute dans la coulisse à gauche. Les premières paroles qui suivent sont dites hors la scène.*

MADEMOISELLE ANNA

Ce n'est pas convenable.

VER-DE-VASE

Quoi qu'in'y a d' pas convenable !... On était caché.

ANNA

Voilà une heure que vous êtes cachés.

VER-DE-VASE

Ben oui... même qu'on s'embêtait. Pas, m'sieu Pied-de-Chou?

PIED-DE-CHOU

Evidemment... On s'embêtait.

BERTHE

On se figurait que vous ne vouliez plus jouer.

MADAME DESPONTS

C'est ce que je disais à M. Pied-de-Chou.

PIED-DE-CHOU

Oui... c'est juste ce que nous disions.

ANNA

Ça ne fait rien... ce n'est pas convenable... J'étais toute seule, moi.

VER-DE-VASE

Oh! si j'avais su! (*Berthe le pince.*) Aïe...

MADEMOISELLE ANNA

Comment ?

VER-DE-VASE

Rien.

MADAME SOLIÈS, *entrant par la droite.*

Voilà M. Lesterel.

MADAME CHANTAUD, *de même.*

Vite. Il faut aller chercher tout le monde.

PIED-DE-CHOU

Où sont les camarades ?...

MADAME CHANTAUD

En face.

PIED-DE-CHOU

J'y cours. (*Il sort par le fond. Entrent madame Be-noît et Grand'Mère.*)

BERTHE

Je vais appeler mad'me Sanobre.

VICTOR

Où est-il, M. Lesterel ?

MADAME SOLIÈS

Il vient... Nous l'avons vu de loin. (*Deux garçons de café entrent et disposent la grande table de droite, au milieu de la scène.*)

MADAME SOLIÈS, *à madame Chantaud.*

Dites moi, ma chère, est-ce que je ne suis pas décoiffée ?

MADAME BENOIT

Et moi ! Et moi ! (*Les dames se prêtent mutuelle-*

ment leurs bons offices. Berthe et madame Sanobre
sont entrées par la gauche ; Ver-de-Vase, Auguste et
Juliette, par le fond de gauche.)

ÉMERANCE *et* JOSÉPHINE, *entrant en courant.*

Voilà le patron... avec tout le monde...

MADEMOISELLE ANNA, *à Ver-de-Vase.*

Moi, je suis émue, monsieur.

VER-DE-VASE

Moi-z-aussi.

MADEMOISELLE ANNA

Depuis trente ans que je me connais, je n'ai pas
assisté à une fête aussi...

JULIETTE, *entrant, bas à Grand'Mère et à madame*
Chantaud, qui sont ensemble.

Mère ?...

MADAME CHANTAUD

Qu'est-ce qu'il y a ?...

JULIETTE

Père est là...

MADAME CHANTAUD

Pourquoi ne vient-il pas ?...

JULIETTE

Il a l'air tout drôle... Il ne veut pas qu'on le voie...
Il veut vous parler à toi et à Grand'-Mère...

MADAME CHANTAUD

Qu'est-ce qu'il y a ? (*Elles sortent toutes les trois*
pendant ce qui suit. Brouhaha à la porte d'entrée.)

GOURDIFLOT, *et les autres.*

Après vous, patron... après vous...

LESTEREL

Non. Honneur au père Jules ! (*Entrent le père Jules, Lesterel, Gourdiflot, l'Enflé, Rocambole, Boullouris et Ramiche; — puis, par la droite, Sanobre et Roussac.*)

LE PÈRE JULES

Ah ! monsieur Lesterel...

LESTEREL

Tout le monde est là ?

GOUTTE-DE-ROSÉE

Oui, patron. Manque que le père La Joie.

LESTEREL

On pourrait l'attendre... (*Regard à sa montre.*) Oh ! non. Il n'était pas dans mon train; il n'arrivera que dans une demi-heure au plus tôt...

PIED-DE-CHOU

Alors...

LESTEREL, *aux garçons.*

Vous pouvez déboucher... (*Les garçons obéissent et remplissent les coupes que Lesterel, Victor et Lucie passent aux ouvriers.*)

BOULLOURIS

Silence, un peu, par là-bas...

LESTEREL

Voilà... J'ai la médaille !...

TOUT LE MONDE

Chut ! Chut ! Silence ! Silence !

LE PÈRE JULES, *très ému.*

Je vous demande pardon, m'sieu Lesterel... C'est...
c'est la fatigue... J'ai mes jambes qui tremblent...
Je ne tiens plus debout...

PIED-DE-CHOU

Une chaise... Une chaise ! (*On se fait passer une
chaise par-dessus les têtes.*) Voilà !

LE PÈRE JULES, *s'asseyant.*

Merci... Merci... (*M. Lesterel a sorti de sa poche
un écrin que le père Jules regarde fixement, et un papier. Nouveaux chut ! chut !*)

LESTEREL, *lisant, un peu ému aussi.*

« Mes chers amis, mes chers collaborateurs, je
vous ai réunis aujourd'hui, vous et vos familles, pour
assister à une fête de famille et aussi à l'apothéose
de cinquante années de travail. Jules Réché, que
nous connaissons tous sous le nom amical et respectueux de Père Jules, est depuis un demi-siècle
dans la maison fondée... fondée par mon père et
que je suis fier de diriger aujourd'hui. (*Murmures
flatteurs.*) Depuis cinquante ans, il a donné l'exemple
de l'exactitude, de l'honnêteté et du dévouement aux
intérêts de ses patrons. C'est pourquoi je suis heureux d'avoir pu obtenir de M. le Ministre, à la suite
de démarches nombreuses et répétées, une médaille
de bronze que j'offre avec la plus grande joie à celui
qui s'en est rendu aussi digne... Jules Réché, voici
votre médaille... » (*Le père Jules se lève et va recevoir
sa médaille. Poignée de mains.*)

LE PÈRE JULES

Merci, monsieur Lesterel. Si j'ai été assez heureux...

LESTEREL

Attendez, je n'ai pas fini...

LE PÈRE JULES

Je vous demande pardon, monsieur Lesterel.

LESTEREL, *continuant de lire.*

« La vie de notre cher Père Jules peut servir d'exemple à tous les travailleurs. Elle reçoit sa digne récompense... sa digne récompense... (*Ah ! oui.*) Elle est le glorieux couronnement d'une existence dont vous voudrez tous vous inspirer. Je vous invite à boire avec moi à la santé de Jules Réché en criant : Honneur au Travail ! Honneur à l'honnêteté ! Honneur à l'exactitude ! »

TOUS

Vive le père Jules ! (*On boit. Le père Jules, dont la main tremble en tenant la médaille, fait signe qu'il veut parler.*) Chut ! Chut ! Silence ! Silence ! (*Le silence se fait. On entend madame Benoît qui sanglote. Toutes les dames ont tiré leur mouchoir et se mouchent.*)

PIED-DE-CHOU

Silence donc ! Vous vous moucherez après !

LE PÈRE JULES

M. Lesterel, vous remercierez bien monsieur le ministre de ma part. Et je vous remercie beaucoup aussi pour la médaille, encore plus de me garder dans votre atelier, malgré ma vieillesse, pour que je puisse nourrir mes petits-enfants... (*Il ouvre l'écrin.*) Je suis très content d'avoir la médaille... Je ne peux pas dire combien je suis content. (*Il pleure*).

DES VOIX DE FEMMES

Pauv' père Jules... Pauv' père Jules. (*A Emerance.*) Va l'embrasser !... (*On la pousse.*)

ÉMERANCE

Mon bon-papa... Mon bon-papa... (*Elle l'embrasse.*)

MADAME SOLIÈS

Prenez quelque chose, père Jules... ça vous remettra.

MADAME BENOÎT

Un peu de vulnéraire !...

PIED-DE-CHOU

Mais non, mais non... Du champagne !... (*On lui fait boire du champagne.*)

MADAME BENOÎT, *au garçon qui verse.*

Monsieur... Un peu aussi à moi...

MADAME SOLIÈS

Moi aussi...

MADAME BENOÎT

C'est vrai, ma chère, ça m'a retournée...

MADAME SOLIÈS

Il parle bien, le patron...

MADAME BENOÎT

Et puis il a du cœur.

LE PÈRE JULES

Je bois à la santé de M. Lesterel.

TOUS

Vive le patron !... Vive le patron !...

LESTEREL

Et maintenant, mes enfants, retournez tous vous amuser... que je ne vous gêne en rien...

L'ENFLÉ

On va payer une tournée au père Jules.

TOUS

Oui ! Oui !

DES VOIX

Le père Jules en triomphe !

D'AUTRES

Oui, oui, en triomphe !

LE PÈRE JULES

Je ne suis pas digne de ces honneurs... Je sais qu'un représentant du peuple...

LES OUVRIERS, chantant.

« Parlez-nous de lui, grand-père !... Ah ! parlez-nous de lui ! » (Le père Jules est hissé sur les épaules. On sort en criant : « Vive le Père Jules ! » D'autres s'en vont par la droite ou par la gauche. Les femmes rentrent dans la salle du restaurant. Victor va sortir le dernier ; M. Lesterel le rappelle.)

SCÈNE VIII

LESTEREL VICTOR

LESTEREL

Voulez-vous rester, Victor ? j'ai besoin de vous parler.

VICTOR

Volontiers.

LESTEREL

Asseyez-vous. Qu'est-ce que vous prenez ?

VICTOR

Une fine champagne.

LESTEREL

Garçon, deux fines ! (*Un temps.*) Mon cher Victor,
je sais que vous voulez épouser Lucie, je sais qu'elle
ne s'y refusera pas, et, de mon côté, ce mariage me
sourirait beaucoup, car j'ai pour vous la plus grande
estime et une réelle affection. Mais, avant de vous
laisser vous engager plus nettement, je dois vous
dire quelle est ma situation... Mon pauvre ami, je
suis à la veille d'une faillite... Je ne l'ai évitée jusqu'ici qu'avec la plus grande peine... Si je ne reçois
pas la commande d'Amérique d'un jour à l'autre...

VICTOR

Ce n'est pas un mariage d'argent que je veux
faire... Vous le croyez, n'est-ce pas ?

LESTEREL

Je le crois, mais je suis un honnête homme et je
vous dois toute la vérité... Hier, j'ai passé par des
transes mortelles... J'ai dû, ce matin, refuser le
payement d'une traite de 1,200 francs. Heureusement,
MM. Chamel et C^le ont bien voulu me faire une avance
sur leur commande qui n'est pas livrée et votre
père est allé à la Banque payer l'effet. Le protêt est
évité, cette fois encore. Combien de temps cela dure-
ra-t-il? Je l'ignore... Voici un exposé très complet

de ma situation. Je l'ai préparé cette nuit pour vous. Mon actif et mon passif se balancent, mais je manque des capitaux nécessaires pour le courant... Voyez... Ah! j'ai oublié d'inscrire l'avance de MM. Chamel et C¹ᵉ. (*Au garçon qui apporte les fines champagne.*) Donnez-moi de quoi écrire. (*Sur un geste de Victor.*) Non, non. Je veux que tout soit en ordre. (*Le garçon revient et s'en va. Lesterel écrit.*) Voilà... Mon cher enfant, je ne suis pas un aigle, je le sais bien, mais, toute ma vie, j'ai été un honnête homme. J'ai souci de mon honneur commercial plus qu'on ne peut l'imaginer. Je ne sais pas encore ce que c'est qu'un protèt. Le jour où je ne pourrai pas éviter que ma signature soit déshonorée, je fermerai boutique, je donnerai tout ce que j'ai, et vous verrez par mon bilan que mes créanciers ne perdront rien. La vertu que j'estime le plus, c'est la probité.

VICTOR

Je crois que vous traversez un moment difficile, mais que vous vous en tirerez.

LESTEREL

Je le crois aussi, mais j'ai voulu vous présenter la situation sous son jour le plus défavorable.

VICTOR

Mon père va vous demander la main de mademoiselle Lucie.

LESTEREL

Ne vous laissez pas entraîner, mon enfant, par des idées de roman. Vous pouvez très bien renoncer à ce mariage après ce que je viens de vous dire. A votre place, c'est peut-être ainsi que j'agirais. Les affaires sont les affaires.

VICTOR
Je vous en prie... Vous me faites de la peine.

LESTEREL
Alors, voici ce que je vous propose. Je ne donnerai pas de dot à Lucie, je ne le puis pas. Tant que la maison sera en danger, je resterai seul en nom. Le jour où les affaires reprendront, vous serez mon associé, et, naturellement, je vous laisserai le tout après ma mort. J'ai trouvé la formule d'un acte qui arrange tout cela.

VICTOR
C'est trop beau... et je...

LESTEREL
Non. Je vous préviens que ces conditions sont définitives. Je n'en veux pas d'autres.

VICTOR
Soit. J'accepte. (*Poignée de mains.*)

LESTEREL
Je vous remercie... Oui... oui... je suis bien content de voir Lucie mariée à un brave garçon comme vous. (*Entre Arsène Chantaud.*)

ARSÈNE CHANTAUD
Bonjour, messieurs.

VICTOR
Voici mon père... Je vous laisse seul avec lui.

LESTEREL
C'est cela.

VICTOR, *à son père.*

Bonjour, père... Je te laisse avec M. Lesterel...
Nous venons de causer... Je suis bien heureux...
Tu peux tout lui dire...

CHANTAUD

Va retrouver là-bas ta mère et ta grand'mère.
Elles te mettront au courant de ce qui se passe...

VICTOR

Mais...

CHANTAUD

Va...

SCÈNE IX

LESTEREL, ARSÈNE CHANTAUD

LESTEREL

Bonjour, Chantaud... Nous n'avons pas pu vous
attendre, pour la médaille... Vous avez été retenu à
la Banque, n'est-ce pas ? Nous avons à parler de
choses sérieuses. Mais, d'abord, les affaires. Vous
avez la traite ?

CHANTAUD

Non, monsieur.

LESTEREL, *très inquiet.*

Comment !... Vous n'avez pas touché les douze
cents francs ce matin ?

CHANTAUD

Si, monsieur.

LESTEREL

Eh bien ?

CHANTAUD

Je les ai perdus.

LESTEREL, *troublé.*

Comment, perdus ?... Dans la rue?

CHANTAUD

Non. Aux courses.

LESTEREL

Aux courses !... Vous avez perdu mon argent aux courses !... Voyons, Chantaud, ce n'est pas possible... il y a quelque chose que je ne sais pas... Vous avez perdu aux courses les douze cents francs de la traite ?

CHANTAUD

Oui, monsieur.

LESTEREL

La traite n'est pas payée ?

CHANTAUD

Non, monsieur.

LESTEREL

Mais vous saviez que j'étais sous le coup d'un protêt... Vous n'avez pas fait ça...

CHANTAUD

Je vais vous dire comment c'est arrivé... Ça s'arrangera... Ne vous faites pas de mauvais sang, je vous garantis que ça s'arrangera...

LESTEREL, *colère.*

Ma traite n'est pas payée... ? Ma traite n'est pas payée ?

CHANTAUD

Non.

LESTEREL, *furieux.*

Ah ! misérable ! Vous me tuez !... Vous me tuez !... Vous êtes un bandit !... Voilà vingt ans que je travaille... Aux courses ! Mon argent ! l'argent de la traite !... Il l'a joué ! Voleur ! Voleur ! Ah ! vous allez me payer ça ! (*Il le saisit à la gorge.*) Mon argent ! Vous allez me rendre mon argent !... Vous entendez ?... je veux que vous me rendiez mon argent !

CHANTAUD

Allons... doucement, monsieur Lesterel... J'ai tort... mais je vous défends de me toucher...

LESTEREL

C'est vrai... Ce n'est pas à moi de vous prendre au collet... D'autres vont s'en charger...

CHANTAUD

Qu'est-ce que vous allez faire ?

LESTEREL

Ce que je vais faire ?... Vous faire arrêter, mon bonhomme, et ça ne va pas être long.

CHANTAUD

Me faire arrêter, moi !

LESTEREL

Et vous savez ce que ça coûte, un vol par abus de confiance !

CHANTAUD, *colère.*

On vous le rendra, votre argent.

LESTEREL

On me le rendra ! Quand ?... Est-ce que vous em-
pêcherez le protêt qui va m'être signifié demain ?
Est-ce que vous me rendrez la confiance de mes
fournisseurs ?... Je vous dis que je vais vous faire
fourrer en prison... et je ne sais pas ce qui me retient de vous casser la figure auparavant. (*Geste.*)
Filou ! Voleur !

CHANTAUD

Eh bien, non, je ne suis pas un voleur !

LESTEREL

Vous ne m'avez pas volé ?

CHANTAUD

J'ai été volé, moi ! Laissez-moi vous dire comment ça s'est passé... Après, vous ferez ce que vous
voudrez.

LESTEREL *tombe sur une chaise et éclate en sanglots.*

Oh ! oh ! oh !... Faillite !... Je suis en faillite,
moi !... Et ma pauvre petite Lucie... Je n'ai plus
rien... rien... Je n'oserai plus me montrer... Je suis
perdu !... Si j'avais assez de courage, je me tue-
rais ! J'ai envie de me tuer, moi !... J'ai envie de me
tuer. (*Il sanglote.*)

CHANTAUD, *gagné par l'émotion.*

Je vous demande pardon, patron... Ecoutez...
J'ai touché les douze cents francs ce matin, et je ne
pouvais aller à la Banque que de quatre à six...
c'est ce qui est la cause de tout... Et puis, j'ai rencontré un homme qui m'avait déjà fait gagner... il
m'a donné un renseignement... il était sûr... J'ai

perdu... pas beaucoup... Mais je n'avais plus assez pour aller payer la traite... J'ai voulu me rattraper... J'ai encore perdu...

LESTEREL, *qui ne l'écoute pas, pleurant toujours.*

Tout le monde pourra m'appeler voleur, maintenant.

CHANTAUD

Écoutez-moi... A la dernière course, il me restait quatre cents francs... C'est là qu'on m'a volé... le cheval *Réveillon* devait gagner... il avait battu tous les autres... Je le prends... Dès le début de la course, je vois qu'il arrivera... Il n'avait qu'à se laisser aller... Il fait les deux tours devant le peloton... Moi, vous dire si j'étais content !... Je calculais qu'en prenant une voiture, j'arriverais encore avant la fermeture de la Banque. C'était si sûr, que je n'attends pas la fin... Je cours au guichet pour être payé le premier... On n'affiche pas... Je reviens... Toute la foule était en rage. Le Jockey de *Réveillon* avait arrêté son cheval avant le poteau... Je vous dis, tout le monde était comme fou... On a bousculé les gardiens, on a envahi le pesage... On s'est rué sur le propriétaire, qu'était pâle et qui souriait tout de même, la crapule ! On lui a crié : Voleur ! Voleur ! Je voulais avoir sa peau, à ce bandit !... Il s'est réfugié chez les jockeys, et il en est sorti entre quatre sergents de ville qui l'ont protégé et conduit jusqu'à sa voiture... Elle est partie au grand trot, et moi, je suis resté là, comme une bête... comprenant seulement le mal que j'avais fait... Vous croyez que c'est juste, ça?... Voilà un homme qui a volé ; tout le monde l'a vu... et il a volé des milliers de pauvres bougres comme moi, des commerçants, des gens à qui il a pris leur pain... Vous croyez qu'on l'arrête ? Ah ! ben oui ! c'est un monsieur, il travaille dans le grand... Si on lui envoie des sergots, c'est pour qu'on n'y fasse pas de mal, pour le reconduire jusqu'à son équipage... Mais moi, moi qui ne suis qu'un malheureux, moi qu'on entraîne ! moi qu'on a trompé, volé... ça... je suis bon à prendre et on me mettra en prison ! Voilà où nous en sommes. Mon vrai crime, alors, c'est pas de vous avoir volé ; mon vrai crime, c'est d'être un pauvre. c'est d'être un ouvrier... c'est de voler mille francs au lieu de voler un million... Puisque c'est comme ça... c'est bien... envoyez chercher les sergents de ville... mais, parole, si c'est les mêmes, si c'est ceux qui défendaient l'autre, je ne sais pas si je pourrai m'empêcher de rigoler !

LESTEREL, se levant.

Vous rigolerez si vous voulez. En attendant, je vais vous faire conduire au poste. (Il va vers le fond. Chantaud court après lui et le retient.)

CHANTAUD

Monsieur Lesterel !... C'est pas sérieux, dites ?... C'est pour me faite peur ?... Vous n'allez pas me faire mettre en prison ?...

LESTEREL

Vous n'aurez que ce que vous méritez... Laissez-moi passer...

CHANTAUD

Ecoutez... Vous ne perdrez pas un sou... J'ai une
sœur, en province, qui est riche... Je vais aller la
trouver... Vous serez remboursé...

LESTEREL

Ce sera trop tard, je vous l'ai déjà dit.

CHANTAUD

Réfléchissez... Nos enfants devaient se marier ensemble...

LESTEREL

Heureusement, ce n'est pas fait...

CHANTAUD

Vous ne pouvez pas...

LESTEREL

Pourquoi?... Si j'avais un fils... vous entendez,
un fils... et qu'il eût été voleur, je l'aurais mis entre
les mains des gendarmes, sans remords, sans pitié...
Laissez-moi passer...

CHANTAUD

C'est pas possible! Vous savez bien que je suis
un honnête homme... J'ai eu un moment de folie, de
faiblesse, si vous voulez... mais, jusqu'à présent...
regardez, j'ai les cheveux blancs, M. Lesterel, et je
n'ai jamais volé un sou... vous me connaissez...
Voyons, c'est pas possible que j'aille en prison,
moi!

LESTEREL

Si je vous laissais partir, vous iriez recommencer
chez un autre. C'est assez de moi!

CHANTAUD

Malgré toute votre colère, M. Lesterel, vous
devez bien voir que je souffre... et vous savez
bien que je ne recommencerai pas.

LESTEREL

Qui sait ?

CHANTAUD, *à mi-voix, sans éclat.*

Vous êtes bien méchant... Non, non... je ne veux
pas vous fâcher... vous avez raison... mais tout de
même... (*Joignant les mains.*) Ne me faites pas
arrêter. Oh! je vous en prie! je vous en prie! je
vous en prie! Réfléchissez... Toutes les victimes que
vous feriez !... Et puis... il y a surtout... il y a surtout... maman... Elle va avoir quatre-vingts ans,
patron... Elle m'aime comme on aime le bon Dieu...
Vous la tueriez... Je vous en supplie... pour elle...
Tenez, à genoux! Je vous en supplie à genoux. (*Il
se met à genoux et lui prend les mains.*)

LESTEREL, *essayant de se dégager.*

Relevez-vous !

CHANTAUD

Oui, je vous obéis, mais ne me déshonorez pas
mon fils... ne faites pas qu'il traîne toute sa vie le
nom d'un... d'un voleur. Ne me tuez pas maman,
M. Lesterel... ne me tuez pas maman !

LESTEREL

Soit.

CHANTAUD

Ah ! vous me pardonnez ?

LESTEREL

Non, certes.

CHANTAUD

Non, non... vous ne me pardonnez pas, mais enfin vous avez pitié de moi...

LESTEREL

Pas de vous, mais des innocents...

CHANTAUD

Oui... je vous remercie... je savais bien que vous ne me feriez pas mettre en prison... Ce n'était pas possible qu'un homme fasse tant de mal à un autre homme... et aux innocents... Vous êtes bon, M. Lesterel, bon, très bon.

LESTEREL

Asseyez-vous là et écrivez ce que je vais vous dicter.

CHANTAUD

Oui, monsieur! (*Il s'assied.*)

LESTEREL, *dictant.*

Je soussigné, Arsène Chantaud..

CHANTAUD, *écrivant.*

« Je soussigné, Arsène Chantaud.

LESTEREL

Reconnais avoir volé...

CHANTAUD

Oh !

LESTEREL

Reconnais avoir volé...

CHANTAUD, *écrivant.*

« Reconnais avoir... » Je ne peux pas ! Je ne peux
pas !

LESTEREL

Il le faut.

CHANTAUD

Mais... ce papier-là... qu'est-ce que vous voulez
en faire ?...

LESTEREL

Ce qui sera utile.

CHANTAUD

Je ne puis pas écrire ça...

LESTEREL

Aimez-vous mieux le dire à la Cour d'assises?

CHANTAUD, *écrivant.*

« Reconnais avoir volé... »

LESTEREL

A M. Lesterel, mon patron...

CHANTAUD

« A M. Lesterel, mon patron... »

LESTEREL

La somme de douze cents francs.

CHANTAUD

« La somme de douze cents francs. »

LESTEREL

Datez et signez.

CHANTAUD *date et signe.*

C'est fait.

LESTEREL, *qui a relu par-dessus son épaule.*
C'est bien, donnez !

CHANTAUD, *après une hésitation.*
Voilà ! (*Lesterel met le billet dans son portefeuille. Long silence.*)

LESTEREL
Vous pouvez vous en aller.

CHANTAUD
Merci, monsieur. (*Il s'éloigne lentement.*)

RIDEAU

QUATRIÈME TABLEAU

Chez les Chantaud. Le décor du deuxième tableau. C'est
l'hiver. La fenêtre de Juliette est fermée et dégarnie de
fleurs et de feuillage. Plus de buffet. Un petit poêle devant la cheminée veuve de sa pendule. Les tableaux ont
aussi disparu. Contraste avec le premier décor. Impression
de tristesse. — Novembre.

———

SCÈNE PREMIÈRE

CHANTAUD, *seul, puis* PIED-DE-CHOU. — *Au lever du
rideau, Chantaud, seul, se promène de long en large,
très sombre. Il regarde un moment au travers des vitres.
Il s'ennuie. Il va ensuite près de la table et reste un
moment silencieux, la tête dans les mains.*

CHANTAUD, *reprenant sa marche.*

Volé !... Reconnais avoir volé !... (*Silence. On
frappe à la porte du fond; il sursaute.*) Mon Dieu !
qui est-ce encore ?... Entrez ! (*Entre Pied-de-Chou,
trop bien mis, veston, chaîne d'or, cravate rouge, bril-
lant au doigt.*) Monsieur !...

PIED-DE-CHOU

Monsieur !... Tu ne me reconnais pas ?... Pied-de-
Chou !

CHANTAUD

Ah ! c'est... c'est toi ?... Non... je... T'as été nommé ambassadeur ?

PIED-DE-CHOU

Pas encore, mais j' suis sur la voie !

CHANTAUD

Qu'est-ce que tu fais ?

PIED-DE-CHOU

J' fais la cote sur la pelouse à Saint-Ouen, au Tonkin.

CHANTAUD

Et t'en gagnes ?

PIED-DE-CHOU

Tu parles !... Pas chaud, hein ?... T'as pas de feu, par ce temps-là ?

CHANTAUD

Le poêle vient de s'éteindre... Assieds-toi !

PIED-DE-CHOU

Au fait... Tu as eu des embêtements, ma pauvre vieille ?...

CHANTAUD, inquiet.

Des embêtements... (A part.) Est-ce qu'il sait ?...

PIED-DE-CHOU

Quand t'es parti de chez Lesterel...

CHANTAUD, de même.

Oui.

PIED-DE-CHOU

Ça a dû être un coup, pour toi...

CHANTAUD, *de même.*

Dame... Enfin...

PIED-DE-CHOU

Tous les deux sur le pavé, toi et pis ton gosse

CHANTAUD

Tu... tu sais pourquoi je suis parti ?

PIED-DE-CHOU

Non...

CHANTAUD

Parole ?

PIED-DE-CHOU

Parole !

CHANTAUD

Ah !... Tu... (*Il rit.*) Tu ne sais pas ?... (*Rire.*) C'est à se tordre... Tu vas voir, tu vas te tordre...

PIED-DE-CHOU

J' demande pas mieux... C'est tout c' que tu payes?

CHANTAUD

Mon vieux... j' vas regarder. (*Il va au buffet.*) Rien... J'attends une pièce de vin aujourd'hui et la bourgeoise est allée chercher du schnick... Si elle est trop longtemps, on descendra... Alors, tu ne sais pas ?... Figure-toi que le singe... Faut te dire d'abord que mon moutard devait épouser mademoiselle Lucie...

PIED-DE-CHOU

Mâtin !...

CHANTAUD

Ben quol... c'est pas parce que je suis son père...

mais y en a pas beaucoup comme lui, tu sais...
Alors, v'là que le singe n'a plus voulu... Enfin, on
ne s'est pas entendu sur les affaires... Alors, voilà
on est parti... Et toi, t'as lâché ?

PIED-DE-CHOU

D'abord, c'était devenu une boîte. Pendant la
morte-saison, il a renvoyé tout le monde.

CHANTAUD

Tout le monde ? Même le père Jules ?

PIED-DE-CHOU

Même le père Jules. On n'' sait pas c' qu'il est
devenu, le père Jules. Et toi, où qu' t'es ?

CHANTAUD

Nulle part.

PIED-DE-CHOU

T'as des rentes ?

CHANTAUD

Non. Je bricole... J' tripote aux courses... Je
vends des « pronos » à Auteuil.

PIED-DE-CHOU

Parce que si t'avais voulu rentrer dans le bronze...

CHANTAUD, vivement.

Tu connais une place ?

PIED-DE-CHOU

Oui. C'est ça que je venais te dire...

CHANTAUD

Mais ça m' va, mon vieux, ça m' va ! J'aime encore
mieux ça, tu sais... Parce que... depuis que j' n'y

suis plus, dans l' bronze... on n'est pas tous les jours
à la noce, ici.

PIED-DE-CHOU, *regardant autour de lui.*

Oui, je vois.

CHANTAUD

Oh !... on a c' qui faut, bien entendu...

PIED-DE-CHOU

J' pense bien.

CHANTAUD

Seulement, j'aime encore mieux mon métier...
Ah ! tu connais une place ?... Chouette !... Chez qui ?

PIED-DE-CHOU

Rue de Chabrol.

CHANTAUD

Bravo !... Chez Michel Dubois ?.

PIED-DE-CHOU

Oui.

CHANTAUD

Ça m' botte... (*Très joyeux.*) Ah ! mon p'tit père...
T'es un bon, toi... Le premier samedi de paie,
t'auras droit à un verre... Et quand que j' puis
entrer ?

PIED-DE-CHOU

Après-demain. Le temps de prendre ,'es renseignements.

CHANTAUD, *assombri.*

Des renseignements... Quels renseignements ?

PIED-DE-CHOU

Ben, des renseignements, quoi, dans la dernière
maison où qu' t'as travaillé, chez Lesterel.

CHANTAUD, *de même.*

Oui... oui... Leur faut des renseignements... Depuis trente ans que j' suis dans l' bronze... j' sais
mon métier, p't'être...

PIED-DE-CHOU

C'est pas sous c' rapport-là qu'ils veulent être
fixés... c'est sous l'rapport de l'honnêteté... T'as
rien à craindre : t'as ni tué, ni volé, pas.vrai ?

CHANTAUD

Sûr... J'ai ni tué, ni v... ni volé... Seulement
j' trouve ça humiliant... ça... ça n 'me plaît pas...
Puis, après tout... j'aime mieux ma liberté... oui...
j'aime mieux ma liberté... J 'suis mon maître, tu
comprends... j' vas où y m' plaît.

PIED-DE-CHOU

Comme tu voudras... Mais, j' suis venu te prévenir... Tu descends ?...

CHANTAUD, *sombre.*

Oh ! ben... non... J'ai la flemme. (*Pied-de-Chou
sort. — Entre madame Chantaud.*)

PIED-DE-CHOU

Tiens, v'là la bourgeoise... Bonjour, m'ame Chantaud.

MADAME CHANTAUD

Bonjour, monsieur...

PIED-DE-CHOU

Pied-de-Chou... J 'venais pour débaucher votre

homme, y n'veut pas... (*A Chantaud.*) Au revoir,
ma vieille...

CHANTAUD

Au revoir... merci....

PIED-DE-CHOU

Alors, si tu changes d'avis, pour cette place...

CHANTAUD

Oui... j' te le dirai... Merci. (*Pied-de-Chou sort.*)

SCÈNE II

CHANTAUD, MADAME CHANTAUD. — *Madame Chantaud retire son chapeau et un châle de laine qu'elle met
sur une chaise après avoir posé sur sa machine à coudre
un petit paquet enfermé dans une toilette qu'elle tenait
à la main.*

MADAME CHANTAUD

Il te parlait d'une place ?

CHANTAUD

Oui. J'irai la voir demain.

MADAME CHANTAUD

Pourquoi pas aujourd'hui ?

CHANTAUD

Le patron n'est pas là.

MADAME CHANTAUD

Tu pourrais toujours...

CHANTAUD, *méchant.*

C'est bon. En v'là assez là-dessus.

MADAME CHANTAUD

Pourtant... (*Silence.*) Enfin !... Il n'est venu personne que...

CHANTAUD

Si.

MADAME CHANTAUD

Qui ?

CHANTAUD

Un huissier.

MADAME CHANTAUD

Pour le loyer ?

CHANTAUD

Oui. Il voulait nous expulser.

MADAME CHANTAUD

Qu'est-ce que tu as dit ?

CHANTAUD

J'y ai dit que le locataire était sorti. Qu'est-ce que tu voulais que je lui dise ?

MADAME CHANTAUD

Le locataire ?

CHANTAUD

Dame !... Mossieu Victor... C'est lui, le locataire... puisqu'il a mis le loyer à son nom.

MADAME CHANTAUD

S'il a mis le loyer à son nom, c'est qu'il n'y avait que ce moyen-là de t'empêcher de vendre les quatre loques qui nous restent.

CHANTAUD

Enfin, c'est lui le locataire, le chef de la famille,

comme il dit. Je ne lui fais pas mon compliment...
Quand c'était moi, il ne venait pas d'huissier ici.

MADAME CHANTAUD

Quand c'était toi, tu travaillais... Qu'est-ce qu'il a
répondu, l'huissier ?

CHANTAUD

Ton fils est arrivé. Il a dit à l'huissier qu'il allait
chercher de l'argent, qu'il donnerait un acompte.

MADAME CHANTAUD

Et alors ?

CHANTAUD

L'huissier... naturellement, n'a rien voulu savoir.
Il va revenir avec le commissaire de police pour
nous mettre dehors.

MADAME CHANTAUD

Mon Dieu !... Qu'est-ce que nous ferons ?

CHANTAUD

Tu le demanderas à ton fils. Moi, ça ne me regarde pas.

MADAME CHANTAUD

Enfin, je voudrais savoir ce que tu as contre
Victor.

CHANTAUD

Moi ? je n'ai rien.

MADAME CHANTAUD

Tu n'as rien ! Pourquoi donc est-ce, alors, que
depuis deux mois tu ne lui adresses plus la parole,
tu ne le regardes même plus ?

CHANTAUD, *avec émotion.*

C'est depuis qu'il m'a pris ma place ici.

MADAME CHANTAUD

C'est de ça que tu lui en veux ?

CHANTAUD

Oui.

MADAME CHANTAUD

A qui la faute ?

CHANTAUD

A moi.

MADAME CHANTAUD

Oui, à toi. C'est de ta faute si son mariage est manqué, c'est de ta faute si Juliette manque le sien...

CHANTAUD

De ma faute... si Juliette...

MADAME CHANTAUD

Oui. Elle n'a plus de dot. Elle t'a donné ses six cents francs pour rembourser Lesterel... à qui nous en devons encore autant...

CHANTAUD

Mais c'est elle, la pauvre petite, qui a voulu... qui m'a forcé...

MADAME CHANTAUD

Si, encore... ça t'avait corrigé !... Tu fais notre malheur à tous...

CHANTAUD

Je fais votre malheur... Eh bien, j'en ai assez, à la fin, qu'on me jette ça à la figure à tout bout de champ, et je sais bien ce que je vais faire.

MADAME CHANTAUD

Qu'est-ce que tu vas faire ?

CHANTAUD

Ça me regarde.

MADAME CHANTAUD

Tais-toi, voilà ta fille... (*Entrent Juliette et Grand'-Mère.*)

SCÈNE III

Les Mêmes, JULIETTE, GRAND'MÈRE

GRAND'MÈRE

Ouf ! Quel temps ! Il tombe de la neige fondue...
C'est haut tout de même, le sixième... après avoir
fait trois ménages.

MADAME CHANTAUD, *à Juliette.*

Tu as de l'ouvrage ?

JULIETTE

J'en aurai peut-être pour trois francs. Faut que
j'y retourne rapporter ça. (*Elle va à sa place faire
un paquet dans sa toilette.*)

GRAND'MÈRE, *allant secouer le poêle.*

Il est éteint, celui-là ?

MADAME CHANTAUD

Oui.

GRAND'MÈRE, *prenant son panier.*

J'ai bien attrapé un peu de coke, chez mon patron, mais faut pas le gaspiller ; ce sera pour demain
matin. (*Elle va vers la cuisine.*)

MADAME CHANTAUD

L'huissier est venu.

GRAND'MÈRE

L'huissier !

MADAME CHANTAUD

Pour nous expulser...

GRAND'MÈRE

Nous expulser... On n'est pas des princes. Qu'est-ce que ça veut dire, expulser?

MADAME CHANTAUD

Nous mettre dehors.

GRAND'MÈRE

Nous faire partir d'ici parce qu'on n'a pas payé le propriétaire ?

MADAME CHANTAUD

Oui.

GRAND'MÈRE

Où qu'on nous mettra ?

MADAME CHANTAUD

Dehors.

GRAND'MÈRE

Comment, dehors... sur le pavé?... C'est pas possible...

MADAME CHANTAUD

Si.

GRAND'MÈRE

Je dis que ça n'est pas possible...

MADAME CHANTAUD

Le propriétaire a le droit, puisqu'on ne paie pas.

GRAND'MÈRE

Je n' dis pas le contraire... Mais on nous logera autre part.... On ne va pas mettre comme ça des chrétiens dans la rue. C'était bon dans l'ancien temps, du temps des nobles, avant la Révolution. (*On frappe.*)

MADAME CHANTAUD

Tiens, les voilà...

SCÈNE IV

LES MÊMES, L'HUISSIER, LE COMMISSAIRE DE POLICE

L'HUISSIER

Voici le commissaire de police.

LE COMMISSAIRE, *très bon enfant, sortant un bout d'écharpe de sa poche.*

Eh bien, voyons, mes enfants, vous ne voulez pas vous en aller ?...

GRAND'MÈRE

Où irions-nous ?

LE COMMISSAIRE

Alors, il faut payer votre loyer.

MADAME CHANTAUD

Nous ne pouvons pas... Mon fils est allé chercher de l'argent...

LE COMMISSAIRE

Oui, mais on ne sait pas quand il rentrera, ni si il en rapportera... A quoi ça vous sert-il de faire les

mauvaises têtes?... vous ne serez pas les plus forts...
Alors ?...

MADAME CHANTAUD

Nous ne pouvons pas pourtant coucher dans la
rue.

CHANTAUD

Pourquoi pas ?... C'est bien assez bon pour nous...
Nous coucherons dans la rue, et le logement restera
vide... mais les droits de la propriété seront res-
pectés.

LE COMMISSAIRE, *à Chantaud.*

Ecoutez, vous. Nous ne sommes pas ici pour
parler politique.

CHANTAUD

C'est pas de la politique, ça, c'est de l'humanité.

LE COMMISSAIRE

Je ne discuterai pas. La loi est la loi. Vous ne
payez pas votre loyer, il faut partir. Si vous ne
voulez pas vous en aller de bonne volonté, je vais
envoyer chercher deux agents qui vous prendront
chacun par un bras et vous descendront. Je ferai
ensuite emporter vos meubles... (*A l'huissier.*) Le
propriétaire laisse-t-il partir les meubles ?

L'HUISSIER

Le propriétaire est très humain. Il permet que ces
gens emportent leurs meubles.

LE COMMISSAIRE, *à Chantaud.*

Remarquez qu'il aurait pu garder tout ce que vous
avez, excepté la literie...

L'HUISSIER

... Laquelle literie aurait été laissée sur le carreau, à votre disposition.

GRAND'MÈRE

Monsieur, je vous assure que nous sommes de braves gens...

MADAME CHANTAUD

Mon fils va rapporter de l'argent... Ne nous mettez pas à la porte... Voyons... qu'est-ce que vous voulez que nous devenions dehors, par le froid qu'il fait?... Vous auriez un chien que vous ne l'enverriez pas coucher sur le pavé, par ce temps-là...

GRAND'MÈRE, *pleurant.*

J'ai quatre-vingts ans, monsieur...

MADAME CHANTAUD

Et ma fille, monsieur... Elle travaille... Nous sommes des ouvriers honnêtes...

LE COMMISSAIRE

Mais qu'est-ce que vous voulez?... Ça ne me regarde pas... Il faut dire ça à votre propriétaire.

MADAME CHANTAUD

Nous ne le connaissons pas... Nous ne l'avons jamais vu.

L'HUISSIER, *au commissaire.*

En effet, M. Cardillet, qui est très sensible, veut s'éviter la vue de semblables scènes, si douloureuses... et il fait toucher ses termes par un gérant.

LE COMMISSAIRE, *après un silence.*

Y a pas... Faut vous en aller...

MADAME CHANTAUD

Qu'on nous laisse un délai... Nous donnerons un acompte...

GRAND'MÈRE

Mais ce n'est pas possible qu'on mette les gens dans la rue comme ça... Je ne connais pas la loi... mais ça doit être défendu quelque part.

CHANTAUD

Les lois, c'est les propriétaires qui les ont faites.

MADAME CHANTAUD

Je vous en prie, monsieur, je vous en prie...

LE COMMISSAIRE, *à lui-même.*

Rien n'est embêtant comme ces corvées-là... (*A madame Chantaud.*) Votre fils est allé chercher de l'argent... c'est bien vrai ?

GRAND'MÈRE

Oui, monsieur.

MADAME CHANTAUD

Je le jure, monsieur, je le jure...

LE COMMISSAIRE

Attendez. (*A l'huissier, qu'il entraîne dans un coin.*) Vos ordres sont formels ?

L'HUISSIER

Formels, monsieur le commissaire...

LE COMMISSAIRE

C'est très embêtant... Vous ne pouvez pas leur donner un délai de vingt-quatre heures ?

L'HUISSIER

C'est impossible !...

LE COMMISSAIRE

En cherchant bien...

L'HUISSIER

Il faudrait que je m'aperçoive d'un vice de forme...

LE COMMISSAIRE

Vous en trouverez bien un.

L'HUISSIER

Il y en a toujours.

LE COMMISSAIRE

Entendu comme ça, hein ?

L'HUISSIER

Je ne demande pas mieux... Mais vous savez, il n'y a pas beaucoup de commissaires de police qui feraient ce que nous faisons...

LE COMMISSAIRE

Ni d'huissiers... (*A madame Chantaud.*) Vous avez de la chance... vous ne partirez que demain... Monsieur a oublié un papier... ça vous donne vingt-quatre heures... Et d'ici là, tâchez de verser un acompte... Allons, au revoir... mais si vous n'avez pas d'argent demain...

MADAME CHANTAUD

Nous nous en irons. Merci, monsieur.

L'HUISSIER

Voici le procès-verbal... car vous êtes expulsés, il est seulement sursis à l'exécution. (*Il sort.*)

SCÈNE V

CHANTAUD, MADAME CHANTAUD, GRAND'MÈRE, JULIETTE

GRAND'MÈRE

Qu'est-ce qu'il a dit?

MADAME CHANTAUD

Je n'ai pas compris.

GRAND'MÈRE

Et son papier?... (*Elles le regardent pendant un moment.*)

MADAME CHANTAUD

Lis-nous cela, Juliette... (*Madame Chantaud et Grand'Mère sont près de la jeune fille; Chantaud reste à l'écart.*)

JULIETTE, *lisant.*

« L'an mil huit cent... »

MADAME CHANTAUD

Oui... oui... nous avons vu. A partir de là...

JULIETTE

« J'ai, Grigan, huissier près le Tribunal de la Seine séant à Paris, fait commandement de par loi et justice... »

CHANTAUD

La loi, peut-être... mais la Justice...

JULIETTE

« De, à l'instant, *primo*, payer... »

CHANTAUD

Vous n'avez pas le sou : Payez!...

JULIETTE

« *Secundo*, sortir et quitter les lieux qu'il occupe
dans ladite maison, remettre les clefs... lui déclarant
que faute de satisfaire au présent commandement,
j'allais à l'instant même procéder à son expulsion et
au séquestre des meubles et objets mobiliers se trouvant dans les dits lieux... »

GRAND'MÈRE

Séquestre... Qu'est-ce que ça veut dire ?...

MADAME CHANTAUD

On ne sait pas...

CHANTAUD

Ils font exprès de mettre des mots à coucher
dehors pour qu'on ne comprenne pas.

JULIETTE

« A quoi il m'a répondu... »

CHANTAUD

Si j'avais été chez moi, je sais bien ce que j'aurais
répondu. Ça n'aurait pas été long, mais énergique...

JULIETTE

« Vu laquelle réponse, j'ai, en présence... »

GRAND'MÈRE

... J'ai en présence ?...

JULIETTE

Oui... « De monsieur le Commissaire de police
par moi requis et de mes témoins ci-après nommés
avec moi amenés, séquestré... »

GRAND'MÈRE

Encore...

JULIETTE

Oui... « Et mis sous la main de loi et justice les objets ci-après détaillés... »

GRAND'MÈRE, *prenant le papier.*

C'est fini ?...

JULIETTE

Non... J'en étais là...

GRAND'MÈRE, *lisant.*

« A l'égard du coucher du susnommé et des autres objets trouvés ès-dits lieux... »

MADAME CHANTAUD

Comment ?

GRAND'MÈRE

« Ès-dits lieux... je les ai expulsés... d'iceux.. »

MADAME CHANTAUD

Quoi ?

GRAND'MÈRE

« D'iceux... »

MADAME CHANTAUD

Je vous dis. C'est probablement des mots que nous ne devons pas comprendre.

GRAND'MÈRE

« Je les ai expulsés d'iceux et laissés sur le carreau à la disposition du sus-nommé, pour en disposer comme bon lui semblera. »

MADAME CHANTAUD

Ça lui coûte vingt-et-un francs quatre-vingts, au propriétaire.

CHANTAUD

Mais c'est nous qui les paierons.

GRAND'MÈRE

Vingt-et-un francs...

JULIETTE

Oui. Il y a le détail de l'autre côté.

GRAND'MÈRE

« Procès-verbal : huit francs. — Timbre : un franc vingt. — Écriture : deux francs... »

CHANTAUD

Qu'est-ce que c'est que le procès-verbal ? c'est donc pas les écritures ?

GRAND'MÈRE

« Enregistrement : deux francs cinquante... Commissaire de police : cinq francs... Réquisition C. P. : trois francs... » Qu'est-ce que c'est que ça ? On ne sait pas... « Répertoire : dix centimes... »

CHANTAUD

En ont-ils inventé, hein, des trucs pour nous prendre le plus d'argent possible !... Non... si on n'y était pas habitué, on trouverait ça rigolo, vrai ! des gens qui vous disent : « Puisque vous ne pouvez pas payer quatre-vingts francs, je vais vous forcer à en payer cent... Parole, moi, ça m'amuse... Et c'est fait au nom de la justice...

MADAME CHANTAUD

Nous sommes encore heureux d'avoir eu affaire à de bonnes gens comme ceux-là !

CHANTAUD

Parbleu ! on va les remercier, tout à l'heure !...
(*Entre Victor.*)

SCÈNE VI

LES MÊMES, VICTOR

VICTOR

J'ai l'argent.

MADAME CHANTAUD

Combien ?

VICTOR

Quatre-vingts francs,

GRAND'MÈRE

L'huisier est venu avec le commissaire de police.

VICTOR

Il faut aller porter l'acompte.

MADAME CHANTAUD

Où ça ?

VICTOR

Dame, chez le propriétaire.

GRAND'MÈRE

Mais non, chez le gérant.

JULIETTE

Ça doit plutôt être chez l'huissier.

MADAME CHANTAUD, *à Chantaud.*

Qu'est-ce que tu penses, toi, père ?

CHANTAUD

Moi ?... On me consulte ?... très flatté... Je ne sais pas.

MADAME CHANTAUD

Je crois plutôt que c'est chez le commissaire de police.

GRAND'MÈRE

Non... c'est chez le gérant.

JULIETTE

C'est chez l'huissier.

VICTOR

C'est chez le propriétaire.

JULIETTE, *qui a mis ses poupées dans une toilette.*

En allant reporter mon ouvrage, je passe devant le commissaire. J'entrerai demander.

MADAME CHANTAUD

C'est ça... Tu demanderas si on doit verser l'acompte chez l'huissier ou...

JULIETTE

Je sais.

GRAND'MÈRE

Je suis certaine que c'est chez le gérant.

JULIETTE

Je reviendrai tout de suite vous le dire.

MADAME CHANTAUD

C'est ça, nous t'attendons. (*Juliette sort.*)

GRAND'MÈRE

Tu ferais peut-être mieux d'aller chez le gérant.

MADAME CHANTAUD

Chez l'huissier plutôt, puisque Victor dit...

GRAND'MÈRE

Emporte l'argent et va chez les deux. Moi, je vais

préparer le déjeuner... Qu'est-ce qu'il y a? Des
pommes de terre?

MADAME CHANTAUD

Je vais d'abord chez le gérant. C'est en bas. Si
Juliette rentre avant nous, vous le lui direz...

VICTOR

Entendu. (*Elles sortent.*)

SCÈNE VII

VICTOR, CHANTAUD. — *Longue scène muette. — Chantaud est assis auprès du poêle, à gauche. Victor est
debout, à droite, près de la fenêtre. Il regarde avec
tristesse son père qui affecte de ne pas s'apercevoir de sa
présence.*
*Chantaud bourre une pipe de terre. Il cherche des allu-
mettes dans ses poches, puis sur la cheminée. Il n'en
trouve pas.*
*Victor s'approche doucement, simplement, et met une
boîte d'allumettes sur la table, à la portée de Chantaud.*

CHANTAUD, *froid, sans prendre la boîte.*

Merci. (*Il sort par la porte de la cuisine à gauche.
— Victor a gagné la porte du fond gauche.*)

VICTOR, *seul, à mi-voix.*

Méchant ! (*Chantaud rentre en allumant sa pipe,
en affectant toujours de ne pas voir son fils. — Victor
sort par le fond gauche.*)
CHANTAUD, *seul, prend la boîte, la regarde, la sou-
pèse et la repose sur la table, puis il se rassied et
réfléchit en fumant. Après un moment, à mi-voix.*

« Je soussigné, Arsène Chantaud, reconnais avoir... (*Il brise sa pipe, en jette les morceaux dans la cheminée et se met à pleurer doucement. Il s'essuie les yeux. On frappe.*) Entrez! (*Entre Pied-de-Chou.*)

SCÈNE VIII

CHANTAUD, PIED-DE-CHOU, *puis* **GRAND'MÈRE**

PIED-DE-CHOU

Mon vieux... une veine... Tu sais, Thompson.. (*Entre Grand'Mère.*) Bonjour, ma'me Chantaud!

GRAND'MÈRE

Bonjour, monsieur Pied-de-Chou.

CHANTAUD

Eh bien, Thomson?...

PIED-DE-CHOU

Il vient de me donner un tuyau... C'est un lad de l'écurie Gersant qui lui a appris un coup qui se monte pour aujourd'hui... *Sardanapale* partira grand favori, mais c'est *Pompier* qui gagnera!

CHANTAUD

Qu'est-ce que ça peut me faire?

PIED-DE-CHOU

C'est sûr... je te dis!

CHANTAUD

Je sais bien que Thomson a toujours de bons renseignements...

PIED-DE-CHOU

Tu peux en faire venir, des picaillons!

CHANTAUD

Je te remercie, je verrai.

PIED-DE-CHOU

Tu pourrais encore avoir Pompier à vingt-cinq contre un.

CHANTAUD

A vingt-cinq ?

PIED-DE-CHOU

Oui, mais dépêche-toi. Au revoir !

CHANTAUD

Au revoir !

GRAND'MÈRE

Si on pouvait vendre quelque chose ! Moi, j'ai mon alliance !

CHANTAUD

Non, Grand'Mère ! Ça, jamais !

SCÈNE IX

Les Mêmes, MADAME CHANTAUD

MADAME CHANTAUD

Juliette avait raison. C'est chez l'huissier qu'il faut aller... demain, de dix heures à midi... J'ai rencontré madame Benoît qui venait ici. (*A Grand'Mère.*) Elle connaît une place pour vous... pas fatigante... Il faut venir tout de suite... Je suis montée au galop vous chercher et rapporter l'argent... c'est pressé... Si je rencontre Victor, je vais lui dire de venir le prendre et d'aller le porter... (*Elle met l'argent dans*

le tiroir de Juliette.) A tout à l'heure... Vous venez,
Grand'Mère? (*Elle sort.*)

SCÈNE X

CHANTAUD GRAND'MÈRE. — *Scène muette Chantaud
et Grand'Mère se regardent, longuement Chantaud se
lève.*

GRAND'MÈRE, *bas.*
Non, mon enfant, il ne faut pas.

CHANTAUD
Non.

GRAND'MÈRE
Il ne faut pas.

CHANTAUD
Mais non... Mais non...

LA VOIX DE MADAME CHANTAUD, *au dehors.*
Grand-Mère !

GRAND'MÈRE
Oui... (*A Chantaud.*) Il ne faut pas.

CHANTAUD
Eh non, parbleu ! (*Elle sort.*)

SCÈNE XI

CHANTAUD, *seul, puis* VICTOR. — *Chantaud va au tiroir.
Il l'ouvre, il a une longue hésitation. Combat avec lui-
même. Il prend l'argent et met son chapeau. Entre
Victor.*

VICTOR
Où vas-tu, père?

CHANTAUD

Ah ! c'est toi ?..

VICTOR, *calme.*

Il faut que tu remettes cet argent où tu l'as pris.
(*Chantaud hésite, puis va remettre l'argent.*)

CHANTAUD

Et après ?

VICTOR

C'est tout.

CHANTAUD

Tu continues à m'espionner... Tu me fais payer
cher le pain que je mange.

VICTOR

Comment ?

CHANTAUD

Je dis qu'il est triste pour moi d'être sous la sur-
veillance de mon fils.

VICTOR

Il est encore plus triste pour moi d'être forcé de
surveiller mon père.

CHANTAUD

Qui est-ce qui t'y force ?

VICTOR

Toi-même.

CHANTAUD

Je te défends de me parler sur ce ton.

VICTOR

Alors, il faut que tu changes... Jusqu'ici, j'ai été
respectueux...

CHANTAUD

Toi, respectueux! Tu as de l'aplomb... Tu étais respectueux lorsque tu m'as imposé tes conditions, lorsque tu m'as forcé de te promettre...

VICTOR

De ne plus jouer... c'est vrai. Tu l'as promis, de force. Et tu n'en as pas moins continué...

CHANTAUD

J'ai continué!...

VICTOR

Allons, ne mens pas. Tu n'as jamais cessé de jouer. Et c'est ce qui est la cause de tout. Il te faut de l'argent sans cesse. Tu ne fais plus rien.

CHANTAUD

Tais-toi!

VICTOR

Non. N'essaie plus de m'intimider. Tu ne me fais plus peur... Je sais tous les moyens auxquels tu as recours pour te procurer de l'argent. Le mois dernier, Juliette avait veillé pendant toute une semaine. Tu l'as su. Tu es allé l'attendre à la sortie de l'atelier. — Oui, toi, son père, tu as fait ça... Je t'ai vu! Ce que tu lui as dit, je l'ignore, mais elle t'a remis de l'argent. Le lendemain, comme je lui demandais combien elle avait gagné... la pauvre petite a maladroitement menti... pour ne pas t'accuser. Et ma mère et moi, nous avons fait semblant de la croire pour ne pas avoir à rougir de toi les uns devant les autres.

CHANTAUD

Assez ! ou je te flanque des calottes, comme à un galopin que tu es.

VICTOR

Tu n'oserais pas.

CHANTAUD, *menaçant.*

Tu crois ?...

VICTOR, *le bravant.*

Et après ? Ça ne changerait rien. Frappe-moi si tu veux, tu ne m'empêcheras pas de te dire ce que j'ai sur le cœur depuis trop longtemps. Tu guettes aussi quand maman reçoit sa paye, et là, à l'instant, si je n'étais entré, tu nous prenais cet argent. Par ta faute, demain, nous aurions été dans la rue. Tu es le bourreau de ta famille... Tu as fait notre malheur à tous ! Ma mère ne cesse de pleurer à cause de toi, et Juliette probablement aussi pleurera longtemps à cause de toi. Toi, tu ne t'en aperçois pas. Le chagrin ne t'atteint pas. On t'a surnommé « le Père la Joie » et tu es joyeux, en effet... Au dehors, tu fais rire ! ici, tu nous martyrises... Oui, tu fais rire les autres et tu fais pleurer les tiens... A la fin, c'est trop, et je me reproche d'avoir été assez lâche pendant trop longtemps pour ne pas oser te tenir tête. Peut-être qu'un fils n'a pas le droit de te dire ce que je te dis, mais comme tu fais souffrir ceux que tu devrais protéger, je sens que je serais coupable, à mon tour, si je ne les défendais pas. Et je me révolte, et je te dis : En voilà assez !

CHANTAUD

Tu oublies que je suis ton père !

VICTOR

Oui, je l'oublie, et tu me l'as fait oublier... Mon père... celui que j'ai connu autrefois, était bon... Toi, tu n'es plus celui-là !

CHANTAUD

Tu oses me dire ça ?

VICTOR

Mais tu ne vois donc rien du mal que tu fais ? Regarde autour de toi... Regarde cette chambre... Tu as tout vendu pour jouer... Tu ne le vois pas... Quand tu rentres, tu ne vois pas non plus que maman a pleuré en t'attendant... sachant bien où tu étais ! Quand tu te lèves, le matin, tu ne vois pas qu'elle n'a pas dormi... Grand'Mère... Grand'Mère que tu aimes tant, tu ne vois pas que, par ta faute, elle est forcée, à quatre-vingts ans, de faire des ménages, d'être une domestique pour laquelle il n'y a pas de travaux trop pénibles ni trop humiliants !... Tu ne vois pas que Juliette et ma mère travaillent, lorsqu'elles le peuvent... une partie de leurs nuits... Tu ne vois pas qu'à table, elles disent qu'elles n'ont pas faim pour te laisser le meilleur de nos tristes et maigres repas... Tu ne vois pas tout cela !... Moi, je le vois, et je ne veux plus le voir ;

CHANTAUD, sombre et fermé.

Tu as raison !... En voilà assez... Tu ne le verras plus ! (Il sort par la droite.)

SCÈNE XII

VICTOR, *puis* JULIETTE

VICTOR

Je ne l'ai pas ému et il me déteste ! (*Entre Juliette en larmes.*) Qu'est-ce que tu as ?

JULIETTE

Rien !... C'est chez l'huissier qu'il faut aller.

VICTOR

Ce n'est pas pour ça que tu pleures.

JULIETTE

Non.

VICTOR

Pourquoi ?

JULIETTE

J'ai rencontré Auguste... Je savais qu'à cette heure-ci, il passait par la rue du Temple... Alors, j'ai pris la rue du Temple... Je l'ai rencontré... Je lui ai fait des reproches parce qu'on ne le voyait plus. Je lui ai demandé s'il était fâché. Il m'a dit que non... seulement... il sait que je n'ai plus mes six cents francs.

VICTOR

Et il ne veut plus t'épouser ?

JULIETTE

Non... Ça lui fait beaucoup de chagrin... C'est vrai' il pleurait... Seulement, il disait : « Vous comprenez, nous ne pouvons pas nous établir... Nous ne devons pas nous marier pour nous mettre dans la misère... » Il avait de grosses larmes... Mais il répétait : « Puisque nous ne pouvons pas nous établir... »

VICTOR

Pleure pas ; Juliette, nous te trouverons un autre mari.

JULIETTE

Ça ne sera pas le même.

VICTOR

Tout ça, c'est la faute de... (*Chantaud paraît et s'arrête en voyant Victor. Victor sort par le fond gauche. Chantaud entre.*)

SCÈNE XIII

CHANTAUD, JULIETTE

CHANTAUD

Auguste ne veut plus t'épouser ?

JULIETTE

Non.

CHANTAUD

Parce que je t'ai pris ton argent... Ma pauvre Juliette !...

JULIETTE

Père !... Ce n'est pas pour ça.

CHANTAUD

Pourquoi alors ?... Ne me mens pas. Je sais que c'est pour ça... et que c'est de ma faute... Toi qui es si gentille, je te fais souffrir, ma pauvre enfant...

Et ça... ça me fait de la peine... Tu ne peux pas savoir combien...

JULIETTE

Je ne souffre pas... je te jure... D'abord, il ne me plaisait plus beaucoup, monsieur Auguste...

CHANTAUD

Tant mieux, alors.

JULIETTE

Qu'est-ce que tu fais ?

CHANTAUD

Tu vois : ma valise.

JULIETTE

Tu t'en vas ?

CHANTAUD

Oui... Un petit voyage... pour deux jours...

JULIETTE

Tu as l'air d'avoir pleuré.

CHANTAUD

Moi ?... C'est toi, oui !... Non, moi, je suis content... Je suis très content d'aller me promener... mais toi, t'as pleuré ?

JULIETTE

Je te dis que je suis enchantée... (*Silence. — Elle se met à travailler et chante :*)

Un éternel printemps
Sous un ciel toujours bleu !...

CHANTAUD, *tout en faisant sa valise, chantonnant.*

Nous étions là cent mille,
Tralalalala lère...

(Les larmes le gagnent. Il sort par la porte de la cuisine pour ne pas pleurer devant Juliette.)

JULIETTE, *seule.*

Qu'est-ce qu'il a?... *(Elle va regarder dans la valise.)* Il emporte ses habits de travail !... sa redingote...

CHANTAUD *reparaît avec des bâtons de canne à pêche.*

Tralalalala lère...

JULIETTE

Tu emportes tout cela?... Ta canne à pêche?...

CHANTAUD

Oui... c'est à moi... Je n'emporte que ce qui m'appartient... Je pêcherai à la ligne.

JULIETTE

Par ce temps-là !... Et tes vêtements de travail?...

CHANTAUD

Mais oui... mais oui... Comme tu as les yeux rouges... !

JULIETTE, *souriant.*

C'est le vent, je te dis... Tu vois bien que je n'ai pas de chagrin... Tiens... *(Elle lui sourit.)*

CHANTAUD

Moi non plus... *(Il sort et revient aussitôt avec la cage au cochon d'Inde.)*

JULIETTE

Tu emportes Mistigris ?...

CHANTAUD

T'es folle... Non... je te le confie... Tu en auras bien soin... Tu lui donneras un petit peu de lait tous les matins... Ce pauvr Mistigris !... *(Il s'efforce de rire.)* Il est si gentil !... Ses petits yeux... Est-il drôle !... Tu ne ris pas ?...

JULIETTE

Si... *(Elle s'efforce de rire. — Scène muette. — Chantaud s'est assis sur une chaise. Juliette est debout à côté de lui. Ils se regardent et essaient de continuer à se jouer la comédie de la gaîté. Puis, ils deviennent graves, se comprennent — Chantaud tend les mains à Juliette, l'attire sur ses genoux et tous les deux sanglotent dans les bras l'un de l'autre.)*

CHANTAUD

Nous sommes bien malheureux tous les deux... Tu me mentais, mon pauvre chéri... Tu as de la peine... C'est à cause de moi... Tais-toi... Je le sais... On me l'a dit... Je te demande pardon... Tu ne m'en veux pas ?

JULIETTE

Mon petit père !... Et toi, toi...

CHANTAUD

Moi... je m'en vais...

JULIETTE

Pour longtemps ?

CHANTAUD

Oui, pour longtemps...

JULIETTE

Je ne veux pas que tu t'en ailles...

CHANTAUD

Si. Il le faut... Ecoute, je dis : longtemps... J'ai tort... seulement, j'ai une place... oui, j'ai trouvé une place... faut que j'y couche...

JULIETTE

C'est pas vrai...

CHANTAUD

Juliette, mon chéri... veux-tu me faire plaisir... beaucoup ?...

JULIETTE

Oui.

CHANTAUD

Alors, il faut me croire... ne pas me questionner... et me laisser partir... Tu me jures que tu ne répéteras à personne ce que je vais te dire ?...

JULIETTE

Je te le jure...

CHANTAUD

Eh bien, j'irai t'attendre de temps en temps, à la sortie de ton atelier... Chut... Embrasse-moi... Je m'en vais... Tu embrasseras bien Grand'Mère pour moi... (*Un temps. — Il prend sa valise et reste immobile, regardant autour de lui.*) Voilà... Pour Mistigris... un peu de lait, n'est-ce pas ?... Au revoir... (*Il lui sourit, l'embrasse et sort lentement.*)

RIDEAU

CINQUIÈME TABLEAU

Un bureau de commissaire de police, à Paris. — Une salle carrée. — Au fond, un peu à droite, une porte grillagée, donnant sur le dehors. — A droite, au fond, une autre porte ; au premier plan, un poêle avec un long tuyau. — A gauche, premier plan, une table perpendiculaire à la rampe. — Entre cette table et le mur, deux chaises. Au fond, à hauteur d'appui, une balustrade de bois, formant un carré au milieu duquel se tiennent les sergents de ville. — Aux murs, des tableaux de service, des affiches. Sur le mur de gauche, des porte-manteaux peints de couleur brune. — Décembre.

SCÈNE PREMIÈRE

QUATRE SERGENTS DE VILLE, *dans le bureau.* UN AUTRE *auprès de la porte du fond.* — *Les sergents de ville fument des cigarettes et écrivent des rapports.* DEUX AUTRES *se promènent de long en large ; puis* L'OFFICIER DE PAIX.

1er AGENT, *en marchant.*

Pas chaud ? (*Ils vont jusqu'au fond et reviennent.*)

2e AGENT

Non (*Ils vont jusqu'au fond et reviennent.*)

1er AGENT

La Seine va être prise, si ça continue. (*Ils vont jusqu'au fond et reviennent.*)

2e AGENT

Ça ne serait pas la première fois.

1er AGENT

Si on remettait du charbon dans le poêle ? (*Ils s'arrêtent. Un temps.*)

2e AGENT

C'est une idée. (*Le 1er agent va remettre du charbon. Son compagnon va regarder écrire ses camarades.*)

1er AGENT

Comme ça, il fera plus chaud.

2e AGENT

Ce que tu es bavard !... Quand on est de service avec toi... tu parles tous les cent mètres. C'est embêtant.

1er AGENT

Pourquoi ?

2e AGENT

C'est embêtant, parce qu'alors on est forcé de penser à quelque chose.

1er AGENT

A propos... L'autre soir, j'ai entendu un bourgeois qui en a dit une bonne.

3e AGENT, *s'arrêtant d'écrire.*

Si on parle tout le temps, il n'y a pas moyen de

rédiger son rapport. V'là quatre fois que je recommence celui-là !... Voyons. (*Il lit.*) « Cette fille nous a traités, mon collègue et moi, de v..., de m..., de s... de t..., de c..., de b... et d'un autre vocable que nous n'avons pas entendu. »

4e AGENT

Mince, alors ! Elle va rien être salée ! Qu'est-ce qu'il disait, ton bourgeois ?

1er AGENT

Il disait : « Je me demande à quoi peuvent penser les sergents de ville pendant les rondes. » Est-il bête !... Comme si on était forcé de penser à quelque chose ! (*Hilarité générale.*)

TOUS

Sûr qu'il est bête !

5e AGENT, *à la porte, annonçant.*

Monsieur l'officier de paix. (*Entre l'officier de paix en civil, très ganté. Tout le monde se lève. L'officier de paix porte la main à son chapeau, va au bureau, signe sur un registre et sort.*)

SCÈNE II

Les Mêmes, LE NOUVEL EMPLOYÉ, M. COULON

M. COULON, *entrant.*

Bonjour, messieurs...

LES AGENTS

Bonjour, monsieur Coulon.

M. COULON

Je vous présente monsieur qui va être sixième
secrétaire auprès de M. le commissaire. (*Au nouveau.*) Tous les matins, à neuf heures, vous pro-
céderez ici à un interrogatoire sommaire des vagabonds arrêtés pendant la nuit... Vous verrez, c'est
très amusant.

3ᵉ AGENT

Faut-il faire entrer, monsieur Coulon ?

M. COULON

Une minute. Il fait bon ici... Belle journée, hein?...
Dehors, un bon petit froid sec... qui pique... Madame Coulon m'avait préparé un bon petit chocolat
bien chaud... Ce matin avant de partir... J'avais bien
dormi... Aussi je suis venu en sifflotant... Avec ce
beau soleil... le chemin m'a paru court. J'aime bien
les belles gelées.

1ᵉʳ AGENT

Ah ! ça vaut mieux que de la boue !

M. COULON

Rien de nouveau ?

1ᵉʳ AGENT

Rien. Un ivrogne que nous avons ramassé ivre-
mort et qui dort là-bas.

M. COULON

Où ça ?...

1ᵉʳ AGENT

Sur les matelas. Il ne fait que demander du
curaçao sec. Tout à l'heure, nous avons bien
rigolé

2e AGENT

Oh ! oui, alors... On lui a fait une bonne blague.

M. COULON, *riant.*

Quoi donc ?

1er AGENT

Il y avait ici de l'huile de foie de morue... On lui en a donné un verre. (*Tout le monde se tord.*) Il l'a bu !

M. COULON

Elle est bonne ! Et des vagabonds, y en a-t-il beaucoup aujourd'hui ?

2e AGENT

Quatre-vingts.

M. COULON

Quatre-vingts !

2e AGENT

Dame, par ce froid-là... Ils ont commencé à faire la queue à la porte du poste hier soir à dix heures.

M. COULON, *furieux.*

C'est tous les jours la même chose... pendant l'hiver !... Ah ! les animaux ! Non, mais, je me demande pourquoi ils viennent tous chez nous !... (*Se calmant.*) Enfin ! Faire ça ou faire autre chose... (*Au nouveau.*) Nous allons nous asseoir là. (*Ils s'installent sur les chaises devant la table de gauche.*) Ah !... il fait vraiment très bon ici. (*Il se frotte les mains.*) Eh bien, mes enfants, nous allons commencer.

3e AGENT

Vous savez que vous n'aurez pas le temps de les

faire tous ce matin. On répare dans le bureau de M. le commissaire et il sera forcé de recevoir ici aujourd'hui.

M. COULON

C'est vrai... Nous allons en expédier le plus possible... Allez, commençons... (*Deux agents vont ouvrir la porte de droite. Une nuée de miséreux fait irruption sur la scène... Ils sont tous transis de froid. Ils courent et se bousculent pour arriver près du poêle. Les favorisés se chauffent. Les autres gardent leurs mains dans leurs poches. Certains ont une impression de bien-être et sourient.*)

SCÈNE III

LES AGENTS, M. COULON, LE NOUVEL EMPLOYÉ. TOUS LES VAGABONDS, *et, parmi eux,* BOURIGAILLE, HUBAC, FORTUNÉ RICHARD, *et, perdus au dernier rang,* ARSÈNE CHANTAUD *et* LE PÈRE JULES, VER-DE-VASE.

RICHARD FORTUNÉ, *heureux.*

Il fait chaud ici...

M. COULON, *facétieux.*

Allons !... le premier de ces messieurs. (*Hilarité parmi les vagabonds.*)

1er AGENT, *sans brutalité.*

Un peu de silence !

VER-DE-VASE, *très gai.*

Oui, oui, m'sieu l'agent... Seulement, y a çui-là qui accapare tout le poêle.

L'AGENT

Du silence !

VER-DE-VASE, *à mi-voix.*

Voilà, voilà, monsieur l'agent !

M. COULON, *à Hubac.*

Avancez, vous... Nom... prénoms...

HUBAC

Hubac, Gustave...

M. COULON

Vous êtes sans domicile ?

HUBAC

Probable... Sans ça, je ne serais pas ici.

M. COULON

Quel est votre métier ?

HUBAC

Garçon de café...

M. COULON

Et vous ne trouvez pas d'ouvrage ?... Vous aimez mieux vous la couler douce à ne rien faire. (*Au nouvel employé.*) Ils aiment mieux ne pas travailler.

HUBAC

Je ne demanderais pas mieux que de travailler.

M. COULON

On dit ça.

HUBAC

Et c'est vrai.

M. COULON

Garçon de café, on trouve toujours de l'ouvrage.

HUBAC

Faudrait pouvoir se présenter avec d'autres habits que ceux-là.

M. COULON

Le fait est qu'avec votre costume, on ne voudrait pas de vous au café Riche. (*Il rit. Les agents rient et aussi plusieurs vagabonds.*)

1er AGENT

Du silence !

M. COULON

Vous avez déjà été condamné ?

HUBAC

Oui. Deux ou trois fois.

M. COULON

Mettons trois fois pour ne pas se tromper. Pourquoi ?

HUBAC

Deux fois pour vagabondage. Une fois pour avoir mangé et pas payé. J'avais faim.

M. COULON

De quoi vivez-vous ? De la charité publique ?...

HUBAC

On fait ce qu'on peut. Faut bien manger.

M. COULON

Pourquoi êtes-vous venu ici ? Enfin ! c'est curieux, vous venez tous ici... Pourquoi ?

HUBAC

Ici ou autre part, c'est pareil...

M. COULON

Vous croyez ?... Pas pour nous... ça nous donne
du travail par-dessus la tête... Vous ne pouvez pas
aller aux autres commissariats, voyons ?

HUBAC

(*Haussement d'épaules.*)

M. COULON

Alors, c'est très chic de ne rien faire ?

HUBAC

Donnez-moi des habits propres et je travaillerai...
J'aimerais mieux ça, je vous jure !

M. COULON

Nous ne sommes pas ici à la *Belle Jardinière.*

HUBAC

Et la charité ?...

M. COULON

Vous n'êtes pas inscrit au bureau de bienfaisance ?

HUBAC

J' peux pas, puisque j'ai pas de domicile.

M. COULON

Alors, on va vous envoyer au Dépôt.

HUBAC

C'est tout ce que vous pouvez faire pour moi ?

M. COULON, *au nouveau.*

Ils sont extraordinaires ! Faudrait les habiller !
(*A Hubac.*) C'est tout.

HUBAC

On me relâchera demain et ce sera à recommencer.

M. COULON

Vous recommencerez si ça vous amuse.

HUBAC

Je sais bien ce que je ferai.

M. COULON

Quoi ?

HUBAC

J'insulterai un magistrat. Comme ça, au moins, je n'aurai ni faim ni froid, jusqu'à la fin de l'hiver...

M. COULON

Voilà !... Il trouve ça tout simple !... Au Dépôt.

L'AGENT

Par ici. (*Il le fait sortir par la porte de gauche.*)

M. COULON

A un autre... Toi... (*Un enfant de sept à huit ans s'avance.*) Quel âge as-tu ?

L'ENFANT

Huit ans,...

M. COULON

Tu n'as plus tes parents ?

L'ENFANT

Si, monsieur.

M. COULON

Alors, qu'est-ce que tu faisais dans les rues, cette nuit, quand on t'a arrêté ?

L'ENFANT, *pleurant.*

Je dormais sur un banc.

M. COULON

Pourquoi n'es-tu pas rentré chez toi ?

L'ENFANT

Pour ne pas être battu.

M. COULON

Pourquoi t'aurait-on battu ?... (*L'enfant pleure et ne répond pas.*) Pourquoi ?

L'ENFANT

Parce que... on m'avait envoyé faire des commissions... j'ai perdu l'argent...

M. COULON

Combien ?

L'ENFANT, *sanglotant.*

Vingt... Vingt sous... J'ai cherché longtemps... et puis j'ai pas osé rentrer...

M. COULON, *bonhomme.*

On va te reconduire chez tes parents.

L'ENFANT, *suppliant.*

Oh ! non ! m'sieu ! non ! je ne veux pas ! je ne veux pas !... Je vous en prie, m'sieu gardez-moi !

M. COULON, *doux.*

Mais on ne peut pas, mon petit... on va te reconduire... on fera promettre à tes parents de ne pas te battre. (*A un agent.*) Emmenez-le. (*L'agent l'emmène. Il est forcé de traîner l'enfant qui sanglote et crie.*)

L'ENFANT

Je n' veux pas. Je n' veux pas !

M. COULON, *à lui-même.*

Pauv' gosse !... A un autre... Rastel... (*Ver-de-Vase s'avance.*)

VER-DE-VASE

Voilà, m'sieu !

M. COULON

C'est encore toi ?

VER-DE-VASE, *très gai.*

Vous voyez, m'sieu... Ça va bien ?...

M. COULON

Il y a combien de temps que tu ne travailles pas ?

VER-DE-VASE

Depuis que j'ai quitté chez M. Lesterel il y a trois mois.

M. COULON

Pourquoi n'y rentres-tu pas ?

VER-DE-VASE

Y a plus d'ouvrage... Il n'y a plus qu'un ouvrier.

M. COULON

On va autre part.

VER-DE-VASE

Ça m'embête.

M. COULON

Tu aimes mieux ne rien faire ?

VER-DE-VASE, *riant.*

Oui, m'sieu.

M. COULON

Tu veux que je t'envoie au Dépôt ?

VER-DE-VASE

Oui, m'sieu... Fait pas chaud dehors !

M. COULON

Eh bien, tu vas aller chercher du travail, ça te réchauffera.

VER-DE-VASE

Je vais...

M. COULON, *à l'agent.*

Mettez-le dehors.

VER-DE-VASE, *désolé.*

Oh! m'sieu ! envoyez-moi au Dépôt... Qu'est-ce que ça peut vous faire ?

M. COULON

Non.

VER-DE-VASE

Je reviendrai ce soir... vous serez bien avancé ?... Envoyez-moi-z-y, m'sieu.

M. COULON

Non. Dehors. (*L'agent l'entraîne et le fait sortir par la porte du fond.*)

VER-DE-VASE, *en sortant.*

C'est pas chic.. Au revoir, m'sieu... A demain. (*Il sort. Hilarité parmi les vagabonds.*)

M. COULON

A un autre.

RICHARD, *le plus sordide de la bande.*

V'là, m'sieu.

M. COULON

Comment vous vous appelez?

RICHARD

Richard.

M. COULON, *riant.*

Eh bien! vous n'en avez pas l'air... Votre pré-
nom?

RICHARD

Fortuné...

M. COULON

Vous vous moquez de moi! Je vous engage à ne
pas vous moquer de moi, vous entendez?

RICHARD, *très humble.*

Je ne me moque pas de vous, monsieur. Je m'appelle Richard Fortuné... C'est pas ma faute... Vous
avez là mon livret militaire.

M. COULON

Il n'y a pas à dire... c'est vrai... Vous devriez
changer de nom. (*Il ne répond pas.*) Voulez-vous
changer de nom?

RICHARD

J'sais pas.

M. COULON

Votre dernier domicile?

RICHARD

Melun.

M. COULON

La prison?

RICHARD

Naturellement. Sans ça, j'aurais jamais été à
Melun.

M. COULON, *riant.*

Ah! ah! sans ça tu n'aurais jamais été à Melun...
Et avant, où étais-tu?

RICHARD

A Chartres... à côté de Chartres.

M. COULON

Qu'est-ce que tu faisais.

M. COULON

M'sieu ?

M. COULON

Quel était ton métier ?...

RICHARD

Garçon de ferme.

M. COULON

Pourquoi as-tu été en prison ?

RICHARD

Parce qu'on m'a pris en train de mettre des collets
pour les lapins.

M. COULON

Alors, en sortant de prison... tu es venu à Paris ?

RICHARD

Oui, monsieur.

M. COULON

Qu'est-ce que tu vas faire à Paris ?

RICHARD

J' sais pas.

M. COULON

Tu ne sais pas... Et comment mangeras-tu ?

RICHARD

J' sais pas...

M. COULON

Tu ne sais pas non plus... Tu mettras des collets
aux lapins ?

RICHARD, riant.

Des collets...

M. COULON

Ça te fait rire ?...

RICHARD

Oui, m' sieu...

M. COULON

On va t'envoyer au Dépôt... Et quand tu sortiras...,
comment feras-tu ?

RICHARD

J' sais pas...

M. COULON

Allons, au Dépôt.

L'AGENT, à Richard.

Par ici. (Il le fait passer par la gauche.)

M. COULON, au nouveau.

Ça en fait un de plus. On le reverra, celui-là. A un
autre. (A une vieille.) Approchez.

LA VIEILLE

Oui, monsieur.

M. COULON

Quel âge avez-vous ?

LA VIEILLE

Soixante-dix-sept ans.

M. COULON

Vous ne travaillez pas?

LA VIEILLE

Si je pouvais!... Regardez mes poignets... (Elle
pleure.)

M. COULON

Mais à votre âge... pourquoi ne demandez-vous pas à entrer à l'asile de Villers-Cotterets ?

LA VIEILLE

J'ai demandé.

M. COULON

Eh bien ?

LA VIEILLE

Il n'y a plus de place... Faut que j'attende qu'il en meure.

M. COULON

Vous n'avez pas d'enfants qui puissent vous venir en aide ?

LA VIEILLE

Non, monsieur... Ils n'en ont pas trop pour eux... Et puis, je ne peux pas m'entendre avec eux.

M. COULON

Alors, on va vous envoyer au Dépôt.

LA VIEILLE

J'y ai déjà été, monsieur... Mais je n'ai pas de chance, on ne veut pas me garder... J'ai faim...

M. COULON

Je vous donnerai tout à l'heure un bon de pain...

LA VIEILLE

J'ai faim... pour tout de suite.

LE NOUVEAU, *tirant des sous de sa poche et les donnant à M. Coulon.*

Envoyez-lui chercher quelque chose...

M. COULON

Si vous voulez vous attendrir sur toutes les misères que vous verrez passer ici, vous n'avez pas fini. (*A un gardien, lui donnant les sous du nouveau.*) Tenez... allez lui acheter un peu de pain et de charcuterie... Dites donc. (*Tirant aussi des sous de sa poche...*) Et un verre de vin... (*Au nouveau.*) Nous avons tort de faire ça, le règlement le défend !... Enfin, à un autre. (*La vieille suit l'agent. Un enfant de douze ou treize ans approche. Très énergique et sombre.*)

M. COULON

Ton nom ?

BOURIGAILLE

Bourigaille.

M. COULON

Qu'est-ce que tu fais ?

BOURIGAILLE

Mousse.

M. COULON

D'où viens-tu ?

BOURIGAILLE

De Saint-Nazaire.

M. COULON

C'est vrai, ça ?

BOURIGAILLE

Voilà mes papiers de l'inscription maritime.

M. COULON

Ils sont en règle. Comment es-tu venu de Saint-Nazaire ?

BOURIGAILLE

A pied.

M. COULON

Comment as-tu mangé?

BOURIGAILLE

J'ai mendié.

M. COULON

Où as-tu couché ?

BOURIGAILLE

Dans les granges.

M. COULON

Pourquoi as-tu quitté Saint-Nazaire?

BOURIGAILLE

Parce que je ne trouvais plus à embarquer. La pêche ne fait plus rien.

M. COULON

Où vas-tu ?

BOURIGAILLE

Au Havre. On m'a dit que j'y trouverais de l'ouvrage.

M. COULON

Comment y vas-tu ?

BOURIGAILLE

A pied.

M. COULON

Comment feras-tu pour manger?

BOURIGAILLE

Je mendierai.

M. COULON

Tu ne veux pas qu'on t'envoie au Dépôt?

BOURIGAILLE

Non. Je veux aller au Havre.

M. COULON

Eh bien, va.

BOURIGAILLE

Au revoir, monsieur. (*Il sort.*)

M. COULON

A vous. (*Le père Jules s'avance, il est presque mé-connaissable.*)

LE PÈRE JULES

Oui, monsieur.

M. COULON

Nom... prénoms ?...

LE PÈRE JULES

Jules Réché... Le père Jules.

M. COULON

Votre âge ?

LE PÈRE JULES

Soixante-douze ans.

M. COULON

Vous êtes sans domicile, sans moyens d'existence ?

LE PÈRE JULES

Je n'ai plus rien à moi... et je ne peux plus travailler.

M. COULON

Vous n'avez pas d'enfants qui puissent vous venir en aide ?

LE PÈRE JULES

Ma fille est morte... J'ai une petite-fille... mais elle est partie.

M. COULON

Vous ne savez pas où elle est ?

LE PÈRE JULES

Non, monsieur.

M. COULON

On vous a arrêté... parce que vous mendiiez ?

LE PÈRE JULES

Oui, monsieur... Je sais bien que c'est mal...

M. COULON

Alors ?

LP PÈRE JULES

Je le regrette... Seulement, j'avais si faim !

M. COULON

Vous n'avez jamais été condamné ?

LE PÈRE JULES, *indigné.*

Moi, monsieur !

M. COULON

Ben oui, vous. Qu'est-ce qu'il y aurait de drôle à ça ?

LE PÈRE JULES

Je suis un honnête homme.

M. COULON

C'est pas ça qu'on vous demande. Avez-vous déjà été condamné ?

LE PÈRE JULES

Non monsieur.

M. COULON

Où avez-vous travaillé ?

LE PÈRE JULES

Cinquante-deux ans chez M. Lesterel, rue de Tu-
renne... Du reste... Quand je disais que je n'avais
plus rien à moi... Je me trompais... J'ai ça que j'aurais peut-être pu vendre, mais dont je ne me sépa-
rerai jamais. (*Il pose sur la table un petit paquet enve
loppé dans du papier.*)

M. COULON

Enfin, vous êtes en état de vagabondage. Vous
couchez à la belle étoile et vous mendiez. Qu'est-ce
que c'est que ça ?...

LE PÈRE JULES

Ma médaille d'honneur... La médaille du travail.

M. COULON

C'est tout ce que vous avez économisé pendant
cinquante ans ?

LE PÈRE JULES

J'avais des charges.

M. COULON

Qu'est-ce que vous voulez qu'on fasse de vous ?

LE PÈRE JULES

C'est pas à moi de vous le dire.

M. COULON

Rédigez une demande d'entrée à l'asile de Nan-
terre... Joignez-y un certificat du commissaire de
police de votre quartier.

LE PÈRE JULES

J'ai pas de quartier, puisque je ne demeure nulle part.

M. COULON

Et votre ancien patron ; il ne peut pas vous aider ?

LE PÈRE JULES

Il m'a aidé. Seulement, à la fin, j'étais si mal habillé que je n'osais plus y aller. On est fier.

M. COULON

On va vous envoyer au Dépôt.

LE PÈRE JULES

On va me mettre en prison... C'est donc un crime d'être sans pain et sans abri?...

M. COULON

Ce n'est pas un crime, c'est un délit.

LE PÈRE JULES

Et après?

M. COULON

On vous relâchera.

LE PÈRE JULES

Et après?

M. COULON

Vous ferez ce que vous voudrez.

LE PÈRE JULES

Vous trouvez que c'est juste?...

M. COULON

Je n'ai pas à vous dire si c'est juste ou non... c'est comme ça... c'est comme ça...

LE PÈRE JULES

Oui, mais c'est malheureux que ça soit comme ça...

M. COULON

Au Dépôt !... A un autre... (*On emmène le père Jules. Arsène Chantaud s'approche.*) Nom, prénoms.

CHANTAUD

Arsène Chantaud.

M. COULON

Vous êtes sans domicile?

CHANTAUD

Oui, monsieur.

M. COULON

Vous ne travaillez pas ?

CHANTAUD

Pardon. Je vends des pronostics aux courses.

M. COULON

Je ne vous conseille pas de vous en vanter. C'est défendu.

CHANTAUD

Je ne savais pas.

M. COULON

Il faut savoir. Vous n'avez pas de famille, pas d'enfants, qui puissent vous venir en aide ?

CHANTAUD, *après une hésitation.*

Non, monsieur.

UN AGENT

Monsieur le commissaire de police !... (*Tout le monde se lève.*)

LE COMMISSAIRE

Eh bien, Coulon, où en êtes-vous?

M. COULON, *montrant les vagabonds.*

J'ai encore tout ça...

LE COMMISSAIRE

Allez les faire dans l'autre salle. Les ouvriers sont
dans mon bureau.

M. COULON

Bien, monsieur le commissaire. (*On fait sortir les
vagabonds.*)

SCÈNE IV

CHANTAUD, M. COULON, LE COMMISSAIRE, LE NOUVEL EMPLOYÉ, LES AGENTS

LE COMMISSAIRE

Finissez celui-là... Que dit-il?

M. COULON

Arsène Chantaud, pas de famille.

LE COMMISSAIRE, *cherchant dans ses souvenirs.*

Arsène Chantaud... Je vous connais... attendez
donc... J'ai été chez vous pour une expulsion... Ça
s'est arrangé?

CHANTAUD

Oui, monsieur.

LE COMMISSAIRE

Vous dites que vous n'avez pas de famille?

CHANTAUD

Je disais ça parce que je ne veux pas qu'elle sache où je suis.

LE COMMISSAIRE

En voilà une idée ! Vous seriez mieux chez vous qu'à la belle étoile.

CHANTAUD

Non, je ne veux pas.

LE COMMISSAIRE

Pourquoi ?... Votre fils ne veut pas vous recevoir ?

CHANTAUD

C'est moi qui ne veux pas qu'il me reçoive. Je ne suis pas qu'un vagabond ; je suis... je suis un voleur.

LE COMMISSAIRE, *joyeux.*

Ah ! ah !... Contez-moi donc ça... (*Il s'assied.*) On appartient à une petite bande de cambrioleurs ? Allons, mets-toi à table... Les noms... Tu auras du tabac. (*Il se frotte les mains.*)

CHANTAUD

Non... J'ai volé... mon patron pour jouer aux courses.

LE COMMISSAIRE, *désappointé.*

Ah ! ce n'est que ça ! (*A lui-même.*) Je croyais tenir une bonne affaire... Enfin, je vous écoute.

CHANTAUD

Il y a six mois... douze cents francs...

LE COMMISSAIRE

Il ne vous a pas fait arrêter ?...

CHANTAUD

Non... Il m'a fait signer un papier...

LE COMMISSAIRE

... « Je soussigné, un tel, reconnais avoir volé... »

CHANTAUD, *tête basse.*

Oui.

LE COMMISSAIRE

Connu.

CHANTAUD

Je vous demande de m'arrêter, de me faire condamner. Au moins, quand j'aurai fait ma peine, je
pourrai croire que j'ai payé ma faute, et personne
n'aura plus le droit de me la reprocher... Tenez,
monsieur, le jour où j'entrerai en prison, ça sera
comme un vrai soulagement.

LE COMMISSAIRE

Vous êtes fou.

CHANTAUD

Non. Songez donc à ce que j'endure depuis six
mois. Tous ceux que je rencontre, tous ceux qui me
parlent, je me figure qu'ils sont au courant et qu'ils
vont finir par m'appeler voleur... Je n'ai plus osé
travailler de mon métier. On m'offrait une place, je
disais « oui », et puis je n'y allais pas, parce que
j'avais peur des renseignements... Alors, peu à peu,
j'ai senti que c'était fini, que je n'étais plus un
homme comme les autres, que je ne faisais plus
partie des honnêtes gens, que j'étais dégradé. C'est
à cause de ça que j'ai quitté ma femme et mes en-

fants... j'ai senti que j'étais une gêne, moi qu'il fallait nourrir et qui ne travaillais pas... Une fois dehors, j'ai dégringolé... J'ai couché chez Fradin ou aux Halles.,. et puis il y a eu des jours où vraiment j'ai eu faim. Et si je suis venu cette nuit au poste, je vais vous dire pourquoi : j'avais marché toute la soirée, et... alors... à la sortie des théâtres, en voyant qu'il y en a tant qui sont heureux... voilà ce qui m'a fait le plus... y a un monsieur que j'ai entendu et qui a dit à un autre. « Allons souper. » L'autre a dit : « J'ai pas faim — Moi non plus, qu'a repris le premier; ça ne fait rien, on mangera tout de même... » Ça m'a fait drôle d'entendre ça, moi, monsieur, qui depuis deux jours n'avais dans le ventre que la soupe qu'on donne le matin aux Halles... Il m'a passé dans la tête des idées que je n'avais jamais eues... J'ai marché encore et j'ai senti que j'allais devenir un voleur pour de bon, peut-être pis... Voyez-vous... ce que... ce que... ce qui se passait dans ma pauvre caboche... non... j'peux pas vous dire ce qui se passait là-dedans... Tout de même... j'ai pas voulu... je ne sais pas pourquoi... je me suis rappelé je ne sais plus quelle chose, de quand j'étais tout petit, et j'ai pas voulu... non ! non ! pas ça... et je suis venu ici... pour qu'on me prenne... (*Il pleure. Long silence.*)

LE COMMISSAIRE

Voulez-vous le voir, votre ancien patron ?

CHANTAUD

Non !

LE COMMISSAIRE

Pourquoi ?

CHANTAUD

J' veux pas.

LE COMMISSAIRE

Pourquoi?

CHANTAUD

Si je vous le disais... c'est pour le coup que vous diriez que je suis fou.

LE COMMISSAIRE

Bah! qui sait ?

CHANTAUD

Il vous semble, n'est-ce pas, que je devrais lui être reconnaissant de ne pas m'avoir fait arrêter.

LE COMMISSAIRE

Naturellement.

CHANTAUD

Eh ! bien, expliquez ça comme vous voudrez, je lui en veux.

LE COMMISSAIRE

Vous lui en voulez ?

CHANTAUD

Oui.

LE COMMISSAIRE

De quoi ?

CHANTAUD

Je ne sais pas.

LE COMMISSAIRE

Comment, vous ne savez pas ?

CHANTAUD

Si...

LE COMMISSAIRE

Alors ?

CHANTAUD

Je ne saurais pas bien le dire... Je lui en veux de... Je lui en veux de n'avoir pas compris que j'étais un honnête homme tout de même...

LE COMMISSAIRE

Il était dans son droit.

CHANTAUD

Justement... il aurait dû savoir qu'il y avait son droit... oui... mais qu'il y a quelque chose par-dessus.

LE COMMISSAIRE

Quoi ?

CHANTAUD

Quelque chose de plus fort je vous dis ... de plus sacré, si vous voulez... c'est d'avoir pitié... c'est de comprendre les choses... c'est d'avoir plus de bonté... c'est... ben... tenez... tout simplement, c'est de savoir pardonner.

LE COMMISSAIRE

Oui. Si on vous avait volé, vous n'auriez pas fait autrement.

CHANTAUD

C'est vrai... Mais ce qu'on demande aux autres, à ses supérieurs, c'est quelque chose de mieux que ce qu'on aurait fait soi-même.

LE COMMISSAIRE, *après avoir sonné, à un agent.*

Emmenez-moi cet homme-là. Envoyez un inspec-
teur prévenir sa famille.

CHANTAUD

Je ne veux pas ! Je ne veux pas !

LE COMMISSAIRE

On ne vous demande pas votre avis. (*A l'agent.*)
Faites !

RIDEAU

SIXIÈME TABLEAU

Chez les Chantaud. Le décor du quatrième tableau. D'autres
meubles. Aspect heureux. — Avril.

SCÈNE PREMIÈRE

MADAME CHANTAUD, JULIETTE, VICTOR. — *Sur la
table, le café est préparé. Au lever du rideau, Juliette
est à la fenêtre de gauche.*

MADAME CHANTAUD, *à Juliette.*

Tu ne vois personne?

JULIETTE

Personne.

VICTOR

Il est trop tôt.

JULIETTE

Je t'assure que tu devrais t'en aller.

VICTOR

Je m'en vais... mais nous avons le temps.

JULIETTE

Il ne faut pas qu'il te trouve ici en arrivant.

VICTOR

Je le sais bien, mais réfléchis. D'ici, à son restaurant, il y a un quart d'heure de chemin.

MADAME CHANTAUD

Grand'mère déjeune avec lui...

JULIETTE

Evidemment, sans cela, elle serait déjà ren'rée...

VICTOR

Alors...

JULIETTE

C'est vrai, mais j'ai tant d'impatience...

MADAME CHANTAUD

Trois mois ! Trois mois que je ne l'ai pas vu !

JULIETTE

Pauvre père ! Et il a été si malheureux !...

VICTOR

C'est de ma faute tout cela... J'ai été trop brutal...
trop méchant... mais je vous voyais tant de chagrin !

JULIETTE

Quand on pense qu'on l'a retrouvé parmi les
vagabonds !

VICTOR

Et qu'il n'a pas voulu revenir ici, lorsque grand'-
mère est allée le chercher chez le commissaire de
police... S'il allait refuser encore !

MADAME CHANTAUD

Non ! Grand'mère lui dira que Juliette est très
malade.

VICTOR

Et que je suis parti... c'est cela qui le décidera, si on peut le décider...

JULIETTE

Je suis certain que tout va s'arranger...

MADAME CHANTAUD

Tout est bien à sa place?...

JULIETTE

Oui... Sa pipe...

VICTOR

Quand il saura que Juliette n'est pas malade et que je ne suis pas parti, il ne voudra pas rester.

JULIETTE

Nous verrons.

MADAME CHANTAUD

La lettre... qui est-ce qui la lui donnera?

JULIETTE

Moi... Où est-elle?...

MADAME CHANTAUD, *désignant le buffet.*

Ici. *(Juliette va la chercher et la met dans le tiroir de la table.)*

JULIETTE

Là.

MADAME CHANTAUD

Je t'assure que c'est un enfantillage, de mettre Mistigris sur la table.

JULIETTE

Laisse-moi faire, maman... D'abord, il me l'a confié. Et puis, je veux qu'en rentrant ici, il retrouve toutes ses bonnes habitudes, ses petites manies... et qu'il se sente si bien, si chaudement, si douillettement au milieu de nos affections, qu'il ne puisse plus s'en aller.

MADAME CHANTAUD

Il verra qu'on l'a trompé... que tu n'es pas malade.

JULETTE

Je l'ai été...

MADAME CHANTAUD

J'ai peur... Il nous grondera peut-être.

JULIETTE

Mais non... Il est redevenu le bon papa d'autrefois... Il travaille... il ne joue plus... et grand'mère nous a bien dit qu'il lui parlait de nous.

VICTOR

S'il n'allait pas vouloir venir ?

MADAME CHANTAUD

Juliette... Qn'est-ce qu'il faudra que je lui dise, quand il entrera ?...

JULIETTE

Rien. Nous l'embrasserons comme s'il nous avait quittés ce matin... Un peu plus fort, voilà tout.

VICTOR

Je t'assure, ma petite Juliette, jue tu te trompes. . Il ne voudra pas se réconcilier.

JULIETTE

Mais si... Oh ! laissez-moi faire !...

VICTOR

Tant qu'il ne me verra pas... ça ira... mais quand
j'arriverai... Mon pauvre père... Je l'aime bien, pourtant...

JULIETTE

Toi... tu vas t'en aller tout de suite...

VICTOR

Oui, je m'en vais... mais jamais je n'oserai rentrer
quand je le saurai là.

JULIETTE

Tu resteras derrière la porte, et on t'appellera.
Va-t'en. (*On frappe.*) C'est lui, tant pis... Entrez !
(*Entre Auguste.*)

VICTOR

Ce n'est qu'Auguste.

JULIETTE

Dieu que j'ai eu peur ! (*A Victor.*) Va-t'en !

VICTOR

A tout à l'heure. (*Il sort.*)

SCÈNE II

JULIETTE, MADAME CHANTAUD, AUGUSTE

JULIETTE, *à sa mère.*

Il ne peut pas être ici avant un quart d'heure.

MADAME CHANTAUD

Asseyez-vous, monsieur Auguste.

AUGUSTE

Vous ne voulez pas me donner la main... mademoiselle Juliette... ?

JULIETTE

Pourquoi... Et pourquoi êtes-vous revenu? Croyez-vous que vcus ne m'avez pas assez fait pleurer ?

AUGUSTE

Je vous assure que j'avais et que j'ai encore de l'amitié pour vous ; je puis bien le dire devant votre mère. Et beaucoup ; seulement, je voudrais savoir assez bien parler pour me faire comprendre... Quand on est des ouvriers, on ne peut pas s'aimer comme dans des livres... parce qu'il y a, malgré nous, avant tout, la peur de tomber dans la misère...

JULIETTE

Quand on s'entend bien, ça ne compte pas et ça n'arrive pas.

AUGUSTE

C'est ce que je crois maintenant, mais je ne l'ai pas compris tout de suite. Il faut que vous m'écoutiez. Depuis que j'ai l'âge de raison, je n'ai qu'un désir : n'être plus dans un atelier, être mon maître, m'établir... J'ai choisi l'état de crémier... D'autres que vous ; qui connaîtraient pas les ouvriers, me trouveraient ridicule ; vous qui savez ce qu'on souffre, et ce qu'on est, ce n'est pas la même chose. Cette idée est devenue une idée fixe, comme on dit. Il le faut bien, puisque j'ai pu, à l'âge que j'ai, économiser huit cents francs pour me passer cette idée-là. Dame, si tous étaient contre moi, les marchands de vins ne feraient pas leurs affaires. Je voulais me marier. Dans les romances, on ne parle que d'amour, mais dans la vie, va te faire fiche, il y a autre

chose... Vous ne dites rien, vous me laissez parler...
c'est peut-être pas la peine que je continue.

JULIETTE

Si.

AUGUSTE

Quand j'ai su que vous aviez six cents francs à la
Caisse d'épargne, je me suis dit : « Alors demande-
là, tu pourras t'établir, tu travailleras ferme, et tu
n'auras jamais le chagrin de la voir malheureuse
avec tes gosses. (*Se reprenant.*) Avec tes enfants ».
Et puis quand j'ai vu que vous ne les aviez plus...
(*Il s'arrête.*)

JULIETTE

Eh bien?

AUGUSTE

C'est là où j'ai été bête.

MADAME CHANTAUD

Ah ! oui !... vous pouvez le dire, M. Auguste.

AUGUSTE

N'est-ce pas ?... alors, un jour, Victor est venu...
Il n'avait pas l'air engageant. Il voulait me casser la
g... figure... Je lui ai dit, si tu y tiens, je suis ton
homme... seulement on pourrait causer d'abord...
alors, on a causé... Et je viens pour vous dire... Si
ça vous va toujours, maman viendra voir vos parents... Et puis, on fera comme on pourra... Mais je
ne peux pas continuer à être aussi malheureux. C'est
tout. (*A Juliette qui pleure doucement.*) Voilà encore
que je vous fais pleurer... J' vous dis, j' suis un
serin !

MADAME CHANTAUD

Non... On ne peut pas dire ça, seulement vous avez eu tort de ne pas avoir de confiance... Juliette... ne pleure plus.

JULIETTE

Je ne pleure plus... C'est passé... Je suis bien contente... (*A sa mère.*) Mais il faut tout lui faire savoir maintenant.

MADAME CHANTAUD

Oui, nous avons eu un malheur...

AUGUSTE

M. Chantaud... oui... Victor m'a raconté.

MADAME CHANTAUD

Il est parti d'ici... Il a été très malheureux...

JULIETTE

Si vous saviez ! J'allais lui porter à manger sur un banc, place du Château-d'Eau...

MADAME CHANTAUD

Il ne voulait pas revenir. Alors, Juliette a eu une idée... Sa grand-mère est allée dire à mon mari que Juliette était malade, très malade, très malade... Et comme c'est à Victor surtout qu'il en veut... elle lui a assuré que Victor n'était plus ici... Nous l'attendons...

AUGUSTE

Je m'en vais.

JULIETTE

Non... Restez... Comme il croyait que c'était de sa faute, ce qui s'est passé entre nous, ça lui fera plaisir de vous voir là.

AUGUSTE

Alors, vous voulez bien !...

JULIETTE, *rieuse.*

Oui, mais pour vous punir... on attendra que j'aie refait des économies. (*Entre Grand'Mère ; elle laisse la porte ouverte.*)

SCÈNE III

LES MÊMES, GRAND'MÈRE.

MADAME CHANTAUD

Il ne veut pas venir?

GRAND'MÈRE, *assise.*

Si. Il monte l'escalier...

JULIETTE

Mon Dieu, quel bonheur !

GRAND'MÈRE

J'ai monté devant, avec mes vieilles jambes, tout de même... (*Juliette qui est allée sur le carré, revenant.*)

JULIETTE

Il monte tout doucement... Il n'est qu'au troisième...

MADAME CHANTAUD

Voyons... (*Elle va voir sur le carré.*)

JULIETTE, *la ramenant.*

Vite... assieds-toi... moi, je viendrai tout à l'heure.

MADAME CHANTAUD

Mon pauvre mari...

JULIETTE

Faut pas pleurer, mère... on avait dit qu'on serait
très gai... tu sais bien.

MADAME CHANTAUD

Je suis gaie... seulement, je ne peux pas m'empêcher de pleurer...

GRAND'MÈRE

Moi non plus.

AUGUSTE

C'est comme moi. (*Il se mouche.*)

MADAME CHANTAUD

Le voilà... (*On s'essuie les yeux. Juliette sort. —
Arsène Chantaud paraît. Simplement, mais propre-
ment mis. Il reste un moment sur le pas de la porte.
Puis il entre.*)

SCÈNE IV

**MADAME CHANTAUD, GRAND'MÈRE, CHANTAUD,
AUGUSTE, *puis* JULIETTE.**

MADAME CHANTAUD, *allant à lui.*

Te voilà revenu chez toi... Ne t'en va plus, mon
mari !... (*Il l'embrasse.*)

JULIETTE, *entrant, et allant se jeter dans ses bras.*

P'tit père ! P'tit père !...

CHANTAUD

Mon enfant... *(Un grand temps.)* Mais... on m'a menti... Tu n'es pas malade.

JULIETTE

Oui... c'est moi... c'est moi qui ai inventé ça... Je devais rester là... cachée... jusqu'à ce qu'on t'ait expliqué... Seulement, quand j'ai senti que tu étais là... j'ai pas pu attendre... Tu ne vas pas me gronder parce que je ne suis pas malade... D'abord je l'ai été... Pas vrai, Grand'Mère ?... Laisse que je te regarde. *(Elle lui tire un des bouts de sa cravate.)* On voit bien que c'est toi qui l'as fait, ce nœud-là ! *(Elle le lui refait.)* Maintenant, assieds-toi... mais non... à ta place. *(Chantaud se laisse faire.)* Tu n'as pas pris ton café... *(Madame Chantaud va dans la cuisine, en rapporte une cafetière, et verse le café.)*

CHANTAUD

Alors... Il paraît que vous avez besoin de moi.

MADAME CHANTAUD

Oui. Victor est parti...

GRAND'MÈRE

Il faut que tu reviennes...

JULIETTE

Demain, il faudra que tu ailles voir le propriétaire.

CHANTAUD

Moi ?

JULIETTE

Dame... c'est toi le locataire...

CHANTAUD

C'est moi...

MADAME CHANTAUD

Je ne pouvais pas mettre le loyer à mon nom...

CHANTAUD, *à voix basse.*

Je suis chez moi, alors?

JULIETTE

Evidemment tu es chez toi!... oui... faudra y aller demain parce que la cheminée fume.

CHANTAUD

Demain...

JULIETTE

As-tu du sucre?

CHANTAUD

Je ne sais pas...

JULIETTE

Attends. *(Elle goûte le café de son père.)* Non. *(Elle remet un morceau de sucre, remue et regoûte.)* Là... Il est bon. *(Chantaud boit.)*

GRAND'MÈRE

Et puis il faudra que tu écrives pour réclamer au sujet des contributions...

JULIETTE

Ah ! oui!...

CHANTAUD

Pourquoi ne le fais-tu pas?

JULIETTE

Il faut que ce soit toi...

CHANTAUD, *content.*

Il faut que ce soit moi... Si je n'ai pas le temps...

JULIETTE

Faudra le trouver. Tu comprends, on ne peut pas rester ici avec une cheminée qui fume, et payer des contributions comme ça... Tiens, voilà la feuille. (*Elle la lui donne.*)

CHANTAUD, *la regardant.*

Ils en ont de l'aplomb... Vous n'avez pas payé, au moins ?

JULIETTE

Nous allions payer.

CHANTAUD

Vous alliez payer !...

JULIETTE

Des femmes toutes seules, ça ne sait pas se défendre.

CHANTAUD

On obtiendra une diminution...

JULIETTE

Trois ou quatre francs au moins.

CHANTAUD

Trois ou quatre francs !... Dix francs ! J'obtiendrai dix francs, moi.

JULIETTE

Tu crois?

CHANTAUD

Tu verras... (*Il boit.*) Il est bon, le café.

JULIETTE

On l'a fait à ta manière...

CHANTAUD, *regardant autour de lui.*

Il me semble que je me réveille d'un cauchemar...
(*Apercevant Auguste.*) Auguste... Qu'est-ce qu'il fait
là, celui-là ?..

JULIETTE

C'est raccommodé.

AUGUSTE

Oui, on a voulu me casser la... on m'a expliqué...
mais je serais venu tout seul...

CHANTAUD

On t'a expliqué ?...

AUGUSTE

Oui, Victor... (*Silence.*)

CHANTAUD, *à Juliette.*

Alors, tu as été malade ?

MADAME CHANTAUD

Elle est restée deux mois au lit.

CHANTAUD

Il y a combien de temps ?

MADAME CHANTAUD

Elle a recommencé à travailler le premier.

CHANTAUD

Ah !... (*A Grand'Mère.*) Tu ne fais plus de ménages, Grand'Mère ?

GRAND'MÈRE

Non.

CHANTAUD, *à sa femme.*

Et toi, tu n'as pas pu travailler pendant la maladie de Juliette ?

MADAME CHANTAUD

Non.

CHANTAUD, *à Grand'Mère.*

Alors... qui est-ce qui te donnait l'argent que tu m'apportais ? *(Grand'Mère regarde tout le monde et ne sait que répondre. — Un long silence.)* Il le savait ?

GRAND'MERE

C'est LUI qui m'envoyait.

CHANTAUD

Ah !... *(Silence.)*

JULIETTE

Tu as vu Mistigris ?

CHANTAUD, *souriant.*

Oui.

JULIETTE

Il te reconnaît... Ça connaît très bien, ces bêtes-là...

CHANTAUD

Oui. *(Il le regarde.)* Tiens... il a une mangeoire. Qui est-ce qui la lui a faite ?

JULIETTE, *avec aplomb*

C'est moi...

CHANTAUD

Tu t'y entends...

JULIETTE

Tu ne fumes pas ?

CHANTAUD

Si.

JULIETTE

Tiens... (*Elle lui passe la pipe)*)

CHANTAUD

C'est toi aussi qui l'as choisie ?...

JULIETTE

Oui...

CHANTAUD

Qui y a mis la ficelle ?...

JULIETTE

Oui.

CHANTAUD

Mais ce n'est pas toi qui l'as fumée, tout de même...
(*Silence.*) Donne-moi une cigarette, Auguste. (*Il pose
la pipe. Auguste lui donne une cigarette qu'il allume.
— Gêne générale. Tout le monde regarde Chantaud
qui fronce le sourcil.*)

JULIETTE

Il y a une lettre pour toi... La voici... (*Elle la lui
donne.*)

CHANTAUD

C'est de M. Lesterel... Qu'est-ce qu'il me veut ?

JULIETTE

Je ne sais pas...

CHANTAUD

Tiens, j'avais mal lu... Ancienne maison Lesterel..
Lesterel et Victor Chantaud, successeur...,

JULIETTE

Oui... Eh bien, lis...

CHANTAUD, *très ému.*

J'ose pas.

JULIETTE

Je crois que c'est M. Lesterel qui te demande de
rentrer chez lui. Il n'a pas pu te remplacer pour la
ciselure.

CHANTAUD, *ouvrant la lettre.*

Oui... c'est bien ça... (*Un papier est tombé de l'enveloppe. Juliette le ramasse et le lui donne.*)

JULIETTE

Tiens. Il y avait ça dans la lettre...

CHANTAUD, *lisant.*

« Je soussigné, Arsène Chantaud, reconnais avoir
v... » (*Il regarde tout le monde et se cache la figure
dans ses mains. Juliette va à la porte du fond et fait
entrer Victor.*) Qui est-ce qui a payé ?... (*Victor descend en scène. Chantaud le voit. Un silence.*) C'est toi?

JULIETTE

Oui...

CHANTAUD, *se levant.*

Viens, mon gosse, viens, embrasse-moi.

NOTES

Page 97. — La scène II peut être coupée à la représenta-
tion.

Page 158. — M** Chantaud dit tout bas à Grand'Mère :
« et rapporter l'argent. Si je rencontre Victor, je vais lui dire
de venir le prendre et d'aller le porter. (*Elle met l'argent dans*

le tiroir, en prenant garde que Chantaud la voie. Mais celui-ci, pendant qu'elle a le dos tourné, jette un regard vers elle et comprend tout.)

Page 159. — La scène X est coupée et remplacée par ces mots de Chantaud :.

CHANTAUD, seul

Ce serait chic, tout de même, de leur rendre tout ce que je leur ai pris... et un peu plus... de ramener le bonheur ici... Cette fois, c'est sûr.

Page 164. — Les scènes XII et XIII sont coupées.

Page 199. — Le rideau baisse après la réplique de Chantaud : « C'est vrai. Mais ce qu'on demande aux autres, à ses supérieurs, c'est quelque chose de mieux que ce qu'on aurait fait soi-même. »

FIN

E. GRÉVIN — IMPRIMERIE DE LAGNY

www.ingramcontent.com/pod-product-compliance
Lightning Source LLC
LaVergne TN
LVHW050832060726
842527LV00001BA/198